Chicklit

L'IMPROBABLE VOYAGE D'Audrey Mercier

SANDRA VERILLI

Kennes
Éditeur
de coups de cœur

Retrouvez-nous sur www.kenneseditions.com

Rejoignez-nous sur notre page Facebook : www.facebook.com/KennesEditions

Suivez-nous sur notre compte Instagram : kenneseditions

Publié avec les autorisations des Éditions Andara inc.,
Québec, Canada

Auteure : Sandra Verilli
Illustrations de la couverture : Magalie Foutrier
Illustrations intérieures : Shutterstock
Conception graphique : Nancy Jacques

Rue de la Blanche Borne 15
6280 Gerpinnes (Loverval) — Belgique

Légère adaptation : Benjamin Schwanen

Dépôt légal : août 2021 — D/2021/13.105/129

ISBN : 978-2-3807-5460-5
NUART : 73-4974-4

Imprimé en Europe

Il n'est jamais trop tard

pour devenir ce que

nous aurions pu être.

GEORGE ELIOT

27 mai, Paris

— OK, mais je ne fais pas de camping.

Audrey Mercier avait soufflé sa condition du bout des lèvres. Deux semaines auparavant, si on lui avait prédit qu'elle allait voyager jusqu'en Italie avec Milan Capello, elle aurait éclaté de rire. Pourtant, elle était bien là, postée devant lui, à énumérer les mille et une conditions nécessaires, selon elle, à la réalisation de ce périple imprévu.

Quelques semaines plus tôt

— Joyeux anniversaire, joyeux anniversaire, maman, joyeux anniversaire, maman, joyeux anniversaire!

Félicia et Thomas avaient pris soin de décorer la table de lilas et de muguet, les fleurs préférées d'Audrey. Souffler ses 40 bougies un mercredi soir n'avait rien de très séduisant, et les adolescents avaient tenu à ce que leur mère puisse au moins célébrer son anniversaire avec eux.

— Les enfants, vous n'auriez pas dû vous donner tout ce mal ! Cuisiner le repas, décorer la table, faire un gâteau... Mon anniversaire n'est pas si important !

— Maman, on n'a plus quatre ans ! On est capables de cuisiner pour toi au moins une fois dans l'année, s'était insurgée Félicia. Et en plus, t'as 40 ans... C'est super important, ce nombre-là !

— Je sais, Félie... mais dans ma tête, j'en ai encore 20, et vous êtes encore des enfants...

— Arrête ! On a 18 et 20 ans, alors laisse-nous te gâter un peu !

Thomas se racla la gorge. Devant son air solennel, Audrey, qui redoutait toujours le moment où son fils allait lui annoncer qu'il partait vivre en appartement avec Chloé, sa copine des deux dernières années, retint son souffle.

— Maman, Félie et moi, on voulait te remercier pour tout ce que tu fais pour nous. Quand papa est parti, on sait que ça n'a pas été facile pour toi de nous faire vivre, avec ton salaire de prof. Pourtant, on n'a jamais manqué de rien.

Les yeux d'Audrey s'étaient embués. Son fils, habituellement si réservé, lui démontrait toute sa reconnaissance à travers ces quelques phrases. Il était vrai que la vie n'avait pas été de tout repos depuis le départ de Jake, il y avait de cela près de 14 ans. Le bel Américain avait décidé de rentrer au pays, la laissant seule avec leurs deux enfants. Comme les contrats d'acteur se faisaient rares pour lui en France, monsieur voulait poursuivre sa carrière dans son pays natal.

— Alors, enchaîna Thomas, on voulait profiter de l'occasion pour te dire merci. Merci de t'être occupée de nous deux, de nous avoir tout donné et de nous avoir permis de réaliser nos rêves malgré nos moyens limités.

— Maman, reprit Félicia d'un ton grave, maintenant qu'on peut prendre soin de nous tout seuls, on a pensé que ce serait bien que tu t'occupes de toi.

Audrey écoutait patiemment le récit de ses enfants sans trop savoir où s'en allait toute leur mise en scène. Penchant pour un séjour au spa, elle sourit, en s'imaginant se faire masser et profiter d'une journée rien qu'à elle, loin des exploits sportifs de Thomas ou des drames amoureux de Félicia.

— Alors, tiens. Voici ton cadeau.

Son aîné lui remit une enveloppe cachetée. Avant de l'ouvrir, Audrey l'observa en gloussant de plaisir, pensant à sa journée au spa. En apercevant les coupons, elle prit un air dubitatif.

— Des billets d'entrée pour le musée Capodimonte et l'aquarium de Naples ?...

Félicia ne tenait plus en place, battant des mains, fière que leur cadeau ait fait naître un air si étonné sur le visage de sa mère.

— Tadam ! Tu dis toujours que tu rêves d'aller en Italie ! Thomas et moi, on n'avait pas assez d'argent pour t'offrir le billet d'avion, mais avec ce cadeau, tu vas devoir te décider à y aller !

— Maman, ne fais pas cette tête-là, reprit Thomas d'un ton plus posé. Les billets, c'est pour t'encourager à partir cet été. Il est temps que tu prennes soin de toi et que tu réalises tes rêves. Et aller à Naples, on sait que c'est le premier sur ta liste.

Audrey regarda les billets d'entrée, puis ses enfants. L'idée partait d'une bonne intention, certes, mais qu'allait-elle bien pouvoir faire, seule, cet été, à Naples ?

19 mai, Paris

— Emma, ils m'ont donné des billets pour visiter l'aquarium de Naples et un musée là-bas…

— Ha, ha ! Tes enfants sont trop intelligents !

— Pas intelligents, inconscients ! Comme si j'allais partir en Italie, toute seule, pour aller visiter un musée et un aquarium !

— Je serais bien venue avec toi, mais on va déjà à Cuba, Dominique et moi, et après, on va rendre visite à sa famille.

— Je sais… Ça n'a pas de sens, cette histoire… J'apprécie leur intention, mais je vais juste mettre l'enveloppe dans le fond de mon tiroir et me trouver mille et un prétextes pour ne pas y aller.

— Quand même, Audrey, tu devrais le faire, ce voyage. Tes enfants ont raison. Depuis que Jake est parti, tu n'as jamais rien fait pour toi…

— Ce n'est pas vrai ! Je suis allée à plein d'endroits, tu sais…

— Oui… pour les tournois de foot de Tom, la coupa Emma. Ce n'est pas vraiment du tourisme, ça !

La cloche annonçant la fin de la récréation avait résonné dans la petite école élémentaire. Les deux enseignantes de CM1 avaient donc regagné leur local respectif en se promettant de poursuivre leur discussion à l'heure du déjeuner.

— Oh ! C'est vrai ! Milan vient en classe dans 10 minutes, s'était extasiée Emma.

— Ah… tu salueras monsieur je-me-la-pète pour moi…

— Audrey ! Franchement ! Milan a confiance en lui, c'est tout ! Tu ne l'as jamais aimé, toi, hein ?

Les élèves étaient maintenant tous en place pour le début des cours.

— Ça aussi, on en reparlera à midi, avait déclaré Emma, sourire en coin, en refermant sa porte de classe.

Qu'y avait-il de plus à ajouter ? Au début de l'année scolaire, le conseil d'établissement avait décidé d'investir son maigre budget dans l'embauche de la compagnie Passion sportive afin d'inciter les élèves à bouger davantage. Audrey aurait préféré l'achat de romans et de dictionnaires récents ou l'embauche d'orthophonistes supplémentaires, mais elle avait finalement dû se rendre à l'évidence : l'entreprise sportive apportait d'énormes bienfaits aux élèves. Ces derniers, plus concentrés, avaient toujours hâte de recevoir la visite de l'entraîneur, qui avait été engagé pour la période d'avril à juin, puisque les activités se déroulaient principalement à l'extérieur.

Ainsi, une fois par semaine, chaque classe accueillait un entraîneur certifié afin d'implanter un programme sportif particulier. Benoit Lupien enseignait donc les rudiments du parkour aux élèves du premier cycle, et Maude Lebrasseur, la course à pied aux élèves du deuxième cycle, tandis que les élèves du troisième cycle pouvaient compter sur l'expérience de Milan Capello, qui les aidait à perfectionner leurs techniques de street-hockey.

Milan était le stéréotype même du sportif tel que présenté dans les magazines. Très grand – il devait facilement frôler le 1 mètre 95 –, il avait la mâchoire carrée et... le sourire ravageur. Quand il mettait les pieds dans une classe, il n'était pas rare de voir les enseignantes des locaux voisins entrer sous prétexte de demander un renseignement ou d'apporter un document, alors qu'elles venaient simplement admirer béatement son anatomie. Audrey ne faisait toutefois pas partie de ce groupe d'admiratrices. D'accord, Milan était bel homme, aucun doute là-dessus. Mais son assurance, qui frôlait l'arrogance, la rendait toujours mal à l'aise. Sans compter son manque de conversation, qui lui avait déplu dès leur première rencontre.

En avril, Audrey avait tenté d'engager la conversation avec le bel entraîneur en lui proposant de faire équipe avec lui afin de rendre les ateliers plus signifiants.

— Ne vous inquiétez pas, madame Mercier. Vous pouvez me laisser animer, j'ai l'habitude et j'ai de l'expérience auprès des jeunes.

— Euh… tu peux m'appeler Audrey… Ici, même les élèves ne nous appellent pas par notre nom de famille… En plus, on doit avoir le même âge, alors…

Pas un sourire ni même une ébauche de sourire. Seulement un soupir d'agacement.

— Parfait, Madame Audrey. Vous pouvez vous asseoir et me laisser gérer la classe.

Euh… En quelle année avait-il obtenu son diplôme d'enseignant ? Le laisser « gérer la classe » ? En colère, Audrey avait regagné son bureau et avait mis le nez dans son cahier de planification. Il voulait gérer le groupe ? Parfait ! Il allait aussi gérer la crise de Samantha quand elle déciderait que le street-hockey allait ruiner sa manucure, ou celle de Kevin quand il revendiquerait le droit de jouer plutôt au football !

Depuis cet incident, Madame Audrey et Milan-je-me-la-pète ne faisaient que s'adresser des sourires polis.

Consultant distraitement son agenda de la semaine pendant que les élèves terminaient un projet, Audrey laissa échapper un soupir.

— Eh merde ! Milan vient dans ma classe demain matin…

20 mai, Paris

— Mets tes mains un peu plus bas, ce sera plus facile. Voilà! Tu vois? Tu y arrives mieux, non?

Audrey avait de la difficulté à l'admettre, mais Milan avait réussi à créer un très bon lien avec les élèves, spécialement avec ceux qui étaient réticents à pratiquer une activité physique. Force était d'avouer que les enfants l'adoraient. Plus qu'elle, en tout cas!

Quand la cloche annonça la fin des cours, les élèves se ruèrent vers la porte extérieure de la cour d'école, distribuant des «Bon appétit, Audrey!» à profusion.

— Veux-tu que je t'aide à ramasser les cônes, Milan? Le service de garderie va sortir bientôt…

— Pas besoin. Je me suis arrangé avec Guylaine. Comme j'ai le groupe de Cassandre cet après-midi, on va les laisser là.

À peine avait-il terminé sa phrase qu'il avait déjà tourné les talons. Audrey fit un calcul mental rapide.

On est passé la mi-mai. À raison d'une visite par semaine, il ne me reste que six semaines à le supporter. T'es capable, Audrey, respire, t'es capable !

À l'extérieur, les trois tables de pique-nique avaient rapidement été envahies par la horde d'enseignants en quête d'un peu de fraîcheur. Il faisait exceptionnellement chaud pour un 20 mai, ce qui fit dire à Cassandre et à Zoé, les deux enseignantes de CM2, que ça allait être l'enfer pour les examens si la canicule persistait. Audrey roula les yeux. La canicule quand il faisait à peine 25 degrés! Cassandre avait tellement le sens de l'exagération!

— Audrey, j'espère que tu as bien enseigné les fractions, parce qu'il y en a toujours dans l'examen de CM2. Parce que cette année, ça va être pire que d'habitude…

— Oui, Cassandre. Comme chaque année depuis 17 ans, j'enseigne bien les fractions…

Cassandre était l'enseignante avec qui Audrey avait le moins d'affinités dans l'école. Mais elle n'avait pas le choix de collaborer étroitement avec ses collègues de CM2. Ce qui l'agaçait le plus chez cette femme, c'était sa propension à parler très fort et à constamment vouloir être le centre d'attention. Tout son contraire, elle qui préférait la discrétion et l'efficacité.

— Milan ! Viens t'asseoir, je t'ai gardé une place, cria Cassandre en agitant la main.

La jolie enseignante gesticula en direction de l'entraîneur, qui ne se fit pas prier pour s'installer près d'elle.

— Alors ? Le groupe d'Audrey n'est pas trop difficile ? lui demanda-t-elle en lui souriant largement.

— Non, pas trop. Il y a des petits athlètes dans ce groupe-là, ça se voit tout de suite.

Sur ces entrefaites, Emma arriva du restaurant avec un sandwich au poulet qui fit l'envie de tous.

— Où t'as pris ce beau sandwich-là ? lui demanda Zoé avec appétit.

— À la Sandwicherie Maxine. Tu sais, le resto qui vient d'ouvrir, à deux rues d'ici ? Ils sont tellement bons ! Hé ! Ça me fait penser, Audrey : j'ai fait des recherches, et il paraît qu'il y a un resto très particulier à Naples. Il faudra absolument que tu y manges. Ça s'appelle… attends que je retrouve le nom, je l'ai mis dans mon portable…

— Tu vas à Naples ? s'exclama Cassandre entre deux bouchées de salade de pâtes.

Audrey jeta un regard noir à Emma qui, trop occupée à scruter son téléphone, ne remarqua pas le malaise de son amie.

— Ben, pas vraiment… en fait, c'est une longue histoire…

— Bien sûr que tu y vas, Audrey, rectifia Emma. Écoutez ça : ses enfants lui ont donné des billets pour visiter des attractions de

Naples en souhaitant qu'elle se bouge le derrière pour y aller cet été !

— Oh ! C'est trop mignon ! Ils ont quel âge, déjà, tes enfants ? avait demandé Zoé, attendrie.

— 18 et 20 ans... Ce n'est pas mignon, c'est machiavélique, avait répondu Audrey du tac au tac. Je n'ai les moyens de me payer ni l'avion ni toutes les dépenses du voyage. Je ne sais pas à quoi ils ont pensé...

— Il doit sûrement y avoir une solution pour que tu puisses y aller... réfléchit Zoé. Le bus ?

— Je sais qu'il existe des compagnies de covoiturage qui font de très longues distances, enchaîna Cassandre sans grande conviction.

— Moi. Moi, je vais à Naples cet été. Si tu veux, je t'emmène.

Les filles s'étaient tues instantanément. Milan venait d'ouvrir la bouche pour une rare fois, et pas pour dire n'importe quoi.

— Ha, ha ! T'es vraiment drôle, Milan. Un vrai boute-en-train, avait lancé Audrey avec un faux sourire en sa direction.

— Je suis sérieux, Madame Audrey. Ma sœur habite Naples et elle insiste pour que je vienne lui porter des trucs qu'elle a oubliés chez moi. Elle ne veut pas que je les envoie par avion parce que c'est trop fragile, elle attend que j'aille les lui porter en auto. Si tu veux, tu peux y aller avec moi, avait-il ajouté en la fixant droit dans les yeux.

Personne ne parlait. Audrey ne savait pas si c'était un coup monté ou une réelle proposition. Partir en voiture avec Milan Capello durant un mois? Pour aller voir un musée quelconque et l'aquarium de Naples? Non, le prix à payer était trop élevé.

— Penses-y, au moins, Audrey!
— Emma, es-tu folle? Je ne vais pas aller à Naples avec Milan-je-me-la-pète!
— Audrey, je ne te dis pas de te marier avec lui, mais de profiter de son offre, quoique…
— Ça suffit, Emma, tu sais très bien que je ne peux pas le sentir, ce gars-là…
— Justement, tu dis qu'il ne parle jamais, alors tu profites du voyage, tu visites Naples et après tu rentres sagement à Paris.

Audrey avait invité Emma pour l'apéro afin de discuter de la façon dont elle allait s'y prendre pour refuser poliment la proposition inattendue de Milan. Il était impensable qu'elle se joigne à lui pour traverser l'Italie. Ils ne se connaissaient pas, et le peu de fois où elle avait tenté d'engager la conversation avec lui, il l'avait fait sentir comme une moins que rien.
— C'est qui, Milan-je-me-la-pète?

Félicia, qui avait pourtant ses écouteurs vissés sur la tête, avait entendu la conversation entre sa mère et la meilleure amie de celle-ci, Emma.

— Félie, laisse tomber, c'est trop long à expliquer.

— Maman, sérieux ? Moi, je te raconte toutes mes histoires de mecs, et toi, t'es pas capable de me dire qui est Milan-je-me-la-pète ?

Emma se retint pour ne pas rire. La relation qu'avait Audrey avec sa fille était un modèle auquel elle aspirait. Un jour, Dominique serait prêt, et ils accueilleraient, eux aussi, une petite Félicia ou un petit Thomas. Du moins, elle l'espérait.

— Félie, Milan est un consultant qui vient donner des cours à l'école. Il fait enrager ta mère parce qu'il s'entête à l'appeler « Madame Audrey » !

— Oh, c'est mignon !

— Non, ce n'est pas mignon, Félicia, la coupa vivement Audrey.

— OK, mais pourquoi vous parlez de lui, alors ?

— Parce que Milan va à Naples cet été, commença Emma, et il a proposé à ta mère de faire du covoiturage avec lui.

— Putain ! C'est quoi le problème, maman ? Tu te plaignais que tu ne voulais pas y aller toute seule ; là, tu as quelqu'un pour voyager avec toi et tu râles encore ?

— Félicia Mercier, reste polie ! la réprimanda Audrey.

— N'empêche. Penses-y. Ne dis pas non tout de suite, continua Emma.

20 mai, Paris

Audrey leur fit signe que la discussion était close. Rien au monde ne lui ferait traverser l'Italie avec Milan Capello. Point à la ligne.

27 mai, Paris

Une semaine s'était écoulée depuis la dernière visite de Milan à l'école. Audrey avait bien réfléchi aux différentes façons d'aborder la question avec l'entraîneur et elle avait choisi la méthode sparadrap: rapide et efficace.

Quand il se présenta à son local, elle se retint de lui parler de sa décision, le laissant se concentrer sur les élèves. Mais au son de la cloche, elle se dirigea rapidement vers lui avant qu'il file rejoindre Cassandre aux tables de pique-nique.

— Milan? J'ai bien réfléchi à ta proposition et je vais malheureusement devoir décliner l'invitation.

— Quelle proposition, Madame Audrey?

Audrey lui lança un coup d'œil inquisiteur. Serait-il possible qu'il ne se souvienne plus qu'il lui avait proposé de l'accompagner à Naples cet été?

— Ben... balbutia Audrey. Naples, le trajet jusqu'en Italie...

— Oh! Ça! C'est déjà réglé, Madame Audrey. On part le 10 juillet, le samedi suivant le début des vacances scolaires.

— Milan, veux-tu s'il te plaît arrêter de m'appeler Madame Audrey? On dirait que t'as 10 ans et que j'en ai 70!

Milan s'amusait à la voir sortir de ses gonds. Apercevant un sourire moqueur se dessiner sur le visage de l'entraîneur, Audrey se renfrogna.

— Et puis, non, je ne pars pas avec toi le 10, enchaîna-t-elle, encore plus en colère.

Elle tourna les talons et décida d'aller manger à la cafétéria afin de ne pas devoir croiser à nouveau son regard insolent.

La cloche indiquant la fin de la journée fut la bienvenue. Les élèves savaient que la fin de l'année scolaire approchait, et Audrey devait user de ruse et de patience pour maintenir l'ordre dans sa classe. De plus, les corrections s'accumulaient, et elle devait mettre les bouchées doubles pour arriver à faire tout ce qu'elle avait prévu.

À 16 h, elle était encore dans sa classe et terminait la correction de l'évaluation de géographie. Elle était tellement concentrée qu'elle n'entendit pas Milan qui venait de faire irruption dans son local.

— Oh! Tu m'as fait peur!

La main sur la poitrine, comme pour empêcher son cœur de sortir de sa cage thoracique, Audrey tentait de retrouver ses esprits. Milan lui sourit pour la première fois depuis qu'ils avaient fait connaissance. Il s'assit sur le bord du bureau d'une élève, attendant patiemment que son interlocutrice soit réceptive à ce qu'il était venu lui dire.

— Je pense qu'on n'est pas partis sur de bonnes bases. Je m'appelle Milan Capello, je donne des cours pour Passion sportive et je suis aussi entraîneur des gardiens de but pour une équipe de football au niveau junior. J'ai 37 ans, ma mère est Française et mon père est Italien. J'ai une sœur, Olivia, qui vit à Naples avec son mari Jason et leurs deux enfants, Millie et Zack. Mon frère, Matteo, joue au foot pour l'AC Milan, peut-être que tu le connais, c'est le numéro 6... Matteo Capello ?

Audrey avait relevé les yeux de sa copie avec étonnement. Milan venait de prononcer plus de mots en 30 secondes que depuis avril dernier. Stupéfaite, elle n'osait pas répondre, bien qu'il semblât avoir terminé son discours. Après un court moment, il reprit la parole.

— Bref, Olivia et Jason ont déménagé à Naples au mois de novembre. Ils m'ont demandé de leur rapporter des choses qu'ils ont oubliées à Paris. Je vais à Naples de toute façon. Si tu veux venir avec moi, on pourrait diviser les frais en deux et ça pourrait être moins ennuyeux. Arrivés là-bas, je te fous la paix, je m'en vais dans ma famille, et toi, tu vas voir tes poissons. Alors ? T'es partante ?

Audrey ne reconnaissait plus Milan qui semblait, ma foi, être un humain agréable. Prise au dépourvu, elle le fixa longuement, puis elle s'entendit répondre :
— OK, mais je ne fais pas de camping.

28 mai, Paris

— Tu vas vraiment partir avec Milan Capello à Naples?

Emma n'en revenait pas de la volte-face d'Audrey. Une semaine auparavant, son amie ne voulait même pas envisager ce covoiturage, et voilà qu'elle lui annonçait nonchalamment qu'elle avait accepté de partir avec ce poseur de Milan.

— Je sais... je ne comprends pas ce qui m'a pris. Il avait l'air d'une tout autre personne quand il est venu me relancer dans ma classe hier. Il m'a comme... hypnotisée.

— T'es drôle, Audrey! C'est sûr qu'il est vraiment beau, ça se peut qu'il t'ait hypnotisée pour de vrai! T'as vu ses yeux?

— Ce n'est pas sa beauté, Emma... c'est qu'il avait l'air... je ne sais pas, il avait l'air d'avoir sincèrement envie de partir avec moi. Ça m'a déstabilisée. T'as raison, je vais lui dire que j'ai changé d'idée. Ça n'a pas de sens de partir avec lui.

— Non, non, Audrey! Penses-y. C'est vrai que c'est un bon compromis. Les dépenses vont être beaucoup moins importantes et, arrivés là-bas, vous allez continuer chacun de votre côté.

— Vu ainsi…

— Je te le dis. Ne change pas d'idée. T'as bien fait d'accepter. Puis tes enfants vont être super contents que tu profites de leur cadeau, continua d'argumenter Emma. T'as besoin de vacances, ma belle Audrey…

— Ouais… t'as peut-être raison…

Audrey essayait de se convaincre qu'elle avait pris la bonne décision. Elle avait toujours eu envie de traverser l'Italie, et voilà qu'elle en avait l'occasion, comme si tous les astres s'étaient alignés pour qu'elle puisse réaliser son rêve. Il fallait donc y mettre un peu du sien et accepter le léger désagrément qui consistait à faire la route avec Milan.

— Les enfants, j'ai quelque chose à vous annoncer. J'ai finalement décidé de profiter de votre cadeau et de partir pour Naples le 10 juillet.

— Waouh ! Maman ! Tu t'es décidée rapidement ! Je suis trop contente pour toi ! Tu vas voyager avec le fameux Milan-je-me-la-pète, finalement ?

— C'est qui, lui ? interrogea sérieusement Thomas.

— C'est un collègue de maman qui part en Italie et qui lui a proposé de l'emmener. Maman a hésité parce qu'il ne se prend pas pour de la merde.

— Félie, je n'ai pas dit exactement ça…

— Hé ! Emma et toi, vous n'arrêtiez pas de dire qu'il se croyait supérieur et qu'il était limite désagréable !

— En tout cas, coupa Audrey. On verra bien ! Vous n'arrêtez pas de me dire de vivre ma vie, puis là, vous me faites douter... Vous pensez que je ne devrais pas y aller ?

— Ben non, maman ! continua Thomas. On est vraiment contents que tu fasses le voyage. Tu acceptes la proposition de ce type puis tu ne t'occupes pas de lui. Fais comme ça et ça va bien se passer.

— T'as raison, Thomas. Félicia, tu me prépareras une liste de musique. Je vais faire comme toi, je vais me visser les écouteurs sur la tête tout le long du trajet, ajouta nerveusement Audrey. Comme ça, je ne serai pas obligée de faire la conversation...

Malgré les incertitudes de leur mère, les enfants semblaient particulièrement réjouis de la voir prendre une telle initiative. Depuis le départ précipité de leur père quand ils étaient tout petits, ils s'étaient bien sûr rendu compte que leur mère ne vivait que pour eux, ayant relégué ses rêves et ses passions au second plan.

— Je vais vous préparer plein de plats congelés et je vais vous laisser des sous pour faire les courses. Et puis vous pourrez appeler papi. Il sera à sa maison de campagne, mais s'il y a une urgence, il viendra vous rejoindre.

— Maman, la rabroue Thomas. J'ai 20 ans, et Félie en a 18. On est capables de s'organiser tout seuls, et en plus, on va travailler tout l'été. Ne pense pas à nous et essaie de profiter de ton voyage, OK?

— Ne pas penser à vous? Mon pauvre Thomas, vous aurez 60 ans et je continuerai de m'inquiéter pour vous!

Tout en s'écroulant de rire, les deux jeunes gens décidèrent de faire un petit extra pour célébrer la grande résolution de leur mère. Pour une rare fois, ils allaient s'offrir le luxe d'une succulente pizza toute garnie de la pizzeria hors de prix du bout de la rue.

3 juin, Paris

La visite de Milan en classe s'était déroulée comme à l'habitude. Pas un sourire ni un mot à propos du voyage à venir. Voyant la journée filer à toute allure, Audrey prit son courage à deux mains et décida de l'affronter après son dernier cours de la journée.

La cloche venait à peine de résonner qu'elle dévala les trois volées d'escaliers pour ne pas rater Milan. Par chance, il était en grande discussion avec Cassandre.

— Comme je te le disais, je vais apporter des dépliants pour le stage d'été de street-hockey. Des gamins comme Félix ou Akram y seraient vraiment à leur place. En plus, il y a des fondations qui payent la session pour certains élèves.

— Waouh, Milan, je ne sais pas comment te remercier pour tout ce que tu fais pour les jeunes, roucoula Cassandre. C'est vraiment admirable…

Le jeu de séduction de sa collègue rendit Audrey extrêmement mal à l'aise. Ne voulant rien interrompre, elle patienta discrètement, saluant au passage les élèves retardataires qui quittaient la cour d'école.

— Il n'y a pas de problème, Cassandre. Je suis là pour ça!

Cassandre? Il venait de l'appeler Cassandre? Pas de madame Dupont ni de Madame Cassandre? Non... Cassandre tout court! Audrey sentit le rouge lui monter aux joues et regretta instantanément sa décision d'entamer un périple avec le beau brun.

— Ah! Audrey. Je ne t'avais pas vue. Est-ce qu'il y a un problème? demanda Cassandre, quelque peu agacée par la présence de sa collègue.

— Non. Il faut juste que je parle à *monsieur l'entraîneur*, j'attendais que votre conversation soit terminée.

Cassandre fit signe qu'elle avait compris, mais resta tout de même sur place, admirant Milan qui s'affairait à ramasser le matériel utilisé durant le cours. Quand il eut terminé sa corvée, elle était toujours plantée là.

— Madame Audrey! Qu'est-ce que je peux faire pour vous?

— Madame Audrey aimerait bien te parler en privé, Monsieur Milan. Est-ce que c'est possible ou il faut prendre un rendez-vous?

Audrey avait craché sa dernière réplique avec véhémence. Milan, qui s'amusait toujours de la voir s'insurger pour un rien, sourit à Cassandre, qui comprit sa demande implicite et quitta, à regret, la cour d'école.

— Donc, reprit Milan. Qu'est-ce que je peux faire pour vous?

— OK, voilà que maintenant tu me vouvoies en plus de m'appeler *madame*… t'es sérieux ?

Réprimant un fou rire, Milan lui fit signe qu'il allait arrêter de se moquer d'elle.

— En fait, je voulais juste connaître l'itinéraire. Combien de jours durera le trajet, et on dort où ?

Audrey avait besoin d'être en contrôle et de tout planifier. Le fait de ne rien savoir de l'organisation du voyage, qu'elle se refusait à appeler ainsi parce que ça lui semblait beaucoup trop intime, l'angoissait au plus haut point.

— Je t'envoie un mail ce soir. Tu me diras ce que tu en penses.

— Un mail ? Ça ne fait pas 1990, ça ? Pourquoi tu ne m'envoies pas un message sur Facebook ou Instagram ?

— Je ne suis pas sur ces cochonneries-là…

Encore son ton méprisant ! Audrey respira un bon coup et lui fit signe qu'elle attendrait donc son mail. Regagnant sa classe, elle dut se résoudre à espérer que la *playlist* de Félicia soit assez bonne et assez longue pour faire tout le voyage avec ses écouteurs bien en place dans ses oreilles !

4 juin, Paris

À: Mercier.a@hotmail.com
De: Milan88@hotmail.com
Objet: Trajet Naples

Salut, Madame Audrey!
J'espère que tu vas bien et que tu vas profiter de ton week-end; c'est vendredi, après tout! 🙂 J'ai fait un horaire provisoire pour notre voyage à Naples.
Tu me dis si tu veux changer quelque chose: Paris – Clermont-Ferrand – Valence – Marseille – Nice – Gènes – Milan – Bologne – Florence (si ça te tente et qu'on ne se tape pas trop sur les nerfs 😉) – Sienne – Rome et finalement Naples!
Il y a une chose à laquelle je tiens: Milan. Je veux aller voir mon petit frère, ça fait beaucoup trop longtemps que je ne l'ai pas vu!
J'attends de tes nouvelles,
Milan

Audrey avait relu le message trois fois : la première fois pour comprendre les informations qu'il contenait, la seconde pour s'assurer que c'était bien Milan qui l'avait écrit, étant donné le ton enjoué de la missive, et la troisième fois, pour assimiler les mille et un arrêts qu'ils allaient devoir faire.

— Tu t'attendais à quoi, Audrey ? Vous y allez en voiture. Milan ne peut pas conduire de Paris à Naples en une journée !

Emma tentait de raisonner Audrey, qui semblait paniquée au bout du fil.

— Mais voyons, Emma, on va en avoir pour des jours, à ce rythme-là !

— Voyons, Audrey ! Tu fais un *road trip*, qu'est-ce qu'il y a de si difficile à comprendre ? Profites-en pour visiter les différentes villes.

— Emma, tu ne comprends pas… As-tu au moins lu son mail que je t'ai transféré ? Il a appelé ce parcours « notre voyage ». Notre voyage, comme dans « on vient de se marier à Venise et on fait le tour du monde »… comme dans voyage de noces !

— Audrey… arrête de toujours tout dramatiser. Je trouve que son trajet a de l'allure, moi. Ma cousine a fait un *road trip* avec son mari, et…

— … AVEC SON MARI, TU VOIS ? la coupa Audrey.

— Peu importe. Ils ont parcouru la France et l'Italie et, à une ou deux villes près, c'était le même itinéraire.

— Je vais annuler. Je n'ai pas le choix. Je ne vais pas passer un mois à écouter la musique d'ado que Félie m'a choisie.

— Hein ? De quoi tu parles ?
— Laisse tomber. Je vais annuler, c'est tout.
— Audrey Mercier, tu ne vas rien annuler du tout. Tu vas répondre à Milan que tout te convient et que tu as hâte de partir.
— Et puis quoi encore, Emma !
— OK, enlève le « j'ai hâte de partir », mais garde le « tout me convient ».

Audrey raccrocha et se demanda dans quel pétrin elle venait de se mettre. Le cadeau de ses enfants, si innocent au départ, s'avérait maintenant la pierre angulaire d'un cauchemar sans fin. Respirant un bon coup, elle ouvrit son ordinateur et composa un mail poli à Milan.

À : Milan88@hotmail.com
De : Mercier.a@hotmail.com
Objet : RE : Trajet Naples

Bonsoir Milan. Merci pour la proposition de trajet.
Par contre, il n'y aurait pas moyen de se rendre un peu plus rapidement à Naples ?
Merci,
Audrey

À peine avait-elle envoyé son mail que la messagerie lui envoya une notification.

À : Mercier.a@hotmail.com

De : Milan88@hotmail.com

Objet : RE : RE : Trajet Naples

Salut, Madame Audrey,
Y a moyen, c'est sûr, mais ça va être moins sympa, non ?
En plus, t'as quoi à perdre ? T'es en vacances tout l'été,
autant en profiter. 😜
Milan

Audrey s'adossa contre sa chaise. Milan allait avoir réponse à tous ses arguments. Se sentant vaincue et se rappelant des paroles de son fils Thomas, elle décida d'abdiquer et de vivre sa vie, pour une fois.

À : Milan88@hotmail.com

De : Mercier.a@hotmail.com

Objet : RE : RE : RE : Trajet Naples

OK, Milan. T'as raison, je n'ai rien à perdre. Mais je t'avertis
que si tu me tapes trop sur les nerfs, je prends le bus
et je rentre à Paris. Et tu me payes mon billet.
Et on ne divisera pas les frais en deux.
Audrey

4 juin, Paris

À : Mercier.a@hotmail.com

De : Milan88@hotmail.com

Objet : RE : RE : RE : RE : Trajet Naples

Pas de problème. Mais je sais que ça n’arrivera pas. 😜
Milan

5 juillet, Paris

La fête battait son plein à l'école. La dernière journée de classe était toujours fébrile, tant pour les élèves que pour les enseignants. Certains versaient des larmes; d'autres se promettaient de se retrouver bientôt. Pour l'occasion, tous les enseignants étaient à l'extérieur, saluant une dernière fois les petites boules d'énergie qui avaient meublé leurs journées durant les 10 derniers mois. Au loin, Audrey aperçut Milan qui se frayait un chemin parmi les parents venus récupérer leurs petits trésors.

— Salut, les filles! Benoit, Maude et moi, on est venus voir le directeur pour récupérer nos chèques. C'était notre dernière semaine, alors j'espère que vous avez aimé les ateliers!

— Aimé? On a adoré! s'extasia Cassandre. J'espère que vous allez revenir l'an prochain, toi, en tout cas!

— Ça va dépendre des budgets, lui dit-il en souriant. On ne saura rien avant septembre prochain.

Audrey, qui était restée en retrait, espérait que Milan ne fasse aucune allusion à leur périple à travers l'Italie devant les autres enseignantes. À l'école, seule Emma était au courant qu'elle avait accepté l'offre de Milan, et Audrey souhaitait que ça reste comme ça. Depuis leur dernier échange par mail, Audrey avait fui Milan. Sa certitude quant au fait qu'ils allaient bien s'entendre en voyage l'avait complètement déstabilisée, et elle ne voulait en aucun cas laisser paraître son trouble devant ses collègues.

— Alors, Milan, tu fais quoi cet été ? se risqua à demander Cassandre.

— Je vais rendre visite à ma sœur à Naples.

— Ah ! C'est vrai, tu nous l'avais dit, reprit Zoé. Finalement, Audrey, vas-tu y aller toi aussi ?

Par chance, un élève en pleurs tomba dans les bras d'Audrey, faisant diversion. Occupée à le consoler, elle remarqua tout de même Cassandre qui glissa un papier dans les mains de Milan.

— Mon numéro. Au cas où ton voyage en Italie ne se passerait pas comme prévu.

Il prit le numéro et le glissa nonchalamment dans sa poche arrière. Puis, il se pencha vers l'oreille de Cassandre pour lui chuchoter quelque chose. Audrey s'imagina immédiatement qu'il l'invitait à partager son lit avant le grand départ. Prise de dégoût, elle tourna les talons vivement pour entrer à l'intérieur de l'école et se soustraire à la vue de Milan et de Cassandre.

— Comme tu veux, Milan, mais tu ne sais pas ce que tu manques…

— Comme je viens de te le dire, je ne suis pas intéressé. De toute façon, je suis certain que je vais faire le plus beau voyage de ma vie, ne t'inquiète pas pour moi.

Voilà ce que Milan avait chuchoté à l'oreille de Cassandre, mais qu'Audrey ignorait, trop occupée à rager contre le jeu de séduction de sa jeune collègue.

10 juillet, Paris

Le soleil était radieux. Une journée splendide pour se balader ou se faire dorer nonchalamment sur une plage déserte. Or, la maison d'Audrey était sens dessus dessous dans l'attente de Milan.

— Maman, prends ton passeport, si jamais vous décidez de passer par la Suisse pour revenir, avait suggéré Thomas.

— Mets l'eau dans la glacière tout de suite, tu vas l'oublier dans le congélateur, j'en suis certaine, avait poursuivi Félicia.

— Vous êtes comiques ! On dirait que vous êtes mes parents et que je suis la petite fille qui s'en va dans un camp !

Les enfants éclatèrent de rire.

— Mes amours, vous allez tellement me manquer, ce n'est pas possible…

— Maman, tu t'en vas pour un mois, pas pour un an… et tu nous écriras chaque jour si ça peut te faire plaisir, tenta de la rassurer Félicia.

— Pas de soirée à la maison, hein, Félie ?

— Pas de soirée, répéta-t-elle docilement.

— Chloé peut venir dormir à la maison, Thomas, mais je veux que vous vous occupiez quand même de Félie…

— Oui maman, acquiesça Thomas, un léger sourire en coin.

— N'oubliez pas de bien fermer la porte à clé quand vous partirez travailler le matin…

— Maman ! soupira impatiemment Félicia.

Au même moment, la sonnerie de la porte se fit entendre. Audrey se figea, comme si ses pieds étaient pris dans un bloc de béton, réflexe qu'elle avait beaucoup trop souvent quand elle était nerveuse.

— Maman ? Va répondre !

Audrey inspira profondément. Elle savait que dès qu'elle ouvrirait la porte, elle ne pourrait plus reculer : elle allait bel et bien devoir partir en « voyage » avec Milan Capello.

— Salut, Madame Audrey !

Devant elle, Milan se tenait bien droit, cheveux en bataille et lunettes de soleil réfléchissantes sur le nez. Félicia, qui avait accompagné sa mère jusqu'à la porte, se retourna lentement vers Audrey.

— Félicia, voici Milan. Milan, voici ma fille, Félicia.

Félicia semblait hypnotisée par la beauté de l'homme qui se tenait devant elle. Quand Emma et sa mère avaient parlé de Milan-je-me-la-pète, elle s'était imaginé un vieux rabougri, bedonnant et grincheux. Or, l'homme qui se tenait devant elle avait la taille et l'allure d'un mannequin ainsi que le sourire ravageur d'un séducteur en série. Bien sûr, il était beaucoup trop vieux pour elle, mais pas pour sa mère ! Félicia ne comprenait pas comment celle-ci pouvait résister à cet Adonis.

— Oh, et tiens, voilà mon grand garçon ! Mon fils Thomas et sa copine Chloé.

— Ça alors, t'as quel âge pour avoir des enfants adultes ?

La question avait brûlé les lèvres de Milan dès qu'il avait aperçu Félicia et surtout Thomas, qui avait la carrure d'un homme.

— Ma mère vient d'avoir 40 ans, d'où le cadeau, répondit Thomas. Elle nous a eus très jeune, mais avouez qu'elle est vraiment belle pour son âge, non ?

Audrey avait donné un affectueux coup de coude dans les côtes de Thomas. Qu'est-ce qui lui avait pris ? Milan n'était pas un rendez-vous galant, mais son collègue avec qui elle devait faire la route pendant près de 20 jours !

— Bon, reprit nerveusement Audrey, je pense qu'on est prêts à partir...

Milan s'était contenté de sourire à la remarque de Thomas. Témoin de l'affection que lui portaient ses enfants, il avait hâte d'en savoir plus sur celle qui le fascinait depuis son entrée à l'école des Marguerites, en avril dernier.

Le départ avait été difficile. Audrey avait dû faire de grands efforts pour ne pas pleurer. Quitter ses enfants se révélait la chose la plus difficile qu'elle avait jamais faite. À cet instant, elle se demanda comment Jake faisait pour vivre, au quotidien, loin de Thomas et de Félicia.

— Tu te remets de tes émotions ?

Milan avait brisé le silence.

— C'est la première fois que je laisse mes enfants seuls aussi longtemps…

— Ils sont grands, ils vont survivre !

— Je sais, mais quand même… tu ne connais pas toute mon histoire, alors, tu ne peux pas comprendre.

— Ça tombe bien, on a presque 30 heures de route à faire, rigola Milan.

Audrey lui renvoya son sourire. Peut-être que le voyage allait être plaisant, après tout ?

10 juillet, Paris - Clermont-Ferrand

— Clermont-Ferrand ! On arrive !

Étonnamment, la route depuis Paris lui avait semblé courte. Audrey s'était même surprise à ne pas utiliser les écouteurs une seule fois, se contentant de discuter avec Milan.

— On arrive à l'hôtel dans cinq minutes. J'espère que notre chambre sera prête ! dit Milan.

— J'ai vraiment faim ! On mange ensemble ce soir ou chacun de notre côté ?

— Comme tu veux... moi, j'avais prévu d'aller voir une partie des Arvernes BSCC, annonça Milan, mais ce n'est qu'à 19 h. J'ai le temps de venir manger quelque chose avec toi si tu en as envie.

— Sérieux ? Tu vas voir les Arvernes BSCC ?

Milan ne sut comment interpréter la dernière remarque d'Audrey. Pourtant, ils avaient mis les choses au clair dès leur premier kilomètre, établissant une liste de règles à respecter qu'Audrey s'était empressée de noter dans son portable.

1- Chacun était libre de faire ce qu'il voulait, quand il le voulait.
2- Aucune obligation de manger ensemble ou de faire des activités communes.
3- Ils n'avaient pas de comptes à se rendre.
4- Interdit de ramener une conquête à dormir puisqu'ils partageaient la même chambre (cette règle était davantage pour Milan, puisqu'Audrey s'était empressée d'affirmer que les coups d'un soir n'étaient pas son genre).
5- Si l'un des deux avait envie de passer plus de temps dans une ville, l'autre devait d'abord donner son accord.

— Euh… oui, j'ai envie d'aller voir les Arvernes BSCC, ça te dérange? Il me semble qu'on n'avait pas de comptes à se rendre?

Le ton de Milan était sec, contrastant avec sa bonne humeur des dernières heures. Audrey se figea.

— C'est que… c'est que j'adore le baseball. J'aurais bien aimé aller voir une partie des Arvernes BSCC, mais je ne pensais pas qu'on arriverait à temps… Je te trouvais juste… chanceux d'y aller. Je ne voulais pas que tu me rendes de comptes. Je suis désolée, Milan.

Milan se radoucit. Sa peur constante que quelqu'un essaie de le contrôler venait de refaire surface, et la pauvre Audrey en avait fait les frais.

— C'est moi qui m'excuse. Je pensais que tu m'en voulais de te laisser seule, le premier soir du voyage, pour aller voir un match de baseball…

— Pas vraiment mon genre, affirma-t-elle. Tu vas apprendre à me connaître.
— Si tu veux, je vends mon billet à l'entrée, et on se prend deux billets dans les gradins du fond?
— Dans les *bleachers*? Waouh!
Décidément, Audrey Mercier ne cessait pas de le surprendre!

La partie avait été prenante. Audrey, qui était amatrice de baseball depuis son plus jeune âge, avait impressionné Milan par ses connaissances techniques sur le jeu.
— L'entraîneur aurait tellement dû demander le frappe et court...
— Je n'aurais jamais pensé que tu connaissais le baseball comme ça!
— Mon père m'emmenait souvent voir ses parties quand j'étais petite. J'adorais l'aspect stratégique du jeu. J'ai bien essayé d'inscrire Tom, mais lui, il ne voulait rien savoir, il n'aimait que le foot!
— Je le comprends! J'ai fait pareil avec mon père!
— Ah! Le fameux football... avait-elle repris en riant.
— Si ce n'est pas indiscret, t'as eu tes enfants vraiment jeune... je pensais que t'avais genre 32 ans...
— Ben non, tu fais un *road trip* avec une vieille de 40 ans!

Elle avait éclaté de rire en prenant une bouchée de hot-dog.

— Sérieux, du baseball et des hot-dogs ! Qu'est-ce que je peux demander de mieux ?

Milan avait tenté de se concentrer sur la partie, mais il n'avait pu cesser d'admirer les yeux rieurs d'Audrey qui, passionnément, avait commenté chacun des jeux du match. Si on lui avait dit, il y avait un an, qu'il allait passer une soirée fantastique au complexe sportif des Cézeaux de Clermont-Ferrand avec une femme de 40 ans aussi magnifique qu'intrigante, il ne l'aurait jamais cru. En effet, un an plus tôt, Milan Capello collectionnait les conquêtes d'un soir, toutes des jeunes filles d'à peine 25 ans, refusant de s'engager avec qui que ce soit.

— C'était GÉ-NI-AL !! Je pourrais rentrer à Paris maintenant et je serais comblée !

— En tout cas, tu ne coûtes pas cher à sortir : un billet de baseball et deux hot-dogs !

Milan et Audrey avaient regagné leur chambre en riant. Milan avait pris soin de demander à Audrey si elle préférait deux chambres séparées ou si une chambre à deux lits lui convenait, « pour épargner », lui avait-il mentionné. Financièrement, elle n'avait pas eu le choix d'accepter pour la chambre à deux, mais force était d'avouer qu'elle était extrêmement nerveuse à l'idée de dormir si près d'un presque inconnu. Même si le trajet et la soirée s'étaient mieux déroulés que ce à quoi elle s'attendait, elle redoutait le moment où elle allait devoir mettre son pyjama. Garderait-elle son soutien-gorge ? Certainement !

— Je vais prendre ma douche. C'est bon pour toi si j'y vais en premier ?

— Hum, hum.

Au même moment, le téléphone d'Audrey vibra, annonçant qu'elle venait de recevoir un message. C'était Emma qui, de Cuba, souhaitait avoir des nouvelles de son amie.

Emma

Alors ? Il est aussi insupportable que tu le pensais, le beau Milan ?

Audrey pianota sa réponse tandis que l'eau de la douche commençait à couler.

Audrey

Sérieux, il est vraiment sympa. Je pense qu'on va passer un bon moment. On est même allés à un match de baseball !

Emma

Hé! Tu vas rentrer dans la secte de Cassandre et de Zoé qui vouent un culte démesuré au demi-dieu Milan Capello 😜.

Audrey

Euh… non, Emma. On s'entend mieux que je le pensais, mais de là à m'imaginer coucher avec un mannequin de *Sports Illustrated*, il y a quand même des limites!

Au même moment, Milan sortit de la salle de bain, les cheveux humides et en bataille. Vêtu seulement d'une serviette nouée à sa taille, il laissait voir ses abdominaux parfaits. Audrey, surprise par le spectacle qui s'offrait à elle, replongea rapidement le nez dans son téléphone.

Audrey

En tout cas, Emma, si Cassandre voyait les abdos que je viens de voir, elle n'en dormirait pas de la nuit.

Emma

Milan récupéra son boxer et retourna dans la salle de bain. Audrey, qui avait tout à coup très, très chaud, se demanda si, finalement, elle n'allait pas exiger qu'ils prennent chacun leur chambre à leur prochain arrêt, histoire de ne pas devenir une adepte de la secte de Milan, comme le disait si bien Emma.

11 juillet, Clermont-Ferrand - Valence

Milan et Audrey avaient pris la décision de ne pas s'attarder plus longtemps à Clermont-Ferrand. Tous deux avaient déjà visité la ville, et ils avaient hâte d'être un peu plus dépaysés. C'est donc dès le lendemain fin de matinée qu'ils avaient quitté la ville universitaire pour prendre la direction de Valence.

Le trajet, d'environ trois heures et demie, s'avérait long et plus ennuyeux que celui de la veille. Milan, concentré sur la route, adressait à peine la parole à Audrey. Voyant que le silence s'épaississait à mesure que la route se remplissait de voitures, elle en profita pour mettre ses écouteurs et apprécier les chansons que lui avait fournies Félicia. Après un moment, Milan décréta qu'il fallait s'arrêter pour manger.

— Il n'y a pas grand-chose à faire à Valence... qu'est-ce que tu dirais qu'on ne s'éternise pas ici ni à Marseille, mais qu'on passe quelques jours de plus à Nice ?

— Ça me va. J'ai toujours voulu visiter cette belle ville touristique.

Audrey reçut son sandwich aux tomates tandis que Milan croqua dans son hamburger double bacon.

— Le père? Il est où, le père de tes enfants?

Milan venait de la prendre au dépourvu. Parler de Jake n'était absolument pas dans ses intentions, mais si elle voulait passer un agréable moment en compagnie de son collègue, elle allait devoir faire un effort et s'ouvrir un peu à lui.

— Jake est retourné aux États-Unis. C'est un acteur, et comme il n'y avait pas beaucoup de rôles pour des anglophones dans nos séries, il est reparti vivre dans son pays natal.

— Il est retourné aux États-Unis?

— Ouais! Il est parti quand Thomas avait six ans et que Félicia en avait quatre.

— Et il ne les voit jamais?

— Quand ils étaient plus jeunes, il venait les voir à Noël, et les enfants allaient passer quelques jours dans sa famille, l'été. Puis, ils ont grandi, et l'intérêt a diminué... des deux côtés.

— Et t'as jamais refait ta vie? Je veux dire, t'es belle, t'es pas compliquée, t'es super à l'écoute...

Audrey avait rougi devant les compliments de Milan. Cachant sa gêne, elle prit une bouchée de sandwich et continua ses explications.

— J'ai eu des amourettes, comme tout le monde, mais jamais rien d'assez sérieux pour présenter le mec à mes enfants.

— Waouh, j'ai donc eu droit à un grand privilège, parce que je les ai rencontrés, moi, tes enfants!

Il lui avait souri en formulant sa dernière réplique. À cet instant précis, Audrey comprit pourquoi les filles craquaient toutes pour Milan Capello. Sa fossette naissante au coin de la bouche lui donnait un air à la fois moqueur et séducteur.

— Mes enfants ont déjà vu des hommes, quand même, relativisa Audrey. Juste pas mes amoureux. Je ne trouvais pas ça pertinent de les exposer à des flirts de passage.

— Je trouve ça nul que tu aies mis ta vie en veilleuse…

— Je ne dirais pas ça. C'est un choix que j'ai fait, et je m'en porte très bien ! Une fois, par contre, j'ai failli leur présenter un gars… Simon…

— C'est qui, Simon ?

— Simon, c'est ce qui s'est rapproché le plus d'une relation sérieuse après Jake. Par chance, je ne le leur ai pas présenté, en fin de compte.

— Tu devais avoir tes raisons, supposa Milan, tout en terminant son repas.

— En effet. Bref, j'ai fait une croix sur les hommes depuis un bon bout de temps.

— Tu ne devrais pas.

Milan la fixait maintenant de ses grands yeux verts. Sentant les battements de son cœur s'accélérer, Audrey décida qu'il était plus judicieux de changer de sujet.

— Bref, on a encore de la route à faire. Veux-tu que je prenne le volant ?

— Non, ça va. Je suis partant pour conduire encore un bout de temps. Tu peux écouter ta musique d'ado.

Elle lui balança une claque amicale sur le bras et décida de se lever pour se remettre en route.

Très fréquentée durant l'été, la route avait été longue, et en voyant l'hôtel que Milan avait réservé, Audrey battit des mains.

— Enfin ! J'en pouvais plus de me retenir de faire pipi !

Elle passa rapidement la porte pendant que Milan finissait de remplir les papiers d'usage.

L'hôtel était luxueux, beaucoup plus que celui de Clermont-Ferrand. En pénétrant dans la chambre, Audrey trouva deux grands lits qui avaient l'air des plus moelleux. Elle se jeta, comme une enfant, sur celui de droite.

— T'es certain que cet hôtel entre dans mon budget ? demanda-t-elle naïvement.

— En fait, tout était réservé dans la ville parce qu'il y a un congrès international. Mais t'inquiète, je vais payer la différence.

Audrey se sentit tout à coup mal à l'aise. Elle avait pourtant bien mentionné à Milan que son budget, très restreint, ne pouvait inclure que des motels bas de gamme et de la restauration rapide.

— T'es certain, Milan ? Je peux voir ce que je peux faire…

— T'inquiète, je te dis. Tout est réglé. Tu prends ta douche en premier ou j'y vais d'abord ?

Audrey fit signe qu'elle y allait en premier. Savourant les jets d'eau chaude sur sa peau, elle se demanda si elle aurait droit, aujourd'hui encore, au spectacle des abdominaux de feu. Malheureusement, lorsque son tour fut venu, Milan décida d'apporter ses vêtements dans la salle de bain, et Audrey ne put admirer son anatomie sculpturale. Il avait certainement eu conscience de son trouble de la veille et il ne voulait pas la mettre mal à l'aise. Gentleman, tout de même.

— Je descends au bar boire un verre. Tu viens avec moi ?

— Pas tout de suite, je veux réussir à attraper les enfants pour savoir comment s'est passée leur première nuit à la maison sans moi.

Milan la dévisagea. Visiblement, il la jugeait de s'en faire autant pour des enfants qui avaient l'âge de vivre seuls en appartement !

— Comme tu veux ! On se revoit plus tard. Je te texte si je sors.

Audrey était maintenant seule dans la magnifique chambre d'hôtel. Fixant la valise de Milan, l'envie d'y fouiner la prit soudainement. Peut-être contenait-elle de troublants secrets ou des indices sur la vie de Milan à l'extérieur de Passion sportive ?

Même si l'envie était grande, elle se refusa toute intrusion. Si elle découvrait quelque chose, elle savait qu'elle ne pourrait pas tenir sa langue et que leur périple de même que leur complicité naissante seraient compromis.

Elle décida en fin de compte de composer le numéro de téléphone de Félicia plutôt que celui de Thomas, sachant qu'elle aurait beaucoup plus de chances que sa fille lui réponde, elle qui avait le téléphone pratiquement greffé à la main droite.

— Salut, Félie !

— Salut, maman ! Comment vas-tu ? T'es arrivée où ? Est-ce que Milan est toujours aussi insupportable ? L'as-tu embrassé ?

— Oh ! C'est quoi cet interrogatoire en règle ? C'est moi qui appelle pour prendre de tes nouvelles et c'est toi qui me bombardes de questions ! T'es drôle, Félicia !

— OK, t'as raison. Comment vas-tu ? reprit plus calmement la jeune fille.

— Très bien, et vous ?

— Super ! Thomas et Chloé sont tellement mignons ! Ils jouent aux parents avec moi, en me préparant mes repas pour le travail et en me faisant à dîner.

— Franchement, Félie, n'abuse pas !

— Oh, maman, ne te fâche pas ! J'en profite un peu, c'est tout. Et toi ? Comment ça se passe avec Milan-je-me-la-pète ?

— Ben, en fait, il n'est pas si lourd que ça finalement. Il est même plutôt sympa !

— Oh… maman est amoureuse !!!

Audrey entendit Thomas et Chloé répéter les paroles de Félicia avec une pointe d'interrogation dans la voix.

— Quoi ? Elle est amoureuse ?

— Félie… Félie, protesta Audrey. Personne n'est amoureux, OK ? J'ai juste dit que c'était un bon compagnon de voyage. Répète ça à ton frère et à Chloé pour ne pas lancer de rumeur.

— Elle me fait dire qu'ils ne sont pas amoureux…

Audrey entendit les cris de déception à l'arrière-plan.

— Maman, reprit Félicia, tu sais que… que tu aurais le droit d'avoir un amoureux. Thomas et moi, on serait vraiment heureux si tu rencontrais quelqu'un…

— Je sais, Félie…

— On aimerait vraiment te voir heureuse… je veux dire, on aimerait que tu rencontres quelqu'un qui mérite une femme extraordinaire comme toi. Jake s'est bien remarié, lui !

— Ton père, ce n'est pas moi, Félie…

— T'as raison, toi, t'es le roc de nos vies, mais t'as quand même droit à ta part de bonheur.

Les larmes aux yeux, Audrey sourit. Peut-être que Félicia avait raison. Peut-être qu'elle devrait songer à entrouvrir la porte à l'amour ? Qui sait ce qui se cacherait derrière ? Milan, peut-être ?

Audrey admirait sa tenue dans la salle de bain de la chambre d'hôtel. Galvanisée par les propos de Félicia, elle avait décidé d'enfiler sa petite robe noire, celle qui lui donnait une superbe silhouette. Fouillant dans sa valise, elle avait trouvé ses talons hauts, ceux des grandes occasions, comme elle les appelait. Ces chaussures-là la faisaient souffrir, mais elles mettaient tellement ses jambes en valeur qu'elle ne pouvait s'en passer. Le maquillage de soirée fut un peu plus difficile à réaliser, mais lorsqu'elle se recula pour admirer son reflet, elle fut satisfaite du résultat.

Se scrutant une dernière fois, elle se fit la remarque que même si elle venait de souffler ses 40 bougies, elle se sentait comme une jeune fille de 28 ans ! Le rouge aux joues, elle quitta la chambre en espérant secrètement que Milan la remarque et qu'il écarquille les yeux… juste un peu !

À peine les portes de l'ascenseur ouvertes, Audrey aperçut la foule qui s'était massée dans le petit hall. Se rappelant les paroles de Milan, elle réalisa que la ville hébergeait un très gros congrès et que l'hôtel fourmillait de congressistes assoiffés d'alcool.

Sans trop de difficulté, elle repéra Milan au bar. Plus grand que les autres et surtout plus beau, il attirait les regards. Lorsqu'un homme bedonnant recula d'un pas vers la droite, Audrey stoppa net. Le mouvement du congressiste lui avait révélé que Milan n'était pas seul. Il discutait avec une blonde sculpturale, plus magnifique qu'impressionnante. *Voilà le genre de Milan ! J'aurais dû me douter qu'une fille comme moi ne ferait jamais le poids…* Tournant les talons, elle décida de regagner sa chambre, en fait « leur » chambre, honteuse d'avoir pensé que sa petite robe noire et ses talons aiguilles auraient pu faire de l'effet à un homme de la trempe de Milan Capello.

Attendant patiemment l'ascenseur, Audrey se mit à réfléchir. Pourquoi devrait-elle rentrer se coucher, piteuse, juste parce que monsieur l'entraîneur avait trouvé une princesse parfaite parmi la foule ? Le bar regorgeait de beaux hommes en complet. Pourquoi ne tenterait-elle pas sa chance, elle aussi ? Elle était jolie et elle avait passé plusieurs minutes à se préparer pour cette soirée. Autant en profiter…

Replaçant les plis de sa robe de la main, elle décida d'entrer dans le bar, à la recherche d'un séduisant célibataire qui pourrait l'entraîner dans une valse de séduction.

Le cœur battant, elle s'accouda au bar, à quelques mètres de Milan et de Miss Parfaite. Ses chaussures la faisaient souffrir, mais qu'à cela ne tienne ! Elle devait les endurer pour espérer séduire un beau spécimen à cravate.

Subtilement, elle regarda la bombe avec qui Milan discutait. Vraiment, il avait du goût, car cette fille était magnifique. De longs cheveux blonds, des yeux bleus couleur océan et une taille de guêpe digne d'une vraie fille de 28 ans… Perdue dans ses réflexions, Audrey n'entendit pas le serveur qui lui demandait pour la deuxième fois en anglais ce qu'elle souhaitait commander.

— Oh ! *Sorry ! I'll have a dry martini, please*[1].

A dry martini ? Depuis quand buvait-elle du martini ? Mais bon, tant qu'à jouer les séductrices pour rencontrer quelqu'un,

1 Oh ! Désolée, je vais prendre un dry martini.

autant y aller à fond ! Dans les films, les filles commandaient toujours un dry martini... Sa commande était donc partie toute seule !

Après avoir reçu son dry martini muni de la traditionnelle olive, Audrey scruta la foule. Son regard se posa sur Milan, qui avait maintenant la main sur la hanche gauche de la splendeur et qui lui chuchotait des trucs à l'oreille. *Ah, les hommes ! Tous les mêmes !* Elle en était là dans ses réflexions quand quelqu'un s'approcha d'elle. L'homme, un Américain de gabarit moyen, avait quand même fière allure. Ses cheveux savamment coiffés ne laissaient dépasser aucune mèche, et son sourire laissait entrevoir des dents blanches et droites. Rapidement, il réussit le contrôle de qualité que lui avait fait subir mentalement Audrey.

Il s'adressa à elle dans un français impeccable, ce qui la prit par surprise.

— Tu es avec quelle entreprise ?

— Aucune, s'entendit-elle répondre. Je... je suis en escale pour rejoindre une copine à Naples, mentit-elle avec aplomb.

— Moi, c'est Patrick. Je travaille pour BCCG.

— Audrey, je travaille pour l'EEPM.

— Euh... je ne connais pas ça. C'est un cabinet d'architectes ?

Audrey se trouvait bien drôle d'avoir répondu par cette abréviation désignant l'école qui l'employait. Elle leva les yeux un instant et croisa ceux de Milan, qui venait de l'apercevoir. Il lui fit signe de s'approcher, mais elle secoua discrètement la tête en lui indiquant Patrick du menton. Elle ne voulait surtout pas se retrouver à discuter,*in English,* avec la plantureuse future partenaire sexuelle de Milan.

— Je suis comptable pour BCCG. Et toi, tu fais quoi ?

— Moi ? Je suis avocate, mentit-elle encore une fois.

Audrey se surprit à prendre plaisir à se créer une fausse identité. Sa robe noire, son maquillage, ses talons hauts, son dry martini... et maintenant son faux emploi d'avocate ! Elle sourit intérieurement en souhaitant seulement qu'il ne lui demande pas un conseil juridique...

— Alors, Audrey, tu t'amuses ce soir ?

— Ouais, c'est très décontracté, ça me plaît...

Décontracté ? Mais qu'est-ce qu'elle racontait ? La soirée était tout sauf décontractée ! Les gens étaient bien habillés, et l'atmosphère était sérieuse. Vraiment, il y avait des lunes qu'elle ne s'était pas entraînée à la drague, et ça se voyait ! Il fallait qu'elle retombe dans son rôle de séductrice au plus vite. Passant subtilement la main dans ses cheveux, comme Emma le lui avait enseigné en lui assurant que ça lui serait utile le jour où elle voudrait séduire un mec dans un bar, elle offrit à Patrick son plus beau sourire.

— Qu'est-ce que tu bois ? Je peux t'offrir un autre verre ?

— Un martini. C'est gentil, mais je viens juste de le recevoir. Plus tard peut-être ?

Il lui rendit son sourire. Il avait aimé sa remarque. Il s'avança vers elle et lui chuchota langoureusement à l'oreille :

— Alors, tu as des plans pour ce soir… je veux dire… pour cette nuit ?

Décidément, le comptable savait capter les signaux ! Audrey pensa qu'il faudrait qu'elle remercie Emma pour son cours de Passage de main dans les cheveux de manière sexy pour débutant ! Mais lorsque Patrick entreprit de lui passer la main autour de la taille, elle se raidit. Doucement, elle le repoussa, prétextant qu'elle voulait commander autre chose au bar. La vérité, c'était qu'elle ne se sentait absolument pas prête à se retrouver dans les bras du comptable de BCCG. Il fallait qu'elle trouve un moyen de se tirer de cette situation désagréable qu'elle avait elle-même provoquée.

Milan lui offrit une porte de sortie inespérée quand il l'interpella au loin.

— Audrey ? Viens ici, il faut que je te présente quelqu'un.

Milan-le-sauveur 1, Audrey-la-mauvaise-séductrice 0.

— Patrick, je suis désolée, je dois aller voir un ami…

Comme un pot de colle, Patrick la suivit jusqu'aux sièges occupés par Milan et la superbe blonde. Elle allait devoir trouver une autre stratégie pour se débarrasser du comptable.

Milan se leva pour accueillir Audrey, l'enlaça tendrement et lui donna un baiser sur la tempe. C'était la première fois qu'ils se touchaient. Ils ne s'étaient même jamais donné de bise sur les joues! Surprise et déstabilisée par cette démonstration d'affection soudaine, Audrey se figea et fit passer son regard de son ami à la jolie blonde, puis au pauvre Patrick.

— Tu es superbe, lui souffla Milan à l'oreille.

Le bras de son compagnon de voyage toujours autour de la taille, Audrey ne savait plus comment réagir, mais contrairement à tout à l'heure, lorsque Patrick avait fait le même geste, elle ne se dégagea pas de son étreinte.

— Audrey, je te présente Isabelle. Isabelle, je te présente Audrey… ma femme.

Audrey s'étouffa avec son dry martini. Devant son air d'incompréhension, Milan lui lança un regard qu'elle comprit immédiatement: pour une obscure raison, il avait besoin qu'elle joue le jeu.

Patrick, qui n'avait aucune intention de rivaliser avec le géant, avait quitté prestement la scène, abandonnant Audrey devant Milan et une Isabelle complètement déconfite. Au moins, la mascarade avait fait fuir le comptable!

— Je… je suis contente de te rencontrer, articula la splendide blonde. Milan ne m'avait pas dit qu'il avait une femme… en tout cas, ça ne se voyait pas…

— Oh! Il est comme ça, mon mari, aimable avec tout le monde!

Audrey avait ri de son rire cristallin. Nerveusement, elle s'approcha de Milan, qui s'empressa de la reprendre par la taille. Mal à l'aise, Isabelle consulta son portable et déclara qu'elle devait absolument s'en aller. Lorsque la belle blonde eut quitté le bar, Milan éclata de rire à son tour.

— OK, Audrey, je t'en dois une belle!

— Non, attends, tu ne le sais pas, mais c'est moi qui t'en dois une belle!

— On n'a pas été chanceux avec nos conquêtes, rigola-t-il.

Lorsque le sérieux revint, Audrey lui adressa une remarque qui lui brûlait les lèvres.

— Milan, qu'est-ce qui t'a pris de lui dire que j'étais ta femme? Vous aviez l'air de bien vous entendre, pourtant.

— Autant que toi et le type là-bas, répondit-il en désignant Patrick qui discutait maintenant avec une jolie brunette. Isabelle était agaçante! Elle voulait absolument que je la rejoigne dans sa chambre. Je ne savais plus comment m'en débarrasser. Quand je t'ai vue, j'ai eu envie de m'amuser un peu!

Il affichait une fois de plus son traditionnel sourire mi-moqueur, mi-séducteur, ce qui déstabilisa Audrey.

— Quand même... pauvre fille!

Décidément, la modestie ne l'étouffait pas! Milan était beau, même très beau, et il le savait. Ce constat exaspéra Audrey, dont la mine se rembrunit.

— T'as eu de la chance qu'elle croie à ton histoire!

— Pourquoi est-ce qu'elle ne l'aurait pas crue?

— Ben... je ne suis pas le genre de fille qui ressemble à... ben, qui ressemble au genre de filles que tu fréquentes!

— OK, et c'est quoi, le genre de filles que je fréquente?

Cette fois, Milan s'était renfrogné. Disparu, le beau sourire. Il recula et s'adossa contre le bar, les bras croisés. Son ton était ferme, et il semblait agacé par la remarque d'Audrey. La fixant, il attendait une réponse qui ne venait pas.

— Vas-y, Audrey. Dis-moi c'est quoi, mon genre de filles. Tu ne me connais même pas! T'as jamais vu une de mes copines! Comment tu peux savoir c'est quoi, mon genre, hein?

Milan ne décolérait pas. Audrey, qui ne savait pas quoi répondre pour ne pas attiser davantage sa colère, trempa ses lèvres dans son dry martini. La grimace qu'elle fit confirma qu'elle détestait cette boisson.

— Je vais monter dans la chambre. Je suis fatigué, et on a encore huit heures de route à faire demain. Prends ton temps. Tu peux même relancer le mec qui te draguait tout à l'heure. Tu lui diras qu'on vient juste de divorcer! On se rejoindra à 10h dans le hall demain matin, si tu ne rentres pas dormir.

Avant même qu'elle puisse ajouter quoi que ce soit, Milan lui avait tourné le dos et avait rapidement fendu la foule pour se rendre aux ascenseurs. Il était furieux contre elle. Qu'avait-elle dit de si grave pour le mettre dans un tel état? Qu'elle n'avait pas l'allure du genre de filles qu'il avait l'habitude de fréquenter? Pourtant, c'est ce qu'elle croyait réellement. Elle se serait obstinée à mort si quelqu'un avait voulu lui faire croire le contraire.

Elle se tourna vers le serveur et commanda un verre de vin rouge afin de chasser le goût affreux du martini, qui ne lui revenait pas. Elle repensa à la colère démesurée de Milan. Si elle en avait eu les moyens, elle serait passée à l'accueil et aurait réservé sa propre chambre afin de le laisser décanter.

Elle en était là dans ses réflexions quand elle vit, au loin, Patrick lever son verre en sa direction. Elle leva son verre de martini en retour, mais détourna le regard pour ne pas attiser la flamme du comptable. Après tout, elle n'avait nullement l'intention de passer la nuit avec lui! Voyant qu'il s'approchait d'elle à nouveau, elle se retourna prestement vers le barman.

— Finalement, annulez mon verre de rouge. Je vais remonter dans ma chambre.

À son arrivée, la chambre était plongée dans le noir. Audrey, ne voulant pas déranger Milan, prit sa valise et entreprit de mettre son pyjama dans la salle de bain. Tout en se démaquillant, elle chercha la meilleure façon de s'excuser auprès de son compagnon, afin que leur périple demeure agréable. Regagnant son lit à tâtons, elle ferma les yeux, pressée que cette soirée se termine enfin.

— Bonne nuit, articula Milan.

— Bonne nuit à toi aussi… Et en passant, Milan, je m'excuse pour tout à l'heure… je ne voulais pas te vexer.

— Ça va, je n'aurais pas dû réagir aussi fort…

Chacun dans leur lit, les deux collègues se parlaient sans se voir, étant donné l'obscurité qui régnait dans la chambre.

— Milan ?

— Ouais ?

— C'est la première fois que tu m'appelais Audrey, ce soir…

— Ah merde ! C'est vrai ! Bonne nuit, *Madame Audrey*…

S'imaginant son sourire moqueur, Audrey ferma les yeux en ayant la certitude que la hache de guerre était bel et bien enterrée.

12 juillet, Valence - Marseille

La chaleur était accablante. Malgré l'air climatisé dans la voiture de Milan, le soleil qui tapait sur les fenêtres faisait grimper la température dans l'habitacle.

— Dis-moi que notre hôtel a une piscine... pitié, Milan!

— Désolé de te décevoir, mais je ne pense pas... c'est un petit motel miteux que j'ai réservé, parce que je ne voulais pas qu'on perde trop de temps ici...

La déception se lisait sur le visage d'Audrey qui ne rêvait que d'eau froide pour s'y baigner.

— Peut-être qu'on pourrait aller à la plage, reprit-elle avec un peu d'espoir.

— Beurk... je déteste les plages!

— Comment? Tu n'aimes pas les plages?

— Non!

— Tu n'aimes pas bronzer au soleil sur le sable chaud, puis te rafraîchir en nageant dans la mer?

— Non, ces trucs, ce n'est pas pour moi!

Audrey le regarda avec étonnement. La veille, Milan avait eu raison quand il lui avait lancé qu'elle ne le connaissait pas. Jamais elle n'aurait pu se douter qu'il avait une telle aversion pour la plage, lui qui arborait le look du surfeur indépendant à merveille.

— Et ce serait quoi, ton truc?

— L'aquarium de Naples? ricana-t-il.

— Ha! Ha! Très drôle...

— Sans blague, j'ai beaucoup voyagé en Europe, mais jamais dans le but de me reposer sur une plage.

— Je n'ai jamais voyagé tout court, reprit-elle.

— Sérieux?

— Sérieux!

— Tu n'aimes pas voyager?

— Ce n'est pas ça, c'est juste que je n'ai jamais eu l'occasion...

— Audrey, es-tu en train de me dire que c'est ton premier voyage?

— Long comme ça et sans mes enfants... oui! On est allés à Clermont-Ferrand, à Lille et à plein d'endroits dans le nord de la France pour les matchs de foot de Thomas, mais à part ça, je n'avais pas le budget nécessaire pour voyager...

Milan respira bruyamment.

— Et ton ex? Il ne t'envoyait pas d'argent pour les enfants?

— Ça a pris du temps avant que Jake gagne décemment sa vie, avec son métier. Il y a à peine cinq ans qu'il est, disons... plus connu. Autrefois, ce qu'il gagnait suffisait à peine à payer son loyer, alors je ne lui ai jamais demandé de sous...

Maintenant qu'il gagne beaucoup d'argent, j'aurais pensé qu'il allait aider Thomas à payer l'université, mais ça n'a pas l'air d'être dans ses plans.

— Quand même, il me semble que quand tu fais des enfants, tu t'en occupes...

Audrey n'aimait pas la tournure que prenait la discussion. Elle sentait que Milan, comme Emma, la jugeait mal parce qu'elle avait consacré tout son temps et toutes ses économies au bien-être de ses enfants plutôt que d'entamer des poursuites judiciaires qui auraient forcé Jake à lui verser une pension alimentaire.

— On arrive dans moins d'une heure, dit-elle pour changer de sujet.

Au même moment, le téléphone de Milan sonna. Ne voulant pas répondre en conduisant, il laissa passer l'appel. Au bout de cinq minutes, la sonnerie retentit de nouveau.

— C'est peut-être urgent, Milan... veux-tu que je réponde ?

— Bonne idée, prends le message. Si c'est important, je prendrai la prochaine sortie pour m'arrêter.

Audrey décrocha le portable et répondit nerveusement, de peur de tomber sur une des conquêtes de son conducteur. En voyant la mine déconfite d'Audrey, Milan n'eut aucun besoin de lui demander si le message était urgent. Il mit son clignotant et sortit de l'autoroute le plus rapidement possible. S'immobilisant sur le bord d'une petite route, il demanda des explications à Audrey.

— Milan, on a un problème...

— Quoi ? Qu'est-ce qui se passe ?
— Le airbnb que tu avais réservé à Nice vient d'annuler… ils ont « booké » deux personnes en même temps…
— Tu n'es pas sérieuse ?
— Ils nous proposent un plus bel appart, mais le hic, c'est qu'il n'est pas disponible avant le 14 juillet…
— Donc, il faut rester deux jours à Marseille ?
— Ouais… mais ils nous laisseraient l'appart jusqu'au 17 juillet pour le prix de deux nuits…
— On n'a pas vraiment le choix…

Milan composa le numéro de la dame responsable des locations et, même s'il lui exprima son mécontentement, il n'eut d'autre choix que d'accepter de repousser leur séjour à Nice d'une journée.

— Je sais, mais je dois absolument louer une chambre pour demain aussi…

Audrey laissait Milan discuter avec le responsable du motel. Il devait impérativement trouver un moyen de réserver une seconde chambre, puisque leur airbnb à Nice n'était plus disponible le 13 juillet.
— Il ne veut rien savoir ! Il dit qu'à cause de la Fête nationale, tout est loué !
— OK… donc on fait quoi ?

— Je vais essayer d'appeler ailleurs pour voir...

Milan était dans tous ses états. Se passant fébrilement la main dans les cheveux, il pianotait sur son portable à la recherche d'un motel pouvant les héberger pour deux journées.

— Bordel de merde ! Il fallait justement que ce soit cette foutue Fête nationale...

C'était la première fois qu'Audrey entendait Milan jurer autant. Habituellement, il était calme et patient, mais là tous les vilains mots y passaient. Elle s'amusait en pensant que c'était peut-être aussi un signe qu'il se sentait de plus en plus à l'aise en sa présence. Au bout du cinquième appel, il abdiqua et se laissa tomber sur un des lits du piteux motel.

— On va être obligés de dormir dans la voiture !

— Milan, t'es fatigué, t'as conduit toute la journée. On trouvera une solution demain.

— Audrey, je ne vais pas faire apparaître une chambre demain, juste en claquant des doigts, répliqua-t-il, plus frustré qu'il ne l'aurait imaginé.

— Non, mais il y aura peut-être des annulations de dernière minute par exemple, lui répondit-elle sur le même ton.

Sentant que le ton montait dangereusement, Audrey décida d'emprunter la voiture et de laisser Milan se reposer.

— Je vais aller faire du repérage pour demain. Tant qu'à rester ici, autant en profiter...

L'insouciance d'Audrey le dépassait. Ne se rendait-elle pas compte que le lendemain soir, ils n'auraient plus d'endroit où loger ?

Quand Audrey revint avec de la restauration rapide en guise de dîner, Milan s'était déjà assoupi. Il ouvrit l'œil pour s'assurer que c'était bien elle qui était entrée, puis replongea dans un sommeil profond. Toute cette route avait fini par jouer sur son moral, et il ressentait une fatigue extrême. Peut-être que cette pause forcée d'une journée allait lui être salutaire, finalement ?

13 juillet, Marseille

La chaleur était encore plus écrasante que la veille. Milan, qui avait fait le tour du cadran, était dans une forme splendide.

— Bon ! On va profiter de la journée, même s'il faut qu'on dorme dans l'auto ce soir !

— Au pire, on roulera de nuit, proposa Audrey.

— Ouais, bonne idée ! On se repose durant la journée et on fait la route de nuit...

— Pas idéal, mais tant qu'à dormir dans l'auto...

— As-tu repéré des trucs à faire pendant ta balade d'hier soir ?

— Tu n'aimeras pas ça, mais il y a une superbe plage pas trop loin d'ici...

— T'as raison, je n'aimerai pas ça !

Elle tenta de lui faire un air suppliant pour le faire changer d'idée.

— Hé ! Ton air de pitié, ça ne marche pas avec moi ! dit-il en riant.

— Tu peux venir me conduire, au moins ? Comme ça, tu garderas l'auto et tu me reprendras en passant ?

— OK, affaire conclue.

Audrey, excitée comme une enfant à qui on viendrait de promettre un cornet de crème glacée, se dirigea rapidement vers la petite salle de bain de leur chambre pour enfiler son maillot de bain sous sa chemise et son short.

— Tu viens me chercher vers quelle heure ?

— T'as gagné… je me gare et je viens avec toi.

— Milan, t'es pas obligé !

— Je sais, mais je vais trouver un coin à l'ombre et essayer de dormir. Si je veux conduire cette nuit, faut que je dorme, pas le choix… et comme on vient de rendre les clés du motel, la plage, c'est vraiment mon dernier, dernier recours…

Audrey s'amusa de ses explications. Rapidement, elle enleva ses sandales pour profiter du sable chaud entre ses orteils. Se faufilant à travers les jeunes familles installées un peu partout sur la plage, ils trouvèrent un endroit calme, moitié à l'ombre et moitié au soleil. Audrey étendit sa serviette de plage, qu'ils venaient tout juste de se procurer, et Milan, secouant la tête, se demanda encore une fois ce qu'il lui avait pris d'accepter de se retrouver sur une plage remplie d'enfants bruyants.

— Je ne serai jamais capable de dormir…

— Au pire, on se reposera dans une aire de repos, comme les conducteurs de poids lourds…

— Pas idéal, mais si je n'arrive pas à me reposer ici, on n'aura pas le choix…

— Veux-tu que je te prête mes écouteurs ? Tu pourras mettre ma musique d'ado, se moqua Audrey.

Au même moment, elle retira sa chemise et son short, prête à sauter à l'eau. Milan eut un regard d'étonnement, qui ne passa pas inaperçu aux yeux d'Audrey.

— Qu'est-ce qui se passe ? Mon maillot est sale ?

Elle s'ausculta d'avant en arrière afin de vérifier ce qui clochait avec sa tenue.

— Je suis juste surpris que tu portes un maillot une pièce…

— Qu'est-ce que ça fait ?

— Ben… je ne sais pas… je suis juste surpris. T'as le corps pour porter un bikini…

— Et ?

— Et… et ça m'a surpris, c'est tout.

Audrey le regardait s'empêtrer dans ses explications.

— Ce n'est pas grave, excuse-moi, ça ne me regarde pas, déclara Milan en regrettant ses paroles.

— T'as raison, ça ne te regarde pas.

Le laissant en plan et confus, elle se dépêcha de courir vers la mer.

L'eau était rafraîchissante. Avec cette canicule et après leur route, Audrey était contente de pouvoir faire une pause. Cependant, son bonheur s'était assombri à la suite de la remarque de Milan. Qu'aurait-elle pu lui répondre ? Qu'elle n'était pas adepte du bikini triangle comme ses dernières conquêtes ? Il aurait certainement répliqué encore une fois qu'elle ne savait rien du genre de filles qu'il aimait, et une dispute aurait éclaté de nouveau. Sortant la tête de l'eau, elle remarqua, non sans surprise, que Milan était en grande conversation avec une femme. *C'est un aimant à filles, ce type-là,* pensa-t-elle.

Ne sachant pas si elle devait jouer à nouveau le rôle de l'épouse afin de le sortir d'une situation embarrassante, elle décida de profiter encore un peu de l'eau fraîche. Comme elle ne reçut aucun signal, elle pensa automatiquement qu'il ne voulait pas s'afficher avec sa fausse femme qui arborait un maillot de bain de grand-mère. Tant pis, elle avait besoin de se sécher. Il allait devoir la présenter à la jolie brunette, même si ça ne lui plaisait pas ! Elle quitta la mer et avança en leur direction.

— Audrey ! Je te présente Lilianne. Lilianne, c'est Audrey, avec qui je voyage.

Voilà, elle avait sa réponse. Cette fois, elle n'avait pas le look d'une épouse. Agacée, elle serra la main que Lilianne lui tendait.

— Lilianne, c'est une Parisienne d'origine qui demeure à Marseille.

— Une expatriée, rigola la jolie brunette.

Audrey, qui n'avait aucune envie de rire, les contourna pour fouiller dans son sac, à la recherche de sa chemise. Plonger dans la mer avec son maillot défraîchi qui faisait honte à Milan était une chose, mais se pavaner devant Lilianne (qui, elle, portait un bikini triangle, évidemment) en était une autre.

— Bref, Lilianne nous a entendus dire qu'on allait dormir dans l'auto et elle nous invite chez elle.

Le cœur d'Audrey accéléra. Que Milan s'envoie en l'air avec n'importe qui, ça le regardait, mais qu'il le fasse pendant qu'elle dormirait sur le divan, tel un chaperon des années 1920, ça ne passait pas.

— C'est gentil, mais je ne suis pas certaine que ce soit une bonne idée. On avait décidé de voyager de nuit, tu t'en souviens, Milan ?

Milan la regarda avec un air d'incompréhension.

— Voyons, Audrey ! On a la chance d'être hébergés... il me semble que c'est mieux que de rouler en pleine nuit, fatigués en plus...

— Hum, hum...

Audrey était à court d'arguments. Lilianne, toujours postée devant eux, attendait leur réponse. Devant l'insistance de Milan, Audrey acquiesça.

— Parfait ! Je te texte mon adresse, et vous arrivez dès que vous voulez.

Audrey la gratifia d'un sourire forcé pendant que Lilianne notait les coordonnés de Milan. Peu après, la jolie brunette les salua et quitta la plage tranquillement.

— Cacher mes bourrelets et les vergetures sur mon ventre.

Milan tourna ses yeux verts, pleins d'incompréhension, vers Audrey.

— Tu te demandais pourquoi je porte un maillot une pièce? continua Audrey. C'est parce que j'ai eu deux enfants, et ça a laissé des traces sur mon corps. Des traces que j'aime parce qu'elles me rappellent chaque jour la chance que j'ai d'avoir porté deux magnifiques petits humains dans mon ventre, mais que je n'ai pas envie de montrer au monde entier.

Les yeux remplis d'eau, Audrey fixait Milan en lui expliquant la raison de son choix vestimentaire.

— Audrey, tu n'as pas à te justifier… Tu peux porter ce que tu veux, voyons… Ne pleure pas pour ça!

Les larmes coulaient maintenant sur les joues d'Audrey, à cause de la fatigue accumulée ces derniers jours d'une part, et de l'évocation de ses enfants d'autre part. Il faut dire qu'elle s'ennuyait d'eux à mourir. Milan la prit dans ses bras et glissa sa main dans ses cheveux pour la consoler.

— Audrey, des vergetures, c'est justement un rappel de tes enfants. Tu n'as pas besoin de les cacher, lui chuchota-t-il en la gardant toujours près de lui.

Se dégageant de son étreinte, elle le fixa droit dans les yeux.

— Ça se voit que tu n'en as jamais vu.

— Qu'est-ce qui te dit que je n'en ai jamais vu ?

Encore une fois, il lui fit prendre conscience de tous les préjugés qu'elle avait à son endroit. Voyant qu'elle était dans un état émotif fragile, Milan ne voulut pas la contrarier davantage.

— Profite de la plage, Audrey. Je vais texter Lilianne dans une heure pour avoir l'adresse. Ne pense plus à ça. J'ai été con. Ça n'arrivera plus, promis.

À la mention du nom de la belle brune, le sourire qui venait de naître sur les lèvres d'Audrey s'effaça brusquement. Agacée, elle décida de retourner nager plutôt que de se quereller, encore une fois, avec son compagnon de voyage.

Audrey était nerveuse. Dormir chez une inconnue et assister au flirt de Lilianne ne lui disait rien qui vaille. Elle se promit de s'éclipser dès son arrivée et d'appeler Félicia, Thomas ou Emma pour leur donner de ses nouvelles. Ça ne faisait même pas une semaine qu'elle avait quitté Paris, et pourtant, elle avait l'impression que ça faisait des mois !

La porte s'ouvrit sur une Lilianne resplendissante. Cheveux brun foncé, très longs et lissés vers l'arrière, elle fit l'envie d'Audrey qui, avec ses cheveux de plage, emmêlés par le vent, avait l'air de s'être battue avec le peigne.

— Entrez, ne restez pas là ! Mike ! Viens vite, nos invités sont arrivés !

Mike ? Lilianne avait un Mike dans sa vie ? L'homme, début quarantaine, s'avança vers Audrey et Milan. Après leur avoir donné une vigoureuse poignée de main, il les invita à son tour à entrer dans la maison.

Ainsi, Audrey apprit que Lilianne et Mike étaient mariés depuis six ans et qu'ils étaient les parents de Josh, quatre ans, et de Tallulah, deux ans. Mike avait été transféré à Marseille pour le travail dès le tout début de leur relation. Lilianne, suivant son cœur, avait décidé de l'accompagner et de l'épouser.

— Waouh ! C'est vraiment une belle histoire d'amour ! s'extasia Audrey.

— On le sait intuitivement quand c'est le bon, affirma Lilianne en regardant amoureusement son mari.

Audrey eut du mal à avaler. *On le sait quand c'est le bon…* Avait-elle déjà ressenti cette émotion, celle qui vous prend violemment et qui vous secoue ? Quand elle avait connu Jake, elle en était tombée amoureuse instantanément. Ses cheveux blonds, sa belle gueule de jeune premier… elle avait été convaincue qu'elle allait passer sa vie entière à l'aimer. Puis, le fossé entre eux s'était creusé à l'annonce de la grossesse-surprise d'Audrey et s'était accentué à la naissance de Félicia.

— Je vais chercher les enfants à la garderie. Mike va vous faire visiter. Vous pouvez profiter de la piscine, faites comme chez vous !

— Du barbecue, ça va pour tout le monde ? T'es pas végétarienne, Audrey ? s'informa gentiment Mike.
— Ça va ! Tout me convient ! Merci encore de nous accueillir, Mike. C'est vraiment gentil à vous !
— Si on ne peut pas s'entraider entre Parisiens… lui répondit-il comme si c'était une évidence.

Mike se plaisait à leur décrire les pièces de la maison dans les moindres détails. Milan en déduisit qu'il avait dû participer à la rénovation ou à la construction de sa demeure, tant la fierté qu'il éprouvait en leur parlant des matériaux isolants et écologiques était marquée.
— Et ça, c'est votre chambre, les amis !

Mike avait ouvert la porte sur la magnifique chambre d'invités… chambre qui ne comportait qu'un immense lit *King Size*. La panique se lut sur le visage d'Audrey, si bien que Milan sentit qu'il devait intervenir.
— Ne t'inquiète pas, Audrey ! Tu prendras le lit, je vais dormir par terre.

Surpris, Mike tourna la tête vers ses invités.
— Vous n'êtes pas… ? Vous ne sortez pas… ?
— Non, on n'est pas un couple, affirma rapidement Audrey.
— On n'est même pas amis ! compléta Milan.

Même si c'était une blague, la dernière réplique de Milan avait ébranlé Audrey qui, elle, le considérait maintenant comme un ami. Mal à l'aise, Mike tenta de trouver une solution.

— Euh... tu peux dormir sur le sofa, Milan, se risqua-t-il, décontenancé par la situation.

— Je vais lui laisser la chambre et le lit, Mike, il doit conduire sans doute trois bonnes heures demain avec la forte circulation générée par la Fête nationale...

— Pas question que tu dormes sur le sofa, Audrey. Tu prends le lit, lui répondit Milan le plus sérieusement du monde.

— Euh... les amis, je ne veux pas me mêler de ce qui ne me regarde pas, mais c'est un lit *King Size*... je suis certain que vous serez capables de dormir une nuit entière sans vous toucher ni même vous frôler...

Milan regarda Audrey, qui regarda le lit. Mike avait raison, il était immense, et ils ne se toucheraient probablement même pas de la nuit. Cette solution était la plus raisonnable, bien plus que l'idée de faire dormir Milan par terre ou de dormir elle-même sur le sofa du salon. Elle le savait, mais était-elle prête à dormir une nuit entière à côté de Milan Capello ?

— Je te jure que je mettrai un boxer ! dit-il en riant.

— T'as intérêt ! l'avertit-elle avant de suivre Mike au salon.

13 juillet, Marseille

Les burgers de Mike étaient succulents. L'atmosphère conviviale qui régnait à table rappela à Audrey les repas de famille avec Thomas et Félicia. Du coup, elle eut envie de leur parler et s'éclipsa quelques secondes dans la chambre d'ami avant d'entamer le dessert.

— Salut, Tom ! Tout va bien ?

— Oui, ma belle maman poule, tout va bien.

Audrey sourit à la remarque de son fils.

— Félie dit que Chloé et toi, vous prenez bien soin d'elle ?

— Une vraie princesse ! Mais toi, t'es où ?

— Sacrée histoire, on est coincés à Marseille, il y a eu un souci avec le airbnb qu'on avait loué à Nice. Tout un méli-mélo ! On va dormir chez des gens qu'on vient de rencontrer à la plage.

— Hein ? Toi, maman, tu dors chez des inconnus ?

Félicia venait de se joindre à la conversation.

— Quand on n'a pas le choix… puis je pense qu'avec la carrure de Milan, je n'ai pas vraiment grand-chose à craindre !

— Justement, comment ça se passe avec lui ? demanda Félicia qui avait pris le contrôle du téléphone de son frère, toujours pas de rapprochements ?

— Félie ! Tu n'es pas croyable !

— Elle regarde trop de téléréalités, commenta Thomas.

— Oups, les enfants, je dois vous laisser, on m'attend pour le dessert ! Je vous aime !

— Maman ?

— Oui, Félie ?

— Prends soin de toi, OK? De ton cœur aussi...

— T'inquiète pas, mon cœur va très bien!

Fermant l'écran de son portable, ses yeux se tournèrent vers l'unique lit de la chambre.

Ouais... faut que mon cœur tienne le coup...

Josh et Tallulah étaient au lit depuis une bonne heure. Audrey, excellente pour s'occuper des enfants, les avait divertis tout le long du repas, s'attirant par le fait même l'admiration de Lilianne.

— T'as un don, Audrey! Mes enfants ne sont pas faciles quand il y a des invités et là, ils ont été de vrais anges!

— Moi, ça ne me surprend pas, c'est la meilleure prof de son école.

Le commentaire de Milan surprit Audrey, lui qui avait toujours été très distant avec elle durant ses séjours à l'école.

— Je trouve ça vraiment incroyable, votre histoire, reprit Mike qui venait de déboucher une troisième bouteille de vin. Vous allez en Italie ensemble, toi pour aller voir des poissons et toi pour aller voir ta sœur, et vous ne vous connaissiez même pas...

— En fait, rectifia Audrey, on se connaissait, mais on ne se parlait pas vraiment...

— Quand même! Vous n'aviez pas peur... je ne sais pas, que ça pose problème? Que ça ne marche pas entre vous deux?

— Vraiment pas. Je n'ai jamais eu de craintes de ce genre, Mike.

Milan, comme toujours, avait dit sa dernière réplique avec une confiance absolue. Audrey, qui avait en tête une réponse un peu plus mitigée, plongea ses lèvres dans son verre d'eau plutôt que d'échanger sur ses doutes et ses incertitudes. Depuis un bon moment, elle avait cessé de boire du vin, ayant peur de perdre tous ses moyens: elle partageait le lit de Milan ce soir, ce n'était pas le moment de perdre pied et de faire des choses qu'elle pourrait regretter. Pourtant, Mike s'entêtait à remplir leur coupe comme s'il fallait à tout prix terminer toutes les bouteilles que contenait son cellier.

— On t'a déjà dit que tu étais vraiment, mais vraiment un beau type, Milan? Je veux dire, tu n'es pas juste beau, t'es *vraiment* beau!

Voilà! On y arrivait! Lilianne, qui avait passablement bu, venait de lancer cette phrase lascivement devant Mike-on-le-sait-quand-c'est-le-bon et Audrey-la-bonne-copine-de-voyage qui s'étouffa avec sa gorgée d'eau.

— On me le dit souvent, s'amusa Milan en la fixant comme lui seul savait le faire.

— Et... un beau mec comme toi... ça fait quoi quand c'est célibataire?

Audrey roula les yeux. Ainsi, ce serait son karma durant ce voyage! Chaque femme qu'ils rencontreraient allait donc faire du charme à Milan? Lilianne, qui avait su se tenir toute la soirée, était devenue, après cinq verres de vin, une vamp qui déployait toutes ses ressources de séductrice. Tout ça sous le regard de son mari, avec qui elle semblait vivre le parfait bonheur deux heures auparavant! Comment certaines femmes arrivaient-elles à avoir suffisamment confiance en elles pour tenter leur chance avec un type de la trempe de Milan Capello? Audrey, elle, ne se serait jamais risquée à battre des cils pour que son compagnon de voyage la remarque, certaine qu'il l'aurait rapidement classée dans la catégorie des bonnes amies.

— Tu ne me réponds pas, mon beau Milan... Pourquoi un beau mec comme toi est célibataire? Je veux tout savoir...

Lilianne lui parlait, la bouche pâteuse et les coudes appuyés sur la table pour lui laisser entrevoir son décolleté plongeant. Balançant sa chaîne en or de gauche à droite, elle passait langoureusement sa langue sur ses lèvres. Amusé et voyant que Mike ne réagissait pas, Milan entra dans son jeu. À son tour, il déposa ses coudes sur la table pour se rapprocher de son visage.

— Disons qu'être célibataire me permet de faire des rencontres quand je veux et où je veux. Je n'ai pas d'attache, pas de comptes à rendre.

Il savait qu'il venait, avec cette seule réplique, d'émoustiller son hôtesse. Audrey, quant à elle, secoua la tête. Quel coureur, ce type! Son instinct l'avait bien guidée: Milan était le genre de mec qui s'envoyait en l'air jour après jour, chaque fois avec une fille différente. Elle devrait s'assurer de rester vigilante ce soir et de ne jamais, jamais succomber à son charme. Jetant un coup d'œil furtif à Mike, elle constata qu'il ne semblait nullement se formaliser du jeu de séduction qui se déroulait devant lui. Somnolant, il peinait à garder les yeux ouverts, mais ingurgitait une lampée de vin toutes les cinq secondes.

— T'aimes les blondes ou les brunes, Milan ?

Cette fois, Audrey se sentit extrêmement mal à l'aise. Elle fit un geste pour se lever, mais Milan la retint par le bras. Elle demeura donc assise à sa place, docilement, assistant au triste spectacle qui s'offrait à elle. Au même moment, Mike se leva pour aller aux toilettes. Audrey constata que l'homme se tenait debout avec difficulté. Il avait tellement bu qu'il ne faisait plus attention à sa femme, laquelle roucoulait toujours, sous ses yeux, devant leur invité.

— Brunes, j'adore les brunes.

Audrey soupira… Oui, Lilianne était une très belle brunette. N'aurait-il pas pu lui dire qu'il préférait les blondes pour que cette mascarade prenne fin et que tous puissent regagner sagement leur lit ? Non, Milan avait beaucoup trop de satisfaction à voir cette femme mature se gorger de plaisir à sa vue. *Vanité, quand tu nous tiens*, pensa-t-elle.

Au même moment, Lilianne baissa les yeux, jouant la carte de la gêne en apprenant que Milan craquait pour les brunettes comme elle. En ricanant nerveusement et en entortillant une mèche de ses cheveux autour de son doigt, elle vida d'un trait le vin qu'il restait dans sa coupe.

Voyant l'air amusé de Milan, elle se leva et décida de prendre place sur ses genoux. Loin d'être effrayé ou impressionné, le gaillard ne bougea pas d'un cran. Elle tenait maintenant son visage à quelques centimètres du sien. Audrey ne savait plus où regarder tant la situation était malaisante. Lilianne, sur les genoux de Milan, à côté d'elle, alors que le mari était aux toilettes ! On aurait dit une mauvaise pièce de théâtre !

Dramatisant comme toujours, Audrey se mit à réfléchir rapidement. Et s'ils étaient tombés sur un couple d'échangistes ? Ça voudrait dire que la jolie Lilianne avait tout planifié depuis le début et qu'Audrey devrait se taper… Mike ? À cette pensée, elle frissonna de dégoût. Même si Milan avait tenu à ce qu'elle reste quelques minutes plus tôt, Audrey n'en fit qu'à sa tête et se leva une seconde fois pour quitter la table, trop nerveuse à l'idée de voir réapparaître Mike en sous-vêtements.

Alors que Lilianne entreprenait de glisser sa main dans ses cheveux, Milan se leva lui aussi en repoussant galamment la femme qui s'était installée sur lui.

— Lilianne, j'adore les brunes… mais comme Audrey.

Les yeux d'Audrey s'écarquillèrent devant une Lilianne aussi confuse que mal à l'aise, tandis que Milan passait nonchalamment devant elle pour regagner leur chambre.

13 juillet, Marseille

En revenant de la salle de bain, Audrey eut un mouvement de recul quand elle trouva Milan confortablement installé dans le lit. Après qu'il l'eut repoussée, Lilianne, déstabilisée, leur avait souhaité bonne nuit et avait rejoint Mike qui n'était jamais revenu à table.

— Pourquoi tu fais ça ?

— Pourquoi je fais quoi ? On avait convenu qu'on dormirait dans le même lit, chacun de notre côté… t'as changé d'idée ?

— Non, pourquoi tu fais ça avec les filles ? Pourquoi tu les laisses flirter avec toi pour ensuite les déstabiliser au dernier moment ?

— Parce que c'est drôle !

— Non, ce n'est pas drôle, Milan ! Les filles pensent qu'elles ont une chance avec toi. T'as fait la même chose avec la fille du bar, hier.

— Isabelle ? Franchement, c'était pour rire, Audrey, détends-toi un peu…

— C'est ça que je dis, tu ris d'elles… tu ris des filles qui sont attirées par toi…

— Audrey, tu mélanges tout… Isabelle et Lilianne, ce sont deux femmes en couple qui veulent que je couche avec elles dans le dos de leur homme pour mettre du piquant dans leur vie, que je devine être bien triste ou ennuyeuse pour qu'elles agissent comme ça, si tu veux mon avis…

— Quand même… tu leur donnes de faux espoirs. Elles pensent qu'elles ont une chance de conclure… d'avoir un mec comme… un mec comme toi !

Tout en parlant, Audrey avait montré Milan de haut en bas, comme pour souligner ses propos.

— Audrey, si une fille que j'apprécie me fait des avances et que je ne suis pas intéressé, je ne vais pas la faire marcher, voyons ! Je lui dirai gentiment qu'elle n'est pas mon genre, c'est tout. C'est arrivé souvent, et j'ai été correct, si tu veux savoir.

— C'est rassurant, commenta-t-elle sans grande conviction.

— Là, t'as eu l'exemple de deux filles qui veulent tromper leur mec… excuse-moi, mais elles l'ont un peu cherché. Et je n'ai rien fait de mal, j'ai juste exposé le ridicule de la chose.

Audrey se tut. Était-ce un message que Milan tentait de lui adresser ? Elle savait pertinemment qu'elle n'était pas de son calibre ! Avait-il peur qu'elle essaie de le séduire durant la nuit ? Il pouvait dormir tranquille ! Jamais elle n'oserait lui avouer que plus les jours passaient, plus elle appréciait sa compagnie.

— En tout cas, moi, je ne serais jamais capable de sortir avec un homme avec qui toutes les filles veulent coucher, dit-elle en s'asseyant, les jambes repliées, sur le grand lit.

— C'est parce que tu manques de confiance en toi, Audrey. Tu ne devrais pas.

— Peut-être que je manque de confiance en moi, mais être avec un homme qui suscite le désir de toutes les filles, non, ça ne me tente pas.

— Ce ne sont pas toutes les filles qui me désirent, Audrey...
— Euh... je ne parle pas nécessairement de toi! répliqua-t-elle, sur la défensive. Je parle des hommes en général.
— Tu devrais avoir confiance en toi. T'as plein de choses que les autres filles n'ont pas.
— N'empêche, mon prochain mec, je vais le choisir avec une bedaine, un début de calvitie et les dents de travers, tiens! dit-elle en riant.
— Audrey, franchement!

Milan éclata de rire avec elle. Alors qu'il s'apprêtait à lui avouer à quel point elle sous-estimait sa beauté et à lui dire qu'elle devrait apprendre à faire confiance à la vie, trois faibles coups retentirent à la porte.

Audrey et Milan se regardèrent en se demandant qui pouvait bien venir frapper à leur porte à une heure si tardive. Craintive, Audrey fit signe à Milan d'aller voir ce qui se passait. Il sortit du lit pour s'enquérir de la situation. Audrey eut le souffle coupé en voyant son corps athlétique et son boxer moulant. *Tu n'es pas de son calibre, Audrey, tu n'es pas de son calibre,* se répéta-t-elle comme un mantra.

En ouvrant la porte, Milan aperçut Lilianne, vêtue d'un déshabillé noir en dentelle qui mettait en valeur sa poitrine proéminente. Souriante, elle s'agrippait langoureusement au cadre de porte.

— Audrey, ma belle, veux-tu prendre quelques minutes pour aller regarder la télé en bas? J'aimerais discuter avec Milan... On a... on a une situation qui n'est pas réglée.

Docilement, Audrey se leva du lit pour obéir à son hôtesse. Son short pyjama et son t-shirt des Arvernes rivalisaient difficilement avec l'allure sexy de Lilianne. Audrey savait s'effacer quand elle le devait. Mais quand elle arriva à la hauteur de la porte, Milan lui barra le passage de son grand bras musclé.

— Audrey, qu'est-ce que tu fais ? Tu ne vas nulle part.

Son visage était fermé, et son ton, dur et sans appel. Audrey put même remarquer que sa mâchoire était crispée et que cette contraction provoquait l'apparition d'une large veine dans son cou.

— Milan, c'est OK, ça ne me dérange pas, je…

— Non, tu ne vas nulle part. Tu restes ici, dans TA chambre. Lilianne, reprit-il en s'adressant cette fois à la plantureuse brunette, on est fatigués. On reprend la route demain matin. On a besoin de dormir, et j'ai envie de me retrouver seul avec Audrey.

— Oh, OK… J'avais mal compris. Je pensais que… en fait, je ne pensais pas que toi et elle, c'était sérieux.

Lilianne sembla tout à coup très mal à l'aise. Refermant les pans de sa nuisette, elle se retourna lentement pour quitter, à regret, le cadre de la porte de leur chambre.

Milan, de son côté, était en colère. Le jeu de séduction l'avait amusé à table, mais que la grande brune vienne le relancer jusque dans sa chambre, en essayant même de chasser Audrey, ça le mettait hors de lui.

— Attends, Lilianne, intervint Audrey. Tu… tu avais bien compris. On n'est pas un couple. On a juste des choses à discuter pour le voyage, mentit-elle.

La femme se retourna et lui offrit un sourire qu'Audrey n'arriva pas à décoder.

— Lilianne, veux-tu qu'on parte tout de suite ou on peut rester pour dormir ? compléta Milan d'un ton ferme.

Lilianne constata qu'il ne jouait plus. Elle s'excusa encore une fois et balbutia qu'ils pouvaient rester tant qu'ils le désiraient et qu'elle ne les dérangerait plus.

Une fois la porte refermée, Milan se tourna vivement vers Audrey.

— Pourquoi t'as tenu à te justifier à tout prix ? On ne lui doit rien, à cette femme. Pourquoi tu ne l'as pas laissée croire qu'on était ensemble ?

— Parce que… parce que ce n'était pas vrai et qu'elle n'y aurait pas cru, de toute façon…

Milan se doutait qu'Audrey avait dû vivre des situations difficiles sur le plan personnel pour se diminuer ainsi. Il fulminait en voyant qu'elle avait si peu confiance en son pouvoir de séduction.

— Pourquoi tu voulais lui obéir et descendre regarder la télé plutôt que de l'envoyer promener ? Tu n'as pas à t'excuser d'exister, Audrey, ni à te laisser marcher sur les pieds par n'importe qui…

— Je te le répète, je ne voulais juste pas t'empêcher de coucher avec elle si tu en avais envie… On l'a dit dans nos règles, on ne se doit rien…
— On a aussi dit qu'il fallait respecter l'autre ! cracha-t-il d'une voix remplie d'une colère qu'Audrey ne lui connaissait pas. Il aurait fallu que je sois vraiment un connard pour coucher avec une fille quand son mari dort à l'étage, et en plus, pour faire ça dans le lit qu'on allait partager ensemble après, toi et moi. Voyons, Audrey, tu me prends vraiment pour un connard ?
— Ce n'est pas ce que j'ai voulu dire, reprit-elle, hésitante. Je voulais juste…

Sa voix avait faibli. Il lui avait fait de la peine, il en était certain. Milan était conscient qu'il avait peut-être élevé un peu trop la voix, mais l'image que se faisait Audrey de lui, celle d'un coureur sans sentiment, au-dessus de tout, le faisait immanquablement sortir de ses gonds. Se radoucissant, il la regarda droit dans les yeux.
— Audrey, ce n'est pas parce que les filles sont toutes après un mec que le mec est obligé de se les taper. J'aimerais que tu comprennes ça d'ici la fin de notre voyage.

« Notre voyage ». Il avait encore appelé leur périple « notre voyage », comme si celui-ci avait une importance capitale.
— Je vais essayer, Milan. Promis.

Regagnant le lit, il ferma la lumière et se coucha dos à elle. Toute la nuit, il dormit d'un sommeil léger, se réveillant au moindre mouvement de peur d'empiéter sur son espace à elle, de la frôler sans le faire exprès ou de l'effrayer. Sa compagne de route commençait à peine à lui faire confiance, il n'allait pas tout gâcher. Audrey était comme un petit animal blessé qu'il devait apprivoiser s'il voulait avoir le privilège, un jour, de pouvoir occuper une place importante dans sa vie.

14 juillet, Marseille – Nice

Audrey

Sérieux, Emma, c'est un véritable aimant, ce gars-là…

Emma

Un quoi ?

Audrey

Un aimant à femmes. Ça n'a pas de sens… je m'éloigne deux secondes et quand je reviens, il y a toujours au moins une fille qui lui tourne autour !

Emma

Un peu comme à l'école, finalement !

Audrey

En pire! Emma, t'aurais dû voir ça hier! C'était surréaliste! La fille, elle le draguait DEVANT son mari.

Emma

Et il fait quoi, Milan, dans ces cas-là?

Audrey

Il s'amuse. Il joue leur jeu et à la fin, il leur lance un truc déstabilisant. L'autre jour, il m'a présentée comme sa femme pour que la fille ne sache plus où se mettre!

Emma

Sa femme? Waouh! Il s'en passe, des choses, en une semaine! *Madame Capello*!

Audrey

Ha, ha. Très drôle… il fait ça pour rire. Et tu sais quoi? Hier, la fille est venue frapper à la porte de notre chambre pour le relancer, même s'il l'avait repoussée!

Emma

Nooonnn…

Audrey

Ouiiii! Je te jure!

Emma

Il a couché avec elle, finalement?

Audrey

Non, il a dit qu'il serait un vrai connard s'il couchait avec une fille quand son mari dort au-dessus de notre chambre…

Emma

En effet! Mais avec toi? Il y a eu un rapprochement ou pas depuis le début du voyage?

Audrey

Tu es malade? Je sais bien que je ne suis pas son genre.

Emma

Qu'est-ce que t'en sais?

Audrey

Emma, pas toi aussi ? M'as-tu regardée ? L'as-tu regardé ?

Emma

Audrey, tu m'arrêtes ça tout de suite. T'es une des plus belles femmes que je connaisse. C'est Milan qui devrait se considérer chanceux de se promener avec une fille comme toi.

Audrey

T'es gentille, mon amie, mais il faut être réaliste ! Je vais te laisser, on s'arrête pour déjeuner.

Texter Emma lui avait fait le plus grand bien. Après la relance de Lilianne, Milan s'était rapidement endormi, et ils n'avaient plus discuté des insécurités d'Audrey ou du jeu de séduction de Milan. Comme convenu, ils étaient restés chacun de leur côté, et aucun rapprochement n'avait eu lieu. Voyant qu'ils arrivaient près d'un snack, Audrey décida de larguer une bombe à Emma.

Audrey

Ah ! J'ai oublié de te dire : on a dormi ensemble cette nuit !

S'imaginant l'air de son amie lorsqu'elle verrait le message, elle rigola en fermant son portable et en le lançant dans le fond de son sac à main.

— Je n'arrête pas de penser que je ne trouve pas ça cool pour Mike… ils avaient l'air de former un si beau couple… heureux, épanoui…
— Faut pas se fier aux apparences, Audrey, je n'arrête pas de te le répéter, articula Milan en trempant sa frite dans un pot de ketchup.
— Je sais, mais quand même. Si tu avais voulu, tu aurais pu coucher avec elle pendant que son mari et ses enfants dormaient à l'étage. C'est dégueulasse !
— D'accord avec toi ! En tout cas, j'espère que ma femme ne sera jamais assez désespérée pour faire ça.
— Tu veux une femme, toi ? lui demanda-t-elle en levant les yeux vers lui.
— Pourquoi pas ?

— En tout cas, ta future femme va se trouver bien trop chanceuse d'être avec toi pour penser à te tromper ! s'exclama-t-elle avant d'engouffrer une frite.

Sa dernière réplique était sortie toute seule. Audrey ne regardait maintenant que ses frites et son sandwich. Devinant son malaise, Milan lui offrit son plus beau sourire, qu'elle ne put malheureusement pas voir, trop occupée à se maudire intérieurement d'avoir lancé cette phrase. Pour faire diversion, elle changea brusquement de sujet.

— Milan, je peux te poser une question qui me brûle les lèvres depuis qu'on est partis ?

— Euh… OK, mais tu me fais peur…

— T'inquiète, c'est pour gérer mon manque de confiance, comme tu dirais !

— OK, vas-y, je t'écoute.

— Je ne comprends pas ce qui s'est passé… Je veux dire, à l'école, t'étais vraiment distant, limite désagréable avec moi.

— Tu m'appelais Milan-je-me-la-pète, dit-il d'un ton moqueur.

— Comment tu sais ça ?

— Je t'ai entendue un soir avec Emma.

Audrey était morte de honte. Ce surnom, elle le lui avait donné bien avant de le connaître.

— Ne t'en fais pas, la rassura-t-il en lui souriant. Je fais souvent cet effet-là. Les gens pensent que je me crois au-dessus des autres.

— Quand même, ce n'était pas très gentil de ma part… mais pour ma défense, tu ne me parlais jamais, à l'école, et tu me répondais toujours par des platitudes.

Milan s'amusait à la voir se débattre pour se justifier. Ses joues rouges cachaient mal son embarras d'avoir été ainsi démasquée.

— Bref, tu m'ignorais, et moi, je te traitais de péteux. On est quittes. Mais là, c'est différent, c'est comme si on se connaissait depuis toujours. On s'entend bien, on a du plaisir. Et pourtant, à l'école…

— Peut-être que je n'étais pas si désagréable que ça, en fin de compte, dit-il en aspirant une gorgée. Tu as peut-être imaginé tout ça.

— Euh… non ! T'étais désagréable ! répliqua-t-elle du tac au tac.

— OK, t'as peut-être un peu raison, admit-il à regret, toujours en lui souriant.

— Tu l'admets ?!

— Bien sûr que je l'admets !

— OK, mais qu'est-ce que je t'avais fait ? Ma tête ne te revenait pas ?

Milan hésitait à lui révéler la vérité. Il était beaucoup trop tôt dans le voyage. Mais voyant qu'elle insistait, il n'eut d'autre choix que d'être honnête avec elle.

— Tu sais que Passion sportive, c'est la compagnie de Maude, hein ?

— Ouais, mais c'est quoi, le rapport ?

— Maude, je la connais depuis mille ans ! Elle a été la copine d'un de mes meilleurs amis d'enfance. Quand elle m'a affecté à votre école, elle m'a fait jurer de ne fréquenter aucune prof, même en ami. Elle m'a fait signer un contrat, c'est pour te dire la confiance qu'elle avait en moi ! admit-il avec une pointe d'amertume dans la voix. C'était super important pour elle, pour la réputation de sa compagnie. Disons qu'elle sait que je flirte un peu avec les filles…

— Un peu ? Beaucoup, tu veux dire !

— Bref, je n'avais pas le droit de draguer ou d'inviter une prof. C'était écrit dans mon contrat. Je n'avais même pas le droit d'aller prendre un verre avec vous le vendredi…

— C'est pour ça que tu ne venais jamais quand Cassandre t'invitait à te joindre à nous ?

— Exact !

— C'est un peu abusif, non ? Je veux dire, tu aurais pu être ami avec nous sans pour autant coucher avec toutes les profs…

— C'est ça que j'ai essayé d'expliquer à Maude, mais comme elle me l'a dit : « Ce n'est pas en toi que je n'ai pas confiance, Milan, c'est dans les madames du primaire… »

— Les madames du primaire ? Elle est bien insultante, elle !

Milan sourit devant le visage outré d'Audrey.

— OK… alors là, je comprends mieux. T'avais peur que je tombe amoureuse de toi, alors tu t'es dit « je vais être le plus méchant possible avec elle » ! se moqua Audrey.

Mal à l'aise, Milan ne savait pas s'il devait poursuivre ses confidences ou couper court à la conversation, qui s'engageait sur un terrain dangereux.

— Ce n'est pas de toi que j'avais peur, Audrey… c'est de moi.

— De toi ? Elle est bonne celle-là ! T'es le mec le plus confiant que je connaisse. Je suis certaine que si une prof t'avait fait des avances, tu l'aurais remballée sans problème, comme tu l'as fait avec Isabelle et Lilianne ! Si Maude t'avait vu faire comme moi, je t'ai vu faire avec ces deux filles-là, elle n'aurait pas eu peur et elle n'aurait jamais mis une clause dans ton contrat, crois-moi ! s'exclama Audrey en éclatant de rire.

Elle ne croyait nullement aux explications de Milan. Un gars comme lui aurait eu peur de tomber amoureux d'une prof de l'école ? Impossible ! Peut-être que Cassandre aurait eu une petite chance, par contre. Elle était jeune, belle, elle avait une taille de guêpe, et lorsqu'elle se maquillait, comme pour la dernière journée d'école, elle était splendide. Oui, probablement que Milan aurait pu flancher et tomber dans ses bras, mais certainement pas dans ceux de Zoé, d'Emma ou d'elle-même…

— Faut pas se fier aux apparences, Madame Audrey…

Réprimant un sourire, Audrey reprit une bouchée de son sandwich en pensant qu'elle partageait la route avec un bien drôle de moineau. De son côté, Milan baissa les épaules d'un cran. Décidément, la belle Audrey n'était pas prête à entendre qu'il avait eu un véritable coup de foudre pour elle dès la première fois où il l'avait aperçue dans sa classe. Elle ne devait pas savoir non plus qu'il s'était juré de rester le plus distant possible avec elle durant l'année scolaire pour éviter de décevoir Maude et de casser son contrat.

Emma

QUOI ? SANS BLAGUE !

Audrey ? Audrey ?

Tu me lâches ça et tu ne me réponds plus ?

T'as couché avec Milan ?

C'est écrit dormi. Dormi ou couché ? Il y a une grosse différence, ma fille…

AUDREY ! RÉPONDS !

Comme elle s'y attendait, Audrey trouva, après avoir regagné le véhicule, son portable rempli de messages d'Emma.

Fière d'avoir énervé son amie, elle rectifia le tir, trouvant que la plaisanterie avait assez duré.

Audrey

Dormi dans le même lit à cause du problème de chambre. T'inquiète, chacun est resté de son côté. Il ne m'a pas touchée, même pas le petit orteil ! Un vrai gentleman. 😊

La route était longue, et la pluie s'était mise de la partie. Ils s'apprêtaient à passer trois journées à Nice, et Audrey se réjouissait de jouer les touristes dans son propre pays.

— Veux-tu voir quelque chose en particulier à Nice ?

Comme s'il avait lu dans ses pensées, Milan voulut profiter des dernières heures de route pour planifier leur séjour.

— J'ai vu qu'il y avait un musée d'Art moderne et d'Art contemporain. Je pense que je vais aller y faire un tour.

— Tu voudrais que je t'accompagne ?

— Bien sûr, si tu en as envie !

— J'ai toujours envie de passer du temps avec toi, Audrey.

Audrey lui rendit son sourire. Qu'allait-il se passer entre eux à Nice ? Se laissant bercer par le bruit que faisaient les gouttelettes de pluie en tombant sur la voiture, Audrey se surprit à ressentir un léger vertige. Elle inspira et tenta de se convaincre: *Je ne serai pas un autre nom sur la liste de Milan Capello...* Mais lorsqu'il se tourna vers elle, les yeux plus brillants que la pluie qui tombait à l'extérieur, elle sut que sa volonté flancherait rapidement s'il lui faisait la moindre avance.

Au même moment, le téléphone de Milan se mit à sonner.

— Réponds, Audrey, au cas où c'est encore le airbnb et qu'il y a un problème avec l'appart.

— Allô!

— Allô, est-ce que je peux parler à Milan Capello, s'il vous plaît?

— Milan n'est pas disponible pour le moment, est-ce que je peux prendre un message ou lui dire de vous rappeler plus tard?

— Audrey...?

— Qui parle?

— Audrey? C'est toi?

— Euh... oui, c'est moi... Cassandre?

C'était Cassandre au bout du fil. Se tournant vers Milan, elle lui lança un regard noir. *Je ne peux pas fréquenter de prof, bla-bla...* Qu'est-ce que Cassandre Dupont faisait avec son numéro, alors?

— Audrey, qu'est-ce que tu fais avec le téléphone de Milan?

— Cassandre, tu ne te souviens pas qu'il me dépose jusqu'à Naples?

Audrey avait intentionnellement employé le mot déposer et non voyager. À cet instant, elle s'en voulut d'avoir elle aussi ressenti de l'attirance pour le bel entraîneur.

— Ah oui ! Ton histoire d'aquarium ! Vous êtes arrivés où ?

— On arrive à Nice bientôt.

— Cool ! Tu lui diras de me rappeler quand il sera dispo.

Audrey raccrocha. Les dents serrées, elle articula :

— Tu rappelleras Cassandre. Tu sais, la prof que tu n'as pas le droit de fréquenter parce que Maude l'a écrit dans ton contrat…

Son ton était cassant. Elle regretta aussitôt sa petite crise de jalousie totalement injustifiée.

— Audrey, mon contrat est fini… je peux fréquenter qui je veux maintenant.

Elle accusa le coup. Il avait raison. Il pouvait fréquenter qui il voulait, même Cassandre Dupont. S'enfermant dans son mutisme, elle sortit ses écouteurs et appuya sur la *playlist* de Félicia. Comme si le destin voulait l'insulter, celle-ci lui envoya une somptueuse chanson d'amour à vous écorcher le cœur. Audrey passa la chanson en accéléré, frustrée contre elle-même d'avoir osé croire une seule seconde qu'elle aurait pu plaire à Milan Capello.

— Tu vas être contente, on a deux chambres séparées à l'appart.

Milan s'était rendu compte qu'à la suite de l'appel de Cassandre, Audrey s'était emmurée dans le silence. Pourtant, il aurait aimé lui expliquer qu'il n'avait jamais donné son numéro de téléphone à sa collègue. Il mourait d'ailleurs d'envie de rappeler Cassandre pour savoir par quel moyen elle l'avait obtenu.

— N'oublie pas de rappeler Cassandre.

Audrey lui avait balancé cette dernière réplique en claquant la porte de sa chambre. Décidé à ne pas passer les trois jours de leur séjour à Nice à la voir bouder, il ouvrit sa porte avec fracas. Surprise, elle se rapprocha, déterminée à lui exprimer son mécontentement, quand elle s'aperçut qu'il avait son portable devant lui et qu'il avait activé la fonction mains libres.

— Allô ?

— Allô Cassandre ? C'est Milan. Je te rappelle.

— Milan ! Comment se passe le voyage ? Audrey n'est pas trop chiante ? Tu sais, elle peut être pénible, parfois…

Ignorant qu'Audrey était à l'écoute, Cassandre continua de déblatérer contre sa collègue.

— Ce n'est pas une méchante fille, mais tu sais, parfois, elle fait des drames pour un rien…

Milan retint un fou rire, constatant l'absurdité de la situation. Audrey n'était-elle pas justement là à faire un drame pour un rien ?

— De toute façon, assez parlé d'elle ! Je voulais t'inviter à prendre un verre à ton retour de Naples. On s'entend bien, il me semble qu'on pourrait apprendre à mieux se connaître, si tu vois ce que je veux dire…

Milan, qui avait été patient jusqu'à présent, inspira profondément.

— Cassandre, qui t'a donné mon numéro ?

— Ben… euh… J'ai demandé à Benoit, qui n'a pas voulu me le donner. Après, je suis allée voir Maude, mais elle n'a pas voulu non plus. Alors, j'ai fouillé dans les dossiers pendant que la secrétaire était partie fumer, avoua Cassandre.

— T'as volé mon numéro ?

— Oui, mais on s'en fout… Je voulais juste te joindre et tu n'es pas sur Facebook !

— Si je ne te l'ai pas donné, mon numéro, c'est que je n'avais pas envie que tu m'appelles…

Audrey écoutait la conversation avec attention, stupéfaite des pirouettes que Cassandre avait dû faire pour obtenir le numéro du beau brun.

— Milan, ne prends pas ça ainsi… On règlera ça quand tu reviendras, OK ?

— Non, on ne réglera rien. Je ne suis pas intéressé. Point à la ligne. Puis il faut que je te laisse, parce que, *elle*, comme tu l'appelles, a besoin de moi pour monter ses bagages dans notre appartement.

Audrey observa Milan. « Notre appartement », « notre voyage ». Pourquoi Milan s'entêtait-il à toujours l'inclure dans ses plans ?

— Arrête de te fier aux apparences, Madame Audrey. Ça va te tuer.

L'appartement qu'ils avaient loué était magnifique. Audrey était heureuse de se retrouver dans un environnement qui lui rappelait une vraie maison. Avec les péripéties des derniers jours, un peu de calme et de tranquillité lui feraient le plus grand bien.

— Ici, c'est ma chambre, là, c'est celle de Milan.

— Salut, Félicia !

Milan fit signe à la fille d'Audrey via le portable. Cette dernière, s'ennuyant de plus en plus de ses enfants, avait tenu à faire faire une visite guidée virtuelle des lieux à sa fille.

— Salut, Milan. Ma mère n'est pas trop pénible ?

— À peine... juste assez de drame pour mettre du piquant dans notre voyage !

Félicia éclata de rire. Elle reconnaissait bien sa mère, qui avait une propension certaine à voir des drames dans chacune des situations de leur vie. Reprenant le contrôle de son portable, Audrey continua la visite pendant que Milan tentait de réorganiser sa valise.

— Pizza-Netflix, ça te tente?

Comme s'il avait lu dans ses pensées! Audrey acquiesça avec joie à la proposition de Milan. La route avait été longue, et comme il avait plu toute la journée, la ville n'était pas très attirante.

— C'est parfait pour moi! De toute façon, on reste ici trois jours, on aura bien le temps de visiter tout ce qu'on veut.

Milan entreprit de chercher le numéro d'une pizzeria. Malheureusement, plusieurs d'entre elles étaient fermées à cause de la Fête nationale.

— Punaise, il n'y a vraiment plus rien qui fonctionne quand c'est la Fête nationale.

Audrey étouffa un rire. C'était vrai que depuis le début de leur périple, cette fête leur avait joué de bien vilains tours! Après quelques appels infructueux, Milan trouva une petite pizzeria ouverte, prête à leur livrer leur repas. S'installant sur le divan extrêmement moelleux et confortable, ils entreprirent de choisir un film.

— T'as une idée? N'importe quoi, sauf une comédie romantique, s'il te plaît! implora Milan.

— OK, ça a le mérite d'être clair, rigola Audrey. Que dirais-tu du film *Major League*? C'est le film de baseball avec Charlie Sheen quand il était jeune…

Milan la regarda, incrédule.

— Tu me proposes un film de baseball? Veux-tu m'épouser sur-le-champ?

Audrey éclata de rire devant la mise en scène de Milan. Il avait pris un air dramatique et s'était empressé de s'agenouiller devant elle, simulant une demande en mariage.

— C'est mon film préféré... je connais toutes les répliques par cœur! s'exclama Audrey, qui en ajouta ainsi une couche, le rouge aux joues.

La main sur le cœur, Milan poursuivit son jeu d'acteur.

— Audrey, tu es la femme de ma vie, il n'y a plus de doute! Installons-nous à Nice et ayons une douzaine d'enfants! répliqua-t-il d'un ton amusé.

Audrey éclata de rire. Depuis le début du voyage, elle n'avait jamais eu l'occasion de voir le côté fantasque de Milan, toujours sûr de lui et en contrôle de la situation.

— T'es vraiment drôle! Tu devrais te laisser aller plus souvent, lui dit-elle alors qu'elle peinait à reprendre son souffle.

— Je te l'ai dit, Audrey, tu ne me connais pas!

— OK, parle-moi de toi, alors.

Le calme et le sérieux étaient revenus dans la pièce. Regagnant sa place sur le divan, Milan s'installa de façon à se retrouver face à Audrey.

— Qu'est-ce que tu veux savoir?

— Je ne sais pas, moi... la dernière copine que tu as eue s'appelait comment?

— Tu veux dire copine sérieuse ou fréquentation?

— Copine sérieuse...

— Houlà... ça fait un bout de temps. Camille? Non... Maïka. Camille, c'était avant.

— Maïka… Et pourquoi vous vous êtes séparés ?
— Plusieurs raisons… Maïka était mannequin et travaillait beaucoup à l'étranger, alors on ne se voyait pas souvent.
— Mannequin ! Tiens donc, j'aurais pu parier là-dessus !

Milan lui fit un air découragé, mais il décida tout de même de poursuivre son récit.

— Donc, Maïka était toujours partie et quand… quand mon père est mort, j'ai comme pété une case. J'ai ressenti une grande urgence de vivre et j'ai tout laissé là !
— Qu'est-ce que tu veux dire ?
— J'étais gardien de but dans une équipe de Division 2, je voyais que je n'avais plus aucune chance de jouer en Division 1, que je vieillissais... J'ai donc eu envie de changer de vie… J'ai laissé Maïka et je suis parti sur un coup de tête.
— Qu'est-ce que t'as fait ?
— Plein de choses que tu ne veux pas savoir ! rigola-t-il avant de reprendre son sérieux. Sans blague, j'ai voyagé, j'ai fait la fête, j'ai rencontré pas mal de filles, bref, j'ai vécu la totale. Mon père est mort subitement, alors je me suis dit que moi, j'allais vivre ma vie à fond…
— Je suis terriblement désolée pour la perte de ton père, Milan.
— Ça va. Ça fait deux ans maintenant. Je gère mieux le deuil. Je suis revenu et j'ai décroché un emploi comme entraîneur des gardiens pour l'UAC Paris, un club junior de football. Après, Maude m'a proposé de me joindre à Passion sportive. Tu connais la suite…

Audrey était émue par le récit de son compagnon. À cet instant, elle sentit qu'elle venait d'avoir accès à un aspect de Milan que très peu de gens connaissaient vraiment : sa vulnérabilité.

— À ce moment-là, j'ai décidé d'arrêter de déconner et d'essayer de me caser, d'avoir une vie plus... normale. En plus, j'ai adoré le contact avec les enfants ! Jamais je n'aurais pensé ça. C'est tellement loin de ce en quoi j'ai étudié...

— T'as fait des études ?

— Ouais, en Italie, quand je jouais au football. J'ai fait ma maîtrise en psychologie sportive.

— T'as une maîtrise ?

— Faut pas se fier aux apparences, Madame Audrey. C'est ce que j'arrête pas de te dire, hein ? lui dit-il en lui décochant un clin d'œil.

Audrey voulut ajouter quelque chose, mais, encore stupéfaite d'apprendre que Milan détenait une maîtrise, elle ne put se résoudre à commenter sa dernière réplique.

— Et toi, Audrey ? reprit Milan. Confidence pour confidence, dis-moi, pourquoi t'as si peu confiance en toi ?

— Ça se voit tant que ça, hein ?

— Disons que c'est assez évident... reprit-il d'un ton désolé. C'est le père de tes enfants qui t'a rendue comme ça ?

— Jake ? Non ! Jake était vraiment un mec parfait. Immature, oui, mais pas méchant pour deux sous. C'est plutôt quand j'ai rencontré Simon que, euh... que les choses ont un peu dérapé.

Milan se redressa pour mieux écouter les propos d'Audrey.

— Disons que je suis bien heureuse d'avoir maintenu ma ligne de conduite et de ne l'avoir jamais présenté à mes enfants.

— Qu'est-ce qu'il t'a fait ?

Audrey sentit que la rage gagnait Milan. Il était protecteur à son endroit, et ça la faisait sourire. Toutefois, elle ne voulait pas avoir l'air d'une victime devant lui. Elle prit donc la décision de rester évasive sur la troublante et courte relation qu'elle avait entretenue avec le désagréable Simon Pelletier.

— Disons que ce sont des souvenirs que je n'aime pas trop revisiter, Milan. Ça fait quelques années de ça, et c'est maintenant loin derrière moi.

Respectant son désir de garder pour elle des pans malheureux de sa vie, il se tut pour l'observer. Elle était tellement jolie, avec ses cheveux brun clair qui descendaient sous ses épaules. Le contour de ses yeux rieurs laissait apparaître de minuscules rides lorsqu'elle s'esclaffait. Son rire… Tellement de bonheur semblait émaner de ce bruit si singulier qu'elle émettait pour un tout ou pour un rien ! Au moment où il allait lui en faire la remarque, la sonnerie de la porte retentit. La pizza venait d'arriver. Milan se leva d'un bond, mettant ainsi un terme à ses rêveries et aux confidences d'Audrey.

Les yeux d'Audrey se fermaient tout seuls. Bien que ce film fût son préféré, la fatigue occasionnée par le voyage, doublée par la grosse pizza bien grasse, avait eu raison de sa volonté de garder les yeux ouverts. Milan, qui s'apercevait de sa lutte pour résister à l'appel de son lit, se leva et alla lui chercher un oreiller qu'il plaça sur ses cuisses.

— Tiens, couche-toi, je te réveillerai quand ce sera terminé.

Audrey le regarda d'un air dubitatif. S'appuyer la tête sur les genoux de Milan… ça ne faisait pas trop… intime?

— Audrey, je ne te mangerai pas, dit-il d'un ton las. Si tu préfères, va dans ton lit et tu finiras de regarder le film demain matin.

— Non, non. Ça va, je peux tenir encore un peu.

Elle tenta de son mieux de lutter encore contre le sommeil. En vain. Elle respira donc un bon coup et déposa nerveusement sa tête sur l'oreiller. Lequel se trouvait sur les genoux de Milan. Tout d'abord mal à l'aise et ne sachant pas où ça allait la mener, elle décida de faire confiance au destin, de «vivre sa vie», comme le disait Thomas. Elle sentit les doigts puissants de Milan lui caresser doucement les cheveux. Elle se laissa faire. Si elle avait eu 20 ans, elle se serait retournée et l'aurait embrassé sur-le-champ. Mais l'expérience lui avait appris bien des choses: d'abord, elle ne voulait pas gâcher son voyage, qui se déroulait à merveille, en cédant à une pulsion. Ce désir d'embrasser son compagnon, il était dû au fait qu'elle manquait d'affection, et c'était tout. Ensuite, elle savait que Milan collectionnait les amourettes et elle ne voulait pas faire partie de sa longue liste. Elle avait une réputation à conserver ! Et enfin, elle n'était pas du calibre de Milan Capello, elle en était persuadée. À quoi bon se créer de vaines attentes ?

La fatigue eut raison de ses angoisses, si bien qu'elle sombra dans un profond sommeil, ratant ainsi la meilleure partie du film, celle où le personnage principal faisait une entrée triomphante dans le stade de baseball.

Milan avait pris délicatement Audrey dans ses bras pour la mener à sa chambre. Se laissant faire tel un pantin désarticulé, elle glissa doucement dans son grand lit. Jamais elle n'avait ouvert l'œil durant le transport. Durant tout le temps où la tête d'Audrey avait reposé sur ses genoux, il lui avait caressé les cheveux et, à son grand étonnement, elle s'était laissé faire. À plusieurs reprises, il s'était surpris à penser que ce mode de vie lui plairait bien : regarder un film, détendu, un samedi soir, en caressant les cheveux de son amoureuse qui s'était endormie sur ses genoux. Il sentait ses envies se transformer : lui qui avait choisi pendant un moment de vivre intensément sans penser au lendemain aspirait maintenant à une vie de famille calme et posée. Est-ce qu'Audrey serait la bonne, celle qui lui donnerait envie de s'assagir et de devenir l'homme qu'il voulait être ? En la regardant dormir, tel un ange, il en eut la certitude.

15 juillet, Nice

Audrey s'était réveillée tout habillée dans son lit. Confuse, elle se rappela la soirée de la veille : le film, la fatigue et les doigts de Milan qui caressaient ses cheveux. Comment allait-elle se comporter avec lui aujourd'hui ? Se faufilant dans la salle de bain, elle prit une longue douche en se questionnant sur l'attitude à adopter. De retour dans sa chambre, elle ferma la porte et texta Emma. Sa meilleure amie saurait certainement l'aider.

Audrey

Emma, je me suis endormie sur ses genoux pendant qu'on regardait la télé… il m'a caressé les cheveux durant tout le film…

Emma

OK… et c'est quoi le problème ?

Audrey

Ben… J'aurais pas dû le laisser faire.

Emma

Est-ce qu'il s'est passé quelque chose de plus ?

Audrey

Ben non ! Je me suis juste endormie pendant qu'il me caressait les cheveux et je me suis réveillée tout habillée dans mon lit.

Emma

OK, alors je répète, c'est quoi le problème ? Audrey, tu dramatises tellement tout que c'en est épuisant. 😮

Audrey

Tu ne comprends rien ! Je ne fais pas ça, moi, m'endormir sur les genoux d'un inconnu…

15 juillet, Nice

Emma

Un inconnu ! C'est pas un inconnu, quand même, Audrey ! N'exagère pas…

Audrey

Bref, là, je suis enfermée dans ma chambre et je ne sais pas quoi faire ou quoi lui dire…

Emma

Ça va, ma grande ! T'as pas couché avec lui, il t'a caressé les cheveux. CARESSÉ LES CHEVEUX… rien de plus. Tu angoisses pour rien…

Audrey

Tu penses ? Tu crois que je fais encore un drame pour un rien ? Mais Emma, je ne veux pas qu'il pense que…

Emma

Qu'il pense quoi, Audrey ?

Audrey

Ben, que je m'intéresse à lui…

Emma

Et ? Si c'était le cas, est-ce que
ce serait dramatique ?

Complètement déboussolée, Audrey ne savait même plus ce qu'elle ressentait pour Milan.

Audrey

Je ne sais pas, Emma… ça fait
tellement longtemps qu'un mec ne
m'a pas donné un peu d'affection
que je ne sais plus ce que je
ressens…

Emma

Tu penses que tu aurais laissé
n'importe quel mec te caresser
les cheveux, toi, sainte Audrey ?

Audrey

Non, mais Emma… Milan…
franchement…

15 juillet, Nice

Emma

Quoi, Milan franchement ? Ce type est un demi-dieu et il veut baiser avec toi ! Profites-en donc !

Audrey

Tu vois, tu le dis, il veut juste baiser avec moi…

Emma

J'ai pas dit ça, Audrey, mais un mec qui caresse les cheveux d'une fille pendant deux heures, faut pas être un devin pour comprendre ce qu'il a derrière la tête.

Audrey

Merde. J'aurais dû l'arrêter, alors.

Emma

Audrey, qu'est-ce qu'il y aurait de mal à profiter de l'occasion ? T'as le droit, tu sais, d'avoir une vie amoureuse… t'es pas juste une mère à temps plein…

Audrey

Je le sais, les enfants me disent la même chose. Mais je ne peux pas faire ça avec Milan. Il est trop... Trop beau, trop sûr de lui, trop le gars que toutes les filles veulent. Je NE VEUX PAS faire partie du lot.

Emma

Tant pis pour toi. Même moi, je pense que j'aurais trompé Dominique si Milan avait voulu coucher avec moi, tu sais! 😜

Audrey

EMMA, FRANCHEMENT!!

Emma

C'est une blague... mais en fait, pas tant que ça! 😊

Audrey entendit frapper à sa porte.

15 juillet, Nice

Audrey

Je te laisse, le demi-dieu frappe à ma porte.

Emma

Relax, Audrey, et amuse-toi un peu... on a juste une vie à vivre. 😜

Audrey cacha son portable de peur que Milan entrevoie sa récente conversation avec son amie.

— Tiens, je t'ai fait un café. Si on part dans une quinzaine de minutes pour le musée, ça te va ?

Milan se tenait devant elle comme si rien ne s'était passé. Et en fait, à bien y penser, rien ne s'était passé ! Il n'avait rien fait d'autre que glisser ses doigts dans ses cheveux, et voilà qu'elle en faisait tout un plat, comme toujours !

— Je serai prête dans 15 minutes, s'entendit-elle lui répondre en prenant le café qu'il lui tendait.

La visite du musée avait été à la hauteur de leurs attentes. Partageant la même passion pour l'Art moderne, ils avaient apprécié chaque instant passé dans ce lieu culturel.

— Ça te dit d'aller dans un café manger un petit quelque chose ?

La journée était radieuse, et Audrey, qui sentait la faim la tenailler, accepta avec empressement la proposition de Milan.

Marchant côte à côte dans les rues de Nice, ils savouraient le doux vent de juillet qui leur caressait la peau. Milan était heureux, plus qu'il ne l'avait été durant les deux dernières années. Il décida de frôler la main d'Audrey pour faire durer ce sentiment euphorique. Hier, il avait eu le bonheur de la sentir réceptive à ses avances et il souhaitait poursuivre dans cette voie. Surtout, il devait y aller stratégiquement : il ne voulait pas précipiter les choses et faire reculer sa belle compagne. Il décida donc d'y aller doucement et frôla délicatement sa main.

Elle eut d'abord un mouvement vif, comme pour chasser une mouche qui, agaçante, se serait déposée sur sa main. Comprenant qu'elle n'avait pas réalisé que son geste était intentionnel, Milan fit une nouvelle tentative, cette fois plus franche. Il posa délicatement sa main dans la sienne. Audrey se retourna vivement vers lui. De son côté, confiant comme à l'habitude, il continua de marcher, regardant droit devant lui, comme si de rien n'était. À sa grande surprise, elle ne le repoussa pas. Il caressait maintenant de son pouce le revers de sa main tout en se dirigeant nonchalamment vers le café qu'ils avaient repéré.

Audrey, qui ne savait pas comment réagir devant la démonstration d'affection publique de Milan, tenta de calmer les battements de son cœur devenus soudainement beaucoup trop irréguliers.

Assise au café, Audrey fixait le menu. Elle hésitait entre parler à Milan de ses angoisses et profiter des petites marques d'affection que cet Apollon lui offrait. Qu'est-ce que ça voulait dire, dans le monde de Milan Capello, de prendre la main d'une fille en pleine rue ? Sincère amitié ? Désir sexuel ? Envie d'une relation stable ?

— Audrey, on prend une photo ? lui demanda-t-il. Je veux immortaliser ce moment. Je me sens vraiment bien aujourd'hui, tu n'as pas idée à quel point je suis heureux !

Il lui faisait un large sourire. Il avait l'air tellement sincère qu'Audrey se détendit. Il prit son appareil et entreprit de faire une série de clichés en mode *selfie*.

— Mon Dieu, j'ai bien l'air fatiguée ! s'exclama-t-elle. Je suis vraiment blanche à côté de toi. T'es tout bronzé !

— Mais non, t'es parfaite.

Son cœur allait décidément exploser. Force était d'admettre qu'il avait le don de faire craquer la gent féminine, même les cœurs les plus endurcis comme le sien.

— Celle-là, elle est pas mal, non ?

— Pas mal, ouais…

— Audrey, t'es super belle, arrête de te dénigrer.

Elle fixa le menu de nouveau. Elle n'avait pas envie de parler encore de son manque de confiance en soi.

— Je pense que je vais choisir celle-là.

Il montra le cliché à Audrey, qui approuva. De fait, la photo était splendide. Ils avaient l'air de jeunes adolescents à leur premier rendez-vous ! Toutefois, ce qui frappa davantage Audrey, c'était le bonheur qu'elle pouvait lire dans leurs yeux respectifs. Ça la toucha énormément et la rendit subitement émotive. Elle dut faire un effort pour calmer le tambour qui cognait dans sa poitrine.

— Voilà ! Je l'ai mise sur Facebook !

— Arrête de me faire marcher, Milan, dit Audrey en éclatant de rire, tu n'es même pas sur Facebook !

— Euh... si, je suis sur Facebook. C'est juste que j'utilise un pseudonyme que juste mes amis et ma famille connaissent.

— Pardon ?

Audrey saisit le téléphone de Milan pour vérifier ses dires. Elle trouva la page Facebook ouverte sur le profil d'un certain Antoine Capellini. Leur photo y était bel et bien publiée, accompagnée d'une légende qui disait :

À Nice avec la plus belle – Avec Audrey Mercier

Audrey blêmit...

— Euh... tu m'enlèves ça tout de suite, Milan Capello ! Ce n'est pas drôle du tout...

— Qu'est-ce qui n'est pas drôle ?

— Tu m'as taguée… Tous mes amis et ma famille vont voir cette photo…

— Ouais, et alors ?

— Et… et… et c'est ça !

— Audrey, tu stresses pour tout. Il n'y a rien de mal, c'est juste une photo, c'est tout…

— Une photo de toi et moi…

— Et ? Qu'est-ce que ça a de si scandalisant ? Il fait beau, on est à Nice, on profite de la ville… Là, je ne te suis pas, Audrey.

Audrey avala de travers. Comment pouvait-elle lui expliquer que le seul fait d'apparaître sur une photo avec lui la faisait angoisser ? Ça lui donnait l'impression que tout à coup, il devenait bien réel, et que tout le monde allait être témoin du fait qu'elle, la pauvre petite Audrey Mercier, avait craqué pour le sublime Milan Capello.

Le téléphone se mit à émettre plusieurs sons annonçant les notifications qui commençaient à entrer, ce qui attira l'attention de Milan. Audrey lui prit le téléphone des mains.

— Waouh ! Content pour toi, gros !

— Vous êtes mignons ♥

— Hein ? Milan Capello en couple ? Je ne pensais jamais voir ça de mon vivant !

— C'est qui elle ?

Audrey détourna les yeux du téléphone et le remit à Milan dans un geste plus brutal qu'elle ne l'aurait souhaité.

— Qu'est-ce qui se passe encore, Audrey?

— Il se passe que les gens pensent que je suis ta copine!

— Et? Qu'est-ce que ça fait?

— Ça fait que ce n'est pas vrai!

— Audrey, ce serait si terrible que ça pour toi d'envisager d'être en couple avec moi?

Milan était hors de lui. Il voulait bien faire des efforts pour tenter d'amadouer Audrey, mais c'était la première fois de sa vie qu'une fille refusait de s'afficher avec lui! Habituellement, c'était plutôt le contraire.

— Je ne savais pas que ça ferait un drame national, dit-il avec de l'amertume dans la voix. Je vais l'enlever, cette maudite photo. Ni vu ni connu. Tu seras contente, là?

Audrey sentit qu'elle l'avait blessé.

— Attends, Milan... t'as raison, soupira-t-elle en l'empêchant de retirer la photographie. J'ai réagi trop fort, comme d'habitude. C'est juste que je ne suis pas habituée à tout ça...

— À quoi? À ce qu'on mette une photo de toi sur Facebook?

Elle voyait bien qu'il ne décolérait pas. Au serveur venu prendre leur commande, il cracha ses choix comme un lion en cage qu'on tenterait de dompter. De son côté, Audrey, qui avait perdu l'appétit, commanda seulement une petite salade verte et un verre de limonade.

— Audrey, un jour, il va falloir que t'arrêtes d'avoir peur d'avoir peur...

— T'as raison... mais... ce n'est pas facile.

Ils mangèrent donc au son des nombreuses notifications, signe que la fameuse photo faisait réagir plusieurs personnes de leur entourage, au grand dam d'Audrey qui commençait à peine à démêler ses sentiments pour son beau compagnon de voyage.

— Milan ? Milan Capello ?
— Megan ? Qu'est-ce que tu fais ici ?

Entrant dans le café, une splendide blonde s'arrêta près d'eux. Ses cheveux bouclés et son maquillage parfait firent aussitôt l'envie d'Audrey. Milan se leva avec empressement et embrassa chaleureusement la belle blonde sur les joues. L'accolade qui s'ensuivit laissa un goût amer dans la bouche d'Audrey.

— J'ai vu ta photo sur Facebook et j'ai reconnu le café ! Je suis en pause et j'ai eu envie de venir te saluer.
— Qu'est-ce que tu fais à Nice ? demanda-t-il, visiblement très heureux de la voir.
— Je termine un *photoshoot*. Tu ne sais pas ce qui m'arrive, c'est hallucinant…

La belle parlait à Milan comme si Audrey n'existait pas. Lui, de son côté, ne semblait pas s'en formaliser. À cet instant, Audrey eut une révélation : c'était exactement à cause de ce genre de situation qu'elle refuserait toujours de fréquenter

Milan. Son monde n'était pas le sien, et elle ne pourrait jamais rivaliser avec toutes les filles de son passé. Sa confiance en elle était beaucoup trop fragile.

Lorsqu'il réalisa, après de longues minutes, qu'il avait omis de présenter sa compagne de voyage à Megan, il rectifia rapidement la situation.

— Attends, Megan. Il faut que je te présente Audrey.

La blondinette lui tendit une main molle, sans grand intérêt.

— Ah ! T'es la fille de la photo ! C'est vrai que t'es jolie, dit-elle en l'examinant attentivement. Tu n'es pas le genre de filles avec lesquelles je suis habituée de voir mon Milan, mais il y a un début à tout !

Mon Milan… pas son genre de filles… les mots résonnèrent dans la tête d'Audrey comme un marteau enfonçant un clou. Elle demeura silencieuse, incapable comme toujours de prendre sa place dans ce genre de situation. Sentant son trouble, Milan poursuivit la conversation.

— Audrey et moi, on n'est pas ensemble, l'informa-t-il.

Puis, s'adressant à Audrey et d'un ton rempli de tristesse et d'amertume, il continua ses explications.

— T'es contente, Audrey ? Je rectifie les faits comme tu le voulais, comme ça, personne ne pensera qu'on forme un couple.

Audrey ne répondit rien, consciente que Milan, sous son air confiant et sa carapace de dur à cuire, avait été peiné par les propos qu'elle avait tenus quelques minutes plus tôt.

— On fait juste du covoiturage pour se rendre chez Olivia à Naples, reprit-il à l'intention de Megan.

— Oh ! OK. Je comprends mieux maintenant ! dit-elle en toisant Audrey. Au fait, comment elle va, ta sœur ? Toujours avec Jason ? Et les petits ? Millie doit être devenue tellement grande !

OK. Megan aux faux cils connaissait très bien Milan. Qui était-elle au juste ? Que venait-elle faire à Nice ? Prenant son courage à deux mains, Audrey tenta de s'immiscer dans la conversation.

— Excusez-moi, mais vous semblez vraiment bien vous connaître… vous vous connaissez d'où ?

— Milan et moi ? Oh ! Milan est le père de mon bébé, articula fièrement la jolie blonde.

Audrey avait senti le sol se dérober sous ses pieds. Son teint était devenu instantanément livide, si bien que Milan s'inquiéta de son état.

— Audrey, ça va ? T'es toute pâle…

Elle ne répondit rien, tentant d'assimiler l'information que venait de lui transmettre Megan. Milan était le père de son bébé… Milan avait donc un enfant dont il n'avait jamais parlé. Finalement, il ne valait pas mieux que Jake…

— Bon sang, Megan, arrête de rire, tu ne vois pas qu'elle ne se sent pas bien ?

Megan se tut instantanément devant le sérieux de Milan. Jamais elle ne l'avait vu si avenant et inquiet avec une de ses conquêtes. Cette Audrey devait avoir quelque chose de bien spécial pour l'inciter à s'activer ainsi autour d'elle.

— Audrey, tenta-t-il de la rassurer, Megan dit n'importe quoi... je ne suis le père du bébé de personne...

Megan, qui s'était tiré une chaise, était maintenant installée à califourchon entre Milan et Audrey. Cette dernière était toujours aussi blanche, et Megan, qui semblait ennuyée de ne pas être le centre de l'attention, faisait rouler ses faux ongles sur la table, démontrant par le fait même son impatience.

— Milan a raison, miss, tu peux recommencer à respirer. Ce n'est pas le père de mon bébé. Je n'ai pas de bébé ! lui dit-elle en riant beaucoup trop fort. Tu peux arrêter d'angoisser !

Audrey se tourna lentement pour observer la nouvelle venue et lui offrit un air rempli de mépris. Quelle fille à l'humour douteux ! Même si elle était soulagée d'apprendre que Milan n'était pas le père de l'enfant de cette fille, elle détestait l'ambiance qui régnait désormais dans le café.

— Comme j'essayais de te le dire, Milan, avant qu'elle nous fasse une chute de tension, j'ai un problème avec mon *photoshoot*. À cause de la Fête nationale, on a perdu notre hébergement. On est bons pour dormir dans un genre de gymnase... tu t'imagines, Milan, moi dans un gymnase ? Dans un lit de camp en plus ! Sérieux, avoue que ça n'a pas de sens !

Megan parlait vite et gesticulait beaucoup. Elle en était étourdissante. Audrey était toujours aussi pâle, et elle dut mouiller sa serviette de table pour la glisser dans son cou afin de ne pas tomber dans les pommes. Milan, qui s'était maintenant levé pour être plus près d'elle, paraissait inquiet. Elle s'efforçait de respirer lentement, pour calmer ses esprits et reprendre ses sens. Trop d'émotions, trop de fatigue, trop de questions envahissaient son cerveau qui ne demandait qu'une chose, se mettre en veille pour une durée indéterminée. Elle dut lutter pour ne pas s'écrouler en plein restaurant.

— T'aurais de la place pour moi dans ton hôtel ? reprit Megan sans même se soucier de l'inconfort d'Audrey.

— On est dans un appart, Megan, répondit Milan tout en se rasseyant, après avoir constaté qu'Audrey reprenait peu à peu ses couleurs.

— C'est encore mieux ! T'as donc de la place pour m'héberger, non ?

— On n'a que deux chambres, se désola-t-il.

— Pas grave ! Je dormirai avec toi, mon beau Milan ! Tu vas peut-être me le faire, mon bébé, finalement ! lui répondit-elle en le gratifiant d'un majestueux clin d'œil.

Audrey, qui ne parlait plus, se contentait de fixer Milan, qui roulait la tête vers l'arrière. En aucun cas elle n'avait envie que cette folle débarque dans leur petit nid, où le bonheur et l'amour commençaient à s'installer tranquillement.

— On peut t'héberger, mais tu dors sur le divan, affirma sérieusement Milan. Il est super confortable, Audrey s'est endormie dessus hier, justement.

Il tentait de rétablir une atmosphère joyeuse, mais se buta à la moue de Megan aussi bien qu'à celle d'Audrey, déçue de voir débarquer la nouvelle venue, qui ne lui inspirait rien de bon, dans leur appartement.

— Et sinon, Milan ? T'en es où avec les propositions ? Laquelle est-ce que tu vas accepter finalement ? Faut que je sache où je vais habiter l'an prochain !

Le faisait-elle exprès pour déterrer ses secrets ?

— Je ne sais pas. J'ai des offres, mais je n'ai pas choisi encore.

Milan était resté évasif dans l'espoir que Megan comprenne qu'il n'avait nullement envie de s'étendre sur le sujet.

— OK. Là, il y a quelqu'un qui va m'expliquer ce qui se passe, parce que vous parlez en paraboles, je ne comprends plus rien et je ne me sens vraiment pas bien.

Audrey, au bord des larmes, venait d'ouvrir la bouche pour la première fois depuis sa chute de tension quelques minutes plus tôt. Milan fit signe à Megan de se taire, mais elle n'en fit qu'à sa tête.

— Milan ne t'a rien dit, Audrey ?

— Me dire quoi ? s'impatienta-t-elle.

— Rien.

Le ton de Milan était ferme. Megan, qui semblait s'amuser de la situation, poursuivit tout de même ses explications. Milan Capello ne lui faisait pas peur.

— Milan a reçu beaucoup d'offres pour entraîner des gardiens de but dans des grands clubs. Il doit décider cet été s'il se joint à l'AS Rome, à la Juventus de Turin ou bien encore à la SSC Naples.
— Je… je pensais que t'aimais les enfants… Passion sportive, l'UAC Paris…

Audrey avait soufflé cette remarque comme on souffle sur un château de cartes. Milan, qui fuyait son regard, avait l'air complètement détruit. Ses plans de déménagement, c'était avant qu'il la rencontre, avant qu'il entreprenne ce voyage avec elle. Il aurait aimé lui en parler quand le bon moment se serait présenté, pas dans ce café avec l'extravagante Megan comme porte-parole.
— Et j'imagine qu'il ne t'a pas dit non plus que je déménagerais avec lui ? C'est pour ma carrière, ça va être plus facile, tu comprends ?

Ce qu'elle comprenait surtout, c'était que l'Italie s'apprêtait à lui voler un être cher. Sans un mot ni même un regard pour Milan ou pour Megan, Audrey se leva et, comme une automate, quitta le café.

— J'appelle la police, ce n'est pas normal. Elle n'allait pas bien quand elle est partie. Elle doit s'être évanouie quelque part…

— Mais non, elle a dû rencontrer quelqu'un et elle fait la fête, ne pense plus à ça, dit Megan pour dédramatiser.

— Tu ne la connais pas, Megan. Je te jure que ce n'est pas normal. Je suis certain qu'il lui est arrivé quelque chose.

Milan faisait les cent pas dans le salon de l'appartement. Jamais Megan ne l'avait vu perdre le contrôle à ce point. Il n'arrêtait pas de regarder son téléphone et de passer sa main dans ses cheveux. Le Milan qu'elle connaissait n'aurait fait aucun cas de la situation ou aurait trouvé une explication raisonnable à l'absence de sa partenaire de voyage. Megan tenta de le rassurer du mieux qu'elle put.

— Milan, arrête de stresser. Il n'est que 2h du matin. Audrey a 30 ans, elle est assez grande pour savoir ce qu'elle veut faire.

— Elle a 40 ans.

— Quoi ? Répète-moi ça !

— Audrey a 40 ans, pas 30.

— Toi, Milan Capello, tu sors avec une fille de 40 ans ? s'exclama Megan.

— Je ne sors pas avec elle, Megan, nom d'un chien.

Milan tournait dans l'appartement comme un lion en cage. Après les révélations de Megan au café, Audrey était partie comme une zombie. Connaissant maintenant sa propension à tout exagérer, il s'était dit qu'elle reviendrait à l'appartement en soirée et qu'ils pourraient dissiper ce malentendu.

— Je peux prendre son lit en attendant ? Je suis vidée...

— Megan, tout ça, c'est ta faute, donc non, tu ne vas pas prendre son lit, compris ?

— Le tien alors ?

— Pourquoi tu fais ça, hein ? Tu n'as pas besoin de faire ta séductrice avec moi et tu le sais. En plus, tu fais toujours ça quand je rencontre une fille, tu la traites comme de la merde pour qu'elle se sente mal. C'est quoi ton problème ?

Megan le regardait s'agiter, toujours aussi surprise de sa réaction.

— C'est que… les filles ne font que passer dans ta vie, Milan. Je ne vois pas pourquoi je serais sympa avec des filles que je ne reverrai plus de toute façon…

— Mais pas elle, Megan. Pas Audrey. Ce n'est pas une fille qui ne fait que passer. C'est… c'est mon amie, tenta-t-il d'expliquer maladroitement.

— Je… je ne le savais pas, Milan. Je suis sincèrement désolée…

Megan comprenait maintenant le désarroi de Milan. Pourtant, il ne décolérait pas.

— Tu m'apportes toujours un paquet d'emmerdes, toi.

— Milan, arrête. Tu vas me faire de la peine…

— Qu'est-ce que t'avais à lui dire qu'on déménagerait peut-être ensemble, hein ?

— Je ne sais pas… je voulais qu'elle comprenne que j'étais… importante pour toi…

— T'es importante, Megan, t'es comme ma sœur… Mais elle, elle ne le sait pas. Elle, elle voit juste la bombe que t'es et elle pense qu'on baise ensemble…

— Je vais lui parler, à ta Audrey, quand elle arrivera. Je vais arranger les choses, affirma-t-elle, penaude.

— Laisse tomber, tu vas empirer la situation.

L'inquiétude de Milan était palpable. Jamais Megan, qui le connaissait pourtant depuis plusieurs années, ne l'avait vu si agité.

Milan

Audrey, stp, reviens à l'appart.
Je m'inquiète. Donne-moi au moins signe de vie.

Milan

Audrey, allez... Megan a expliqué ça n'importe comment. J'allais te parler du déménagement. STP, dis-moi t'es où et j'irai te chercher.

Audrey... stp... réponds...

— Arrête de la texter. Si elle ne te répond pas, c'est qu'elle ne veut pas te parler, se risqua Megan.

— Elle va finir par me répondre.

— Milan, qu'est-ce qui se passe avec toi ? Je ne t'ai jamais vu comme ça. Attends... tu... tu l'aimes ? C'est ça ? Tu es amoureux d'elle ?

Milan déposa son portable. La tête entre ses mains, il resta silencieux quelques minutes, pensif. Puis, il releva la tête et fixa Megan.

— Tu sais que je ne prononce jamais ces mots-là, Megan.

— Quand même, il y a un début à tout... Ça ne te tuerait pas de me dire que tu es amoureux d'Audrey.

— Je t'ai dit que je ne prononçais JAMAIS ces mots-là, compris ?

Megan le fixait avec pitié. Jamais Milan n'avait dit « je t'aime » à une de ses conquêtes, pas même à Maïka, qu'il avait pourtant fréquentée durant presque un an. « Trop engageant », lui avait-il répondu lorsqu'elle lui en avait demandé la raison. Toutefois, Megan n'avait jamais gobé ces sornettes : Milan était orgueilleux et, malgré son air confiant, il ne voulait en aucun cas se montrer vulnérable aux yeux de ses copines.

— Cette fille-là me fait quelque chose, Megan. Je ne sais pas si c'est parce qu'elle me résiste ou si c'est parce que, pour la première fois de ma vie, je me rends compte que je pourrais être heureux avec une fille...

— Milan, je suis tellement désolée... Je ne savais pas ce qu'elle représentait pour toi. Je pensais que c'était une autre de tes poulettes... Je te jure que je vais tout lui expliquer demain.

— Ça, c'est si elle revient. Tu ne la connais pas… elle est bien capable de faire ses bagages et de partir pour l'aéroport sans rien me dire…

Megan, la gorge nouée, se confondit en excuses en promettant d'arranger la situation. Milan, qui ne pouvait se résoudre à la voir se torturer ainsi, la prit dans ses bras. Au même moment, la porte de l'appartement s'ouvrit sur Audrey qui les trouva ainsi enlacés. Complètement défaite, elle passa devant eux sans même les écouter lui faire part de leurs inquiétudes.

— Waouh ! Ne vous dérangez surtout pas pour moi. Et en passant, John, de Nice, OUF ! Quelle baise de la mort !

Elle claqua la porte de sa chambre. Milan accusa le coup. Sans dire un mot, il regagna la sienne, laissant Megan en plan, déçu de s'être trompé sur la vraie nature d'Audrey Mercier.

16 juillet, Nice

Audrey s'était levée avec un terrible mal de tête. Sa virée de la veille dans les bars de Nice pour oublier Milan lui avait laissé en souvenir un mal de crâne carabiné. Comme une automate, elle se dirigea vers son sac de voyage pour y récupérer deux cachets qu'elle s'empressa d'avaler. Bouclant sa valise, elle prit la décision de quitter Nice le lendemain pour retourner à Paris par autobus. Elle devait se rendre à l'évidence: la présence de Milan lui faisait plus de mal que de bien. Elle ne pouvait pas continuer à partager la route avec cet homme dont elle ne savait rien. Le simple fait qu'elle ait inventé cette histoire d'avoir couché avec un autre pour l'atteindre la dépassait. Elle était tombée bien bas…

Prête à annoncer sa décision à son compagnon de route, elle sortit de sa chambre. L'appartement était désert, mais la porte de Milan était fermée. *Il est sûrement avec la belle Megan,* pensa-t-elle amèrement.

Arrivée près de la cafetière, elle remarqua un bout de papier avec un message qui lui était adressé:

Viens me rejoindre au même café qu'hier à midi.
J'ai à te parler. C'est vraiment important. Megan.

Consultant son téléphone, Audrey se rendit compte qu'elle disposait encore d'une bonne heure. De plus, elle remarqua les nombreuses notifications qui remplissaient sa page d'accueil. Se souvenant de la photo d'elle et de Milan (ou plutôt d'Antoine), elle entreprit de lire les nombreux messages.

– Maman, t'es trop belle. xx
– Waouh ! Quel beau couple ! ❤
– Milan, pour une fois que tu trouves une fille qui a de l'allure ! ☺
– Le bonheur se lit dans vos yeux…

Dégoûtée, elle ferma son téléphone et entreprit de se doucher avant de rejoindre la splendide Megan au café.

— Salut, ma belle Félie, qu'est-ce qui se passe ? C'est rare que ce soit toi qui me donnes des nouvelles !
— Je sais… j'ai besoin d'un conseil. En fait, tu sais que je travaille avec Sam cet été…
— Ah ! Le beau Sam Rodriguez !
— Ouais… tu sais qu'on est inscrits au même programme et à la même université en septembre ?

— Oui, il me semble que tu m'en avais vaguement parlé…

Audrey se retint bien de lui rappeler que depuis le bal de fin d'année, où elle l'avait vu dans son bel habit, Félicia n'avait qu'un nom dans la bouche : Sam Rodriguez.

— Ben c'est ça… je ne sais pas trop quoi faire. Au camp, on n'a pas vraiment le temps de se parler parce qu'on a chacun nos groupes dont on doit s'occuper, mais moi, j'aurais envie de le voir… je veux dire, en dehors du travail.

— Tu le lui as dit ? Je veux dire, tu l'as invité à une de vos soirées ou à sortir dans un festival ? lui demanda Audrey, compatissante devant l'indécision de sa fille.

— Tu es folle, maman ? On va se voir tous les jours l'an prochain. Si je l'invite quelque part et que je ne l'intéresse pas, je vais avoir l'air de quoi, moi ?

« Telle mère, telle fille », pensa Audrey.

— C'est comme tu le sens, Félicia. Ne force pas les choses. Si Sam et toi, vous êtes faits pour être ensemble, vous allez le sentir à un moment ou à un autre, lui dit-elle, le cœur serré, en pensant à sa propre situation.

— T'as peut-être raison. Au fait, j'ai vu la photo sur laquelle t'es taguée ! Pourquoi Milan s'appelle Antoine ?

— C'est une longue histoire… il a un faux Facebook pour ne pas que ses conquêtes le retracent.

— C'est drôle, ça !

— Pas tant, non.

— Maman, ça va ? J'étais tellement prise par mes histoires que j'ai oublié de te demander comment se passait le voyage.

— Oui, ça va, Félie. Juste un peu fatiguée. Il se peut que je rentre demain par autobus. On aura le temps de reparler de Sam, si tu veux.

— Tu t'es disputée avec Milan?

— On peut dire ça, oui...

— Ça devait être après la photo, parce que vous avez tellement l'air heureux...

— Après la photo, ouais.

— Maman? Tu sais ce que tu me dis tout le temps?

— Quoi?

— Essaie d'arranger les choses en parlant avec la personne... Tu devrais faire pareil avec Milan.

— Merci du conseil. Là, faut que je parte, j'ai un rendez-vous. Je t'aime, ma belle Félicia! Fais-toi confiance, et tout ira bien.

Audrey ferma son portable. Si seulement elle pouvait appliquer les conseils qu'elle prodiguait à sa fille! Faites ce que je dis, pas ce que je fais, hein? Toutefois, Félicia n'avait pas tort: un jour ou l'autre, elle allait devoir s'expliquer avec Milan.

Rencontrer Megan ne lui disait rien qui vaille. Toutefois, la curiosité l'avait emporté, et elle se dirigeait en ce moment vers le café. Au fur et à mesure qu'elle s'en approchait, elle se fit mille et un scénarios dignes des plus grands films de

Hollywood: Milan et Megan étaient amoureux fous et ils voulaient qu'elle soit témoin à leur mariage; ils avaient passé une nuit torride ensemble et Milan avait consenti à lui faire un bébé; Milan était reparti, la laissant seule à Nice.

Audrey trouva Megan assise à la même table que la veille. Aucune trace de Milan, ce qui la fit sourciller. Que lui voulait la somptueuse blonde?

— Audrey! Je suis vraiment contente que tu aies accepté de venir me rencontrer.

— Ce n'est pas comme si j'avais mille options...

L'attitude fermée d'Audrey contrastait avec l'étonnante sollicitude de Megan.

— Veux-tu un café, quelque chose?

— Non, je ne resterai pas longtemps. Il faut que je réserve mon autobus de retour pour demain.

— Audrey, ne fais pas ça...

— Écoute, Megan, je ne sais pas t'es qui ni qu'est-ce que tu fais dans la vie de Milan, mais on n'a pas de comptes à se rendre. Lui et moi, on faisait juste du covoiturage jusqu'à Naples, et à chaque ville où on passe, il se produit un drame. Alors, je comprends les signes du destin et je vais rentrer chez moi, voir mes enfants.

— T'as des enfants?

— Oui, deux. Félicia et Thomas.

— Quel âge ont-ils?

— 18 et 20 ans.

— Waouh… tu n'as vraiment pas l'air d'une fille qui a des enfants de cet âge-là ! Il va falloir que tu me donnes tes trucs !

Megan semblait sincèrement s'intéresser à sa vie. Son attitude, totalement différente de la veille, déstabilisait Audrey qui se surprenait même à répondre à ses questions.

— Écoute, Megan, je vais te souhaiter beaucoup de bonheur avec Milan, dans votre vie commune. Comme je te le disais, j'ai un bus à réserver, alors je vais retourner à l'appart.

Elle se leva de table, mais Megan la retint.

— Attends, Audrey. S'il te plaît. Écoute-moi. Ça ne sera pas long. Après, si tu veux encore réserver ton bus, je te laisserai partir.

Les yeux de Megan s'étaient embués. La jeune femme d'à peine 25 ans faisait presque pitié. *Pauvre fille,* pensa Audrey. *Une autre qui a été rejetée par le demi-dieu…* Son instinct maternel fut plus fort qu'elle. Elle se rassit donc, prête à écouter les confidences de cette beauté blonde qui avait perturbé sa quiétude.

— Audrey, Milan, c'est vraiment un brave gars…

— Un brave gars qui aime trop les femmes.

Megan sécha la larme qui s'était frayé un chemin sur ses joues et esquissa un sourire.

— Peut-être…

Elle prit une grande inspiration et, nerveusement, elle entama son récit.

— Il y a cinq ans de ça, je suis tombée enceinte… pour de vrai.

Audrey perdit le souffle devant la révélation de Megan.

— Je suis tombée enceinte de Matteo, le frère de Milan, qui était mon copain à l'époque. On était jeunes, et Matteo commençait sa carrière en Division 1 de football. Un bébé, ce n'était vraiment pas dans ses priorités.

Les larmes coulaient maintenant de plus en plus librement sur les joues rosies de la belle Megan.

— On sortait ensemble depuis mes 18 ans, mais on se connaissait depuis que j'étais toute petite, parce que nos parents étaient de bons amis. Là, à 20 ans, j'étais au sommet. Toutes les agences de mannequinat voulaient que je signe avec elles pour des contrats de publicité. Mais Audrey, je m'en foutais tellement… je voulais juste avoir mon bébé avec Matteo. C'était l'homme de ma vie… mon amour secret depuis que j'étais toute jeune. Je voulais juste qu'on soit une petite famille heureuse…

— Je comprends, articula Audrey. J'ai eu Tom lorsque j'avais 20 ans et je ne pourrais pas imaginer ma vie sans lui…

— Ben tu vois, Matteo, lui, pouvait vraiment imaginer sa vie sans nous. Alors, il m'a demandé de me faire avorter. Comme ça. Sans qu'on ait eu le temps d'en discuter ou de trouver une solution…

— Oh… je vois… et toi ? Ce n'est pas ce que tu voulais, de toute évidence…

Elle secoua la tête.

— Mais comme j'aimais Matteo et que je ne voulais pas le perdre, j'ai pris rendez-vous à l'hôpital. Sauf que lui, il ne pouvait pas m'accompagner parce qu'il jouait à Rome à cette époque-là. J'ai essayé de repousser le rendez-vous, mais il m'a dit que de toute façon, il n'avait pas envie de m'accompagner, que c'était à moi de régler ce problème-là… Il a appelé mon bébé « ce problème-là »…

— Incroyable, c'était un vrai con…

— Il était jeune, Audrey. Jeune, riche, immature, avec plein de filles qui lui tournaient autour. La petite Mélanie qu'il avait connue durant son enfance, elle ne l'intéressait plus du tout…

— Mélanie ?

— Oui, j'ai changé mon nom quand j'ai commencé ma carrière de mannequin. C'était plus facile à prononcer pour les anglophones.

Audrey lui offrit un sourire compatissant. Elle se rendit compte qu'elle avait mal jugé Megan. La jeune fille vulnérable qui se trouvait devant elle était d'une douceur et d'une candeur qui lui allèrent droit au cœur.

— Pourtant, t'es tellement belle, Megan… comment un mec peut-il négliger une fille comme toi ?

— Je t'aime bien, toi, dit-elle en tentant de sourire. Je comprends maintenant pourquoi Milan tient autant à toi !

Audrey baissa les yeux. Elle fit signe au serveur. Finalement, elle avait bien le temps de prendre un café.

— Toujours est-il qu'un soir, Milan m'a trouvée en pleurs chez Matteo. Je lui ai tout raconté. Il m'a consolée toute la nuit. S'il n'était pas venu, je pense que je serais morte, Audrey. Je… je m'apprêtais à prendre beaucoup trop de médicaments quand Milan est entré…

— Oh ! s'exclama Audrey, la main sur la bouche.
— Alors, Milan a assumé les responsabilités de son frère et il m'a accompagnée à l'hôpital. On a fait croire à tout le monde que c'était lui, le père de mon bébé, pour qu'il puisse être avec moi à mon avortement. Encore aujourd'hui, c'est la version officielle, pour ne pas nuire à la carrière de Matt. Je te le jure, Audrey, jamais, jamais je ne serais passée au travers de tout ça sans Milan…

Les larmes coulaient maintenant sur les joues d'Audrey.
— J'ai fini par quitter Matteo et j'ai repris ma carrière de mannequin. Malgré tout, Matt et moi, on est restés en bons termes. On se connaît depuis notre enfance, alors l'amitié a pris la place de l'amour. Par contre, il y a toujours une partie de moi qui se demande ce que je serais devenue si j'avais gardé le bébé… il aurait cinq ans aujourd'hui.
— Il ne faut pas te culpabiliser, Megan. T'as fait ce que tu croyais être le mieux au moment où tu as pris ta décision.

Les deux femmes s'étaient tues. Devant la confession de Megan, Audrey n'éprouvait plus que de l'empathie pour cette jeune fille, tellement amoureuse qu'elle en était venue à se contenter de l'amitié de Matteo pour ne pas le perdre à tout jamais.
— Milan, c'est comme mon grand frère, mon protecteur. Quand il m'a écrit en septembre passé qu'il avait envie de retrouver une vie plus stable, je l'ai incité à poser sa candidature pour devenir entraîneur des gardiens de but en Italie. On avait discuté vaguement de l'idée de partager un appart pour

diminuer les coûts, si ça se produisait. Mais tout ça, c'était avant qu'il te rencontre, Audrey.
— Milan peut faire ce qu'il veut, Megan. Ça ne me regarde pas. On n'est pas un couple...
— Audrey, écoute-moi bien. Jamais, jamais je n'ai couché avec Milan et jamais je ne le ferai. C'est comme mon grand frère qui veille sur moi.
— Si ce n'est pas toi, Megan, ce sera quelqu'un d'autre. J'ai trop peu confiance en moi et j'ai eu un passé trop difficile pour être capable de fréquenter un homme comme lui.
— Audrey, laisse-lui une chance. Je ne l'ai jamais vu s'inquiéter comme il s'est inquiété pour toi hier... Finissez au moins votre voyage. Tu décideras ensuite. Je... je sais que j'ai été désagréable avec toi hier. Je sous-estimais l'importance que tu avais pour lui. Je m'excuse sincèrement.
— Pas de problème, Megan. Je t'avoue que je t'aime mieux aujourd'hui qu'hier, rigola-t-elle.
— Tant mieux, parce que je suis sincèrement désolée du quiproquo que j'ai provoqué...

Audrey sourit à Megan, qui lui rendit son sourire. Avant que la blonde s'en aille, Audrey lui posa une dernière question.
— Il... il est où, Milan, aujourd'hui ?
— Je pense qu'il avait besoin de prendre l'air. Ton aventure avec le type de Nice lui est vraiment rentrée dedans.
— Megan, penses-tu vraiment que j'ai couché avec un inconnu à Nice hier ?
— Tu n'as pas couché avec ce mec ?

— Ben non ! Ce n'est pas mon genre… J'étais juste trop fâchée et j'ai inventé cette histoire. C'est puéril, hein ?

— Attends une minute.

Elle empoigna son téléphone.

— Qu'est-ce que tu fais ?

— Je lui écris que tu vas l'attendre à l'appart. Je pense que vous avez besoin de discuter tous les deux.

Regardant sa montre, Megan s'aperçut que l'heure avait filé et qu'elle devait partir sur-le-champ pour ne pas être en retard à son rendez-vous. Elle se leva et fit la bise à Audrey. Après avoir fait quelques pas en direction de la rue, elle se ravisa et se retourna vers Audrey, qui terminait son café, pensive.

— Audrey ?

— Quoi ?

— Je suis contente que tu fasses partie de nos vies maintenant.

Elle tourna les talons et se dirigea vers l'endroit où sa séance photo allait bientôt débuter.

Audrey trouva Milan assis sur le divan de l'appartement.

— On peut dire que Nice, ce n'est pas notre ville, hein ? commença-t-il tristement.

— Je n'ai couché avec personne, Milan... l'interrompit-elle. J'étais juste déçue et démolie. C'est vraiment con de ma part de vous avoir fait croire ça, je m'en excuse...

— Je te crois, Audrey. Tu n'as pas à t'excuser. Tu étais blessée, c'est tout...

— Je ne fais pas ça, moi, des coups d'un soir, Milan... Je ne sais pas pourquoi j'ai dit ça.

— Oublie ça, OK?

Audrey acquiesça. Il lui fit signe de prendre place sur le canapé pour discuter de la suite des choses.

— Megan m'a raconté pour... pour l'histoire avec ton frère, le bébé et l'avortement. C'est terrible...

Il se tourna lentement vers elle, abasourdi par ce qu'elle venait de lui annoncer.

— Elle te l'a dit? Waouh! Je n'en reviens pas!

Milan passa sa main sur sa nuque, comme il le faisait toujours lorsqu'il était embarrassé ou nerveux.

— Elle doit vraiment t'apprécier, reprit-il en fixant le sol, parce que dans la vie, il n'y a que quatre personnes qui connaissaient cette histoire-là: elle, Olivia, moi et Matteo. Tu ne dois jamais, jamais en parler à qui que ce soit, d'accord?

— D'accord, répondit-elle avec aplomb.

— Matteo était jeune et con, et Megan, on la connaît depuis qu'elle est haute comme trois pommes... il n'y avait pas d'autre chose à faire...

— N'empêche, tu aurais pu la laisser se débrouiller toute seule, mais tu as choisi d'être là pour elle. C'est… c'est admirable de ta part d'avoir pris les responsabilités de ton frère.

— Je me foutais de ce que l'on pouvait bien penser. L'important, c'est que Megan avait besoin de moi. Je sais qu'elle sera toujours là si j'ai besoin d'elle… et qu'elle va toujours faire son pitbull en me voyant avec une nouvelle fille qu'elle ne connaît pas.

Audrey sourit en repensant à l'attitude qu'avait eue la belle blonde la veille, lors de leur première rencontre. Pitbull, c'était un euphémisme !

— Milan, t'es vraiment quelqu'un de bien, reprit-elle après un court silence. Je veux dire, ce que tu as fait pour elle… En fait, je pense qu'elle voulait que je me rende compte à quel point t'es un type bien. C'est pour ça qu'elle m'a raconté cette histoire.

— C'est ce que je me tue à te répéter, sourit-il tristement.

Audrey jouait nerveusement avec ses mains.

— J'ai créé un beau bordel, hein ?

— Tu ne pouvais pas savoir. J'aurais dû te parler de mon plan de carrière, de mon déménagement…

— Tu ne me dois rien, Milan… Je ne sais pas pourquoi je réagis toujours aussi fortement à tout. Tu n'es pas obligé de me parler de tes plans. On ne fait que voyager ensemble.

— Et si moi, j'ai envie de te parler de mes plans ?

Audrey regardait ses beaux yeux verts posés sur elle. Malgré toute sa bonne volonté, elle savait qu'une relation entre eux était vouée à l'échec. Son manque de confiance était trop grand.

— J'ai vu que tu avais préparé ta valise, lui dit-il tristement. Veux-tu vraiment rentrer à Paris ?

— C'est ce que j'avais prévu, mais j'y ai bien réfléchi et j'ai envie de te proposer quelque chose.

— OK, vas-y.

— J'aimerais qu'on reprenne le voyage, comme de vrais amis. Je vais arrêter de te juger chaque fois qu'une fille te parle et je vais calmer mon sens du drame.

— Et moi, je vais arrêter de te mettre dans des positions inconfortables, lui répondit-il du tac au tac.

— Je vais essayer d'être moins angoissée, d'avoir plus confiance en moi.

En analysant rapidement ce qu'elle venait de lui dire, il comprit que pour l'instant, elle ne pouvait pas lui offrir mieux que son amitié. Il décida donc d'accepter sa décision. Mieux valait avoir Audrey près de lui encore un moment comme amie que de ne pas l'avoir du tout dans sa vie.

— D'accord. On poursuit la route comme des amis. Juste des amis qui s'amusent ensemble. *Deal* ?

— *Deal*, lui répondit Audrey en lui serrant la main pour sceller leur pacte.

— On reprend du début ? Salut, je m'appelle Milan Capello.

Elle lui sourit en lui serrant la main.

— Audrey. Audrey Mercier.

16 juillet, Nice

Au même moment, leurs téléphones vibrèrent à l'unisson. Une nouvelle notification venait d'apparaître sous la photo prise la veille au café.

— Milan et Audrey ! Deux personnes que j'adore. Longue vie à vous deux ! xx

L'extravagante Megan venait de commenter leur photo.

17 juillet, Nice - Gênes

Milan et Audrey avaient quitté Nice en matinée. Le trajet en direction de Gènes qui les emmenait enfin en Italie durait quatre bonnes heures. Désirant mettre l'épisode désastreux de leur séjour à Nice derrière eux, ils avaient convenu de déguerpir au plus vite.

Emma avait prévenu Audrey que longer la côte la lasserait vite. De l'eau à perte de vue, voilà le seul spectacle que les côtes de la Méditerranée avaient à leur offrir. Au départ, les deux nouveaux amis avaient été époustouflés par la beauté du paysage. Puis, après un moment sur les routes sinueuses, toujours dans le même décor, la fatigue s'était fait sentir.

— Audrey, mes yeux se ferment tout seuls… Voudrais-tu conduire un moment avant que je fasse un accident?

Audrey acquiesça. Il arrêta donc la voiture en bordure du chemin et en profita pour prendre une autre photo, du décor seulement, cette fois.

La mer à perte de vue – avec Audrey Mercier

La photo postée sur le faux profil d'Antoine Capellini ne suscita aucune réaction chez Audrey, qui avait pris la décision d'arrêter de s'en faire pour un rien. S'installant derrière le volant, elle entreprit de brancher son téléphone et de programmer la liste de chansons que Félicia lui avait remise.

— Tu vas nous mettre ta musique d'ado ? la taquina Milan.

— Impossible pour moi de conduire sans chanter ! Va falloir que tu t'y fasses !

— OK, alors j'oublie ma sieste ?

— Exactement !

Les haut-parleurs crachèrent leur première chanson. Comme pour faire mentir Milan, il s'agissait d'un classique, *I Will Always Love You*, de la défunte Whitney Houston. La parfaite chanson pour s'époumoner sur la route. Débutant dans les basses, la chanson augmentait en intensité au fur et à mesure que les couplets défilaient. Audrey, qui connaissait la chanson par cœur, chantait avec émotion et intensité, comme si elle était sur une scène devant un millier de personnes. Lorsque le refrain reprit, Milan fut soufflé.

— *And I… IIIIII willlll allllways love you ououou…*

Il la regardait maintenant comme si elle venait d'une autre planète. Cette fille savait chanter et le faisait divinement bien. À la fin de la chanson, la bouche entrouverte, il tapa dans ses mains lentement afin de lui démontrer son admiration.

— Euh… c'était quoi, ça ? Elle est où, Madame Audrey, la prof ?

— Ha, ha, très drôle !

— Sérieux, Audrey, c'est quoi, ce talent-là ? Tu chantes comme une chanteuse !

Audrey éclata de son rire si particulier, celui qui faisait toujours autant d'effet à Milan. Gênée, elle allait répliquer qu'il exagérait, que ce n'était pas si extraordinaire que ça, qu'elle avait manqué une note dans le troisième couplet, puis elle se souvint de leur pacte : elle devait faire des efforts pour avoir davantage confiance en elle.

— En fait, j'ai déjà été chanteuse, lui révéla-t-elle en gardant toujours les yeux sur la route. C'était il y a vraiment longtemps ! Avant la naissance de Tom.

— Tu as fait un album ?

— Pas du tout ! dit-elle en riant. Je chantais dans des événements privés et des mariages. C'est d'ailleurs là que j'ai connu Jake.

— Tu chantais à son mariage ?

— Ben non ! Il était invité dans un mariage où je chantais avec mon groupe. Après ma dernière chanson, il m'a demandé mon numéro, et trois mois plus tard, j'étais enceinte de Tom.

— Punaise, vous n'avez pas perdu de temps !

— Disons que ça nous a surpris tous les deux… Je n'avais pas terminé mes études, en plus, alors disons que ça nous a un peu déstabilisés.

— Pourquoi t'as arrêté de chanter ?

Milan constata qu'Audrey venait de perdre son magnifique sourire.

— Avec le bébé, mes études que je tentais de terminer, les horaires de fou de Jake selon les tournages qu'il obtenait, il ne me restait plus beaucoup de temps pour mon passe-temps.

— C'est vraiment dommage…

— Le groupe m'a remplacée, et puis je n'ai plus jamais recommencé à chanter. Ben, à part au mariage d'une de mes amies, une fois, parce qu'elle m'avait suppliée.

— Pourquoi tu ne recommences pas ?

— À chanter ?

— Ouais, pourquoi tu ne te trouves pas un autre groupe ? Tes enfants sont grands, tu peux te le permettre.

— Je ne sais pas si…

Audrey allait répondre qu'elle était devenue trop vieille, qu'elle avait perdu sa technique, qu'elle était devenue beaucoup trop timide pour se produire sur scène, puis elle chassa les pensées noires qui submergeaient son cerveau. La nouvelle Audrey était confiante et sûre d'elle.

— T'as raison, Milan. Quand on reviendra à Paris, je vais voir s'il y a un groupe qui cherche une chanteuse à temps partiel.

La pause midi leur avait fait le plus grand bien. Audrey avait chanté tout le long du trajet, et ça avait plu à Milan, qui avait l'impression d'avoir eu droit à un concert privé.

— On devrait trouver un karaoké ce soir, décida-t-il entre deux bouchées.

— Tu veux aller dans un karaoké à Gênes ? rigola-t-elle.

— Ouais, j'ai envie de te voir chanter devant des gens. Tu dois être hallucinante.

Audrey blêmit. D'accord, elle faisait de grands efforts pour tenter de retrouver une certaine confiance en elle, mais de là à rechanter devant un public, il y avait toujours bien une limite !

— Pas certaine que j'ai envie de chanter devant des gens…

— Audrey, c'est un karaoké ! Les trois quarts de ceux qui y vont chantent comme des casseroles.

— Bon point, concéda-t-elle.

— Et ça te permettrait de savoir si tu aimes encore la scène, non ?

Audrey eut l'impression que Milan insistait un peu trop. Elle n'était pas prête et elle n'avait pas envie de se ridiculiser devant son bel ami.

— En plus, il n'y a personne qui nous connaît, ici ! On est au nord-ouest de l'Italie, dans le Piémont.

— Dans la Ligurie, le reprit-elle avec amusement.

— C'est ça que je voulais dire, Madame Audrey, se corrigea-t-il en riant.

— OK. On trouve un karaoké ce soir, mais tu promets de chanter toi aussi, lui lança-t-elle comme défi.

— Impossible. Je ne sais pas chanter, je vais faire fuir les clients.

— Mais voyons, Milan, ce n'est pas grave, le taquina-t-elle, les trois quarts des clients ne savent pas chanter…

Elle lui avait servi son propre argument, telle une avocate en contre-interrogatoire. Devant son sourire moqueur, il ne put qu'abdiquer : ce soir, il allait devoir se ridiculiser devant une foule, dans un bar karaoké de Gênes.

Emma

Alors ? Vous en êtes où ?

Arrivés au petit motel qu'ils avaient réservé, Milan se dépêcha de sauter dans la douche tandis qu'Audrey consultait son portable pour parcourir ses messages.

Audrey

On est arrivés à Gênes, Emma.
On s'est beaucoup disputés à Nice, j'ai vraiment failli rentrer, mais là, on a mis les choses au clair et ça va mieux.

Emma

Qu'est-ce qui s'est passé ?

Audrey

Longue histoire… je te raconterai à mon retour.

Emma

En tout cas, je suis contente que ça aille mieux. Quand arriverez-vous à Naples ?

Audrey

Je ne sais pas trop… on va arrêter quelques jours à Milan, chez le frère de Milan. On verra par la suite.

Emma

En passant, Audrey, super belle photo de vous deux ! Mais c'est qui, Antoine Capellini ?

Audrey

C'est Milan ! Il a un faux profil Facebook pour ne pas que ses conquêtes le retracent !

Emma

T'es sérieuse ?

Audrey

Absolument !

Emma

Eh ben ! 😊

Audrey remarqua qu'elle avait encore une notification. *Sûrement encore la maudite photo…* Lorsqu'elle cliqua sur l'icône, elle s'aperçut que la notification indiquait qu'elle avait reçu un message de quelqu'un qui ne faisait pas partie de ses amis Facebook.

– Salut. Je voulais juste te mettre en garde : fais attention à Milan. C'est un Dom Juan. Il va jouer avec toi et te laisser tomber quand il aura eu ce qu'il veut.

La photo de profil ne disait absolument rien à Audrey. Il s'agissait d'une certaine Bianka Valdrôme qui posait, de dos, en bikini devant une plage de sable blanc. Ne se sentant plus concernée par les histoires de cœur de son compagnon, elle supprima le message sans y porter plus d'attention. Fière d'elle, elle quitta les réseaux sociaux pour parcourir les sites Internet à la recherche du bar karaoké le plus près.

Audrey n'était plus certaine de vouloir entrer dans l'Irish Pub de Gênes. La soirée karaoké semblait populaire, puisque des dizaines de personnes étaient entassées dans le petit établissement. Pour l'occasion, Milan avait revêtu sa chemise blanche, celle qui donnait des chaleurs à Audrey chaque fois qu'il l'enfilait. Lorsqu'elle l'avait vu quitter la salle de bain, elle avait dû se parler longuement pour calmer le vertige qui naissait au fond de son ventre. Milan était absolument magnifique. D'un claquement de doigts, elle aurait voulu envoyer valser sa stupide proposition de demeurer seulement amis pour le reste du voyage, pouvoir ressentir la chaleur de sa main dans la sienne ou la douceur de ses doigts dans ses cheveux, rien qu'une autre fois. Mais elle savait que pour que leur périple continue à bien se dérouler, elle devrait s'en tenir au pacte qu'ils avaient fait: amis, point à la ligne.

— Audrey, tu viens? Il y a deux places ici.

Fendant la foule avec son éternelle confiance, Milan, qui dépassait tout le monde d'une tête, avait repéré une table libre à droite de la scène. Amusé, il prit le catalogue de chansons et entreprit de trouver celle qu'il allait massacrer. *Autant faire ça rapidement,* s'était-il promis. La serveuse s'approcha d'eux et leur demanda ce qu'ils désiraient boire. Milan commanda deux bières. Avant que la serveuse tourne le dos, Audrey l'apostropha.

— *We'll also have two shooters, please*[2].

2 Nous allons aussi prendre deux *shots*, s'il vous plaît.

Milan la regarda avec étonnement.

— Pour me calmer les nerfs, expliqua-t-elle devant son regard interrogateur.

Une fois qu'ils furent servis, Milan prit le petit verre de boisson forte et proposa un toast:

— À ta carrière de chanteuse qui redémarre!

Puis, ils firent tous les deux cul sec. Audrey, qui n'avait pas bu de boisson forte depuis près de 20 ans, fit une grimace, et Milan éclata de rire en la voyant.

— Alors, tu chantes quoi, Madame Audrey?

— Aucune idée!

Parcourant la liste des chansons disponibles, Milan fit son choix et alla porter son petit papier au maître de cérémonie. De retour à la table, il força Audrey à se décider.

— Tu ne peux pas te défiler! J'ai rempli ma part du marché, mon papier est déjà donné!

— Je sais, mais il y a trop de choix…

Audrey tergiversait. Elle hésitait à choisir une chanson d'amour de peur que Milan croie qu'elle la chantait pour lui. Puis, elle se décida. Elle allait interpréter une chanson d'Adele, une chanson de rupture. Rien à voir avec leur histoire!

Lorsqu'elle entendit son nom au micro, Audrey en était déjà à sa deuxième bière.

— Hé! Tu es allé porter ton nom avant moi, ce n'est pas juste…

— Faut croire que même mon papier criait mon manque de talent, s'amusa Milan.

Ni l'un ni l'autre ne connaissait le choix musical de son compagnon. Audrey s'avança nerveusement vers la scène. La foule, à demi intéressée par les prestations, continuait de vaquer à ses occupations. Audrey ajusta le micro du mieux qu'elle le put. Ses mains tremblaient, et elle respira à quelques reprises lentement et profondément pour calmer les battements de son cœur.

La trame musicale de la chanson *Hello,* de la chanteuse Adele, se fit entendre. Les paroles avaient commencé à défiler à l'écran, mais aucun son ne sortait de la bouche d'Audrey. S'agrippant au micro comme à une bouée de sauvetage, elle était paralysée. La gorge sèche, elle cherchait de l'air. Mais que faisait-elle sur la scène d'un Irish Pub en Ligurie, à vouloir chanter un morceau de la trempe de *Hello*? En entendant les cris de quelques spectateurs impatients, elle fit un mouvement de recul, prête à quitter la scène. Puis, son regard croisa celui de Milan. Il murmura une phrase qu'elle lut sur ses lèvres: «Respire, ça va aller...»

Elle ferma les yeux et reprit la chanson exactement là où elle était arrivée.

Elle livra la chanson de façon magistrale. Au refrain, plus personne ne parlait dans le bar. Tous étaient hypnotisés par la voix et la présence scénique de cette chanteuse inconnue. Plusieurs avaient même sorti leur téléphone pour immortaliser ce moment. Car il fallait bien se l'avouer, ce n'était pas tous les jours que l'Irish Pub de Gênes recevait une cliente capable d'interpréter *Hello* aussi bien que la véritable Adele.

De retour à la table, Audrey constata que ses mains avaient cessé de trembler. Milan l'accueillit en la prenant dans ses bras.

— C'est plus fort que moi, s'excusa-t-il. T'as été… waouh ! Je plains la pauvre fille qui est en train de chanter après toi !

Soulagée, Audrey se mit à rire à gorge déployée. Alors qu'elle s'apprêtait à répondre à Milan, un homme s'approcha de leur table et s'adressa à elle en anglais.

— Je suis le responsable de l'établissement. Madame, nous aimerions vous offrir de venir chanter tous les soirs…

Dans son anglais approximatif, elle lui répondit qu'elle n'était que de passage et qu'elle repartait le lendemain pour Milan.

— Vous ferez-nous l'honneur d'une autre chanson ? Le bar vous offre les boissons à volonté.

Milan sourit à Audrey. La voir si heureuse le rendait presque émotif. Il savait combien elle avait dû lutter contre ses démons pour remonter sur scène et renouer avec son ancienne passion. Elle avait sacrifié tant de choses pour ses enfants, il était temps qu'elle recommence à vivre.

Étrangement, aucune fille n'était venue draguer Milan à leur table. En retournant sur scène pour une deuxième chanson, à la demande expresse du propriétaire des lieux, Audrey se sentit revivre. Assurément, elle allait reprendre contact avec LP, le guitariste avec qui elle avait jadis fondé le groupe Pure énergie. À la fin de sa prestation, un jeune homme l'apostropha. Dans un anglais au fort accent britannique, il lui demanda s'il pouvait lui payer un verre. Audrey fut tentée d'accepter, mais lorsqu'elle entendit le nom de Milan résonner au micro, elle décida de regagner sagement sa place, en déclinant la proposition du jeune homme d'un sourire. C'était à Milan de se produire sur scène, et elle tenait à l'encourager comme il l'avait fait pour elle durant sa première chanson.

Milan prit le micro. Dans un excellent anglais, il demanda à la foule d'être indulgente, expliquant qu'il avait perdu un pari avec son amie, la magnifique chanteuse qu'ils venaient tous de découvrir. La foule rit et, comme à l'habitude, Milan mit tout le monde dans sa petite poche arrière. D'ailleurs, des jeunes femmes, visiblement venues assister à l'enterrement de vie de jeune fille de l'une d'elles, se faufilèrent jusqu'à la scène pour mieux admirer le nouveau chanteur.

Lorsque les premières notes de la chanson choisie par Milan retentirent, Audrey la reconnut instantanément. *Always*, du groupe Bon Jovi. Sa chanson préférée de tous les temps. Comment avait-il su ? Ils ne l'avaient même pas encore écoutée dans la liste de Félicia ! Elle se promit de lui demander comment il avait obtenu cette information top secrète.

Sans être un grand chanteur, Milan livra une performance honnête. En outre, il fallait bien se rendre à l'évidence, il était aussi sexy que le vrai Jon Bon Jovi. Agrippant le micro à deux mains, confiant comme toujours, il déclamait les couplets avec émotion.

Telles des groupies dans un concert rock, les filles massées près de la scène chantaient avec le faux Bon Jovi. Milan, toujours concentré sur sa performance, ne se laissa pas distraire par les cris des jeunes filles hystériques.

What I'd give to run my fingers through your hair
Touch your lips, hold you near…

Cette phrase, il l'avait dite en fixant Audrey droit dans les yeux. « Ce qu'il donnerait pour passer ses doigts dans ses cheveux »… voilà ce qu'il venait de lui dire en anglais. Essayait-il de lui rappeler leur unique rapprochement, à Nice ? Tentait-il à nouveau de lui faire du charme, ou n'était-ce qu'une illusion ?

À la fin de sa prestation, comme Audrey s'y attendait, les filles l'interceptèrent pour prendre des photos avec lui et la future mariée. Bon joueur, il les laissa faire et partagea même un *shot* avec le groupe.

De retour à la table, Milan trouva Audrey les bras croisés.

— *Always* ? Vraiment ?

— Quoi ? Tu n'aimes pas cette chanson ?

Milan avait affiché son traditionnel sourire mi-sérieux, mi-séducteur.

— Qui a vendu la mèche ? Qui t'a dit que c'était MA chanson et MON Jon Bon Jovi ?

— TA chanson ? TON Jon Bon Jovi ? rigola-t-il.

— Certainement. Alors, continua-t-elle en riant, qui dois-je étriper en rentrant à Paris ?

Milan la fit languir, refusant de dévoiler sa source. Au même moment, une fille du groupe de la mariée vint le prendre par la main pour une autre tournée de *shots*. Suivant la jolie demoiselle, il se retourna et lança par-dessus son épaule :

— Félicia. C'est Félicia qui me l'a dit.

Milan et Audrey avaient beaucoup trop bu pour prendre la voiture jusqu'au motel. Audrey et John, le Britannique, avaient profité des nombreuses boissons offertes par le propriétaire du bar, complètement tombé sous le charme de sa voix, tandis que Milan avait partagé galamment les tournées de *shots* du groupe de la future mariée. Comme le motel n'était pas très loin du bar, ils décidèrent d'être responsables et de marcher plutôt que de prendre la voiture.

— Quelle soirée ! Ça fait longtemps que je ne m'étais pas amusée comme ça ! cria Audrey dans la rue sombre de Gênes.

— Sérieux, je pense que j'ai aimé ce karaoké... on devrait y aller aussi une fois à Paris...

— Tu pourrais faire partie de mon futur groupe ? Oh non, reprit-elle, on risque que les mariées quittent toutes leurs futurs époux au pied de l'autel pour se taper Bon Jovi !

Ils éclatèrent de rire.

— Sans blague, Milan, c'est une des plus belles soirées que j'ai vécues depuis longtemps. Je suis même... pompette !

— Demain, on va payer pour... ouille...

— Pas besoin de se lever aux aurores. Au pire, on arrivera en soirée chez ton frère et on restera une ou deux journées de plus.

— OK, alors t'es plus pressée d'aller voir tes poissons ?

— Ben non... enfin si... enfin, ce n'est pas un ou deux jours qui vont faire la différence...

— Je te taquine, Audrey.

Audrey lui rendit son sourire. Un silence s'installa entre eux, puis Milan reprit la conversation.

— Tu sais que tu aurais pu partir avec ce mec, le British ? Il avait l'air de t'apprécier beaucoup, se risqua-t-il. J'aurais pu te récupérer demain matin si tu avais voulu...

— Non… pas mon genre. Je te l'ai dit, je ne fais pas ça, moi, des coups d'un soir, Milan. Flirter, ça ne me dérange pas, mais pas plus… Toi, par contre, la demoiselle d'honneur aurait bien aimé que tu l'accompagnes dans sa chambre…

— Pas mon genre, les coups d'un soir…

Il tenta de dire sa dernière réplique sans broncher, mais il ne put garder son sérieux et éclata de rire.

— Allez, Miss Audrey. On est arrivés.

À peine après avoir déverrouillé la porte de leur chambre, il s'adressa à Audrey, moqueur, en imitant un fort accent britannique.

— *Would you like me to serve you a last drink*[3]*?*

— T'es tellement bête…

Elle le frappa gentiment sur le bras et éclata de rire à nouveau.

Sagement, les deux amis se souhaitèrent bonne nuit et regagnèrent leur lit respectif, Milan en repensant à Audrey et à son rire cristallin, et Audrey en imaginant Milan lui chuchoter les paroles de sa chanson favorite.

3 Voulez-vous que je vous serve un dernier verre ?

18 juillet, Gênes - Milan

Le soleil entrait par les volets de la chambre. Audrey avait mis son oreiller sur sa tête, se refusant à se lever. Milan dormait encore, signe qu'il avait approuvé sa proposition de partir plus tard et de rester plus longtemps que prévu à Milan. Saisissant son portable à tâtons, elle remarqua qu'elle avait, encore une fois, une tonne de notifications. La première indiqua que John Brown avait accepté sa demande d'amitié. Merde. Le British. Se rappelant vaguement leur conversation, elle se souvint qu'elle lui avait fait promettre de l'ajouter comme amie sur les réseaux sociaux. Elle s'empressa de supprimer John de sa liste d'amis. Audrey détestait l'ambiguïté.

La seconde notification était un message de Félicia.

Félicia

Maman, je suis tellement heureuse que tu aies recommencé à chanter! Hâte de t'entendre pour de vrai. xx

OK. Comment Félicia savait-elle qu'elle avait recommencé à chanter ? Elle essuya une traînée de mascara qui gênait sa vue, puis, s'asseyant sur son lit, retourna aux notifications.

Antoine Capellini a publié une nouvelle photo.

Audrey soupira d'agacement. Qu'avait-il mis en ligne cette fois-ci ?

Appuyant sur la notification, elle aperçut la photo sur la fausse page de Milan : un gros plan sur leurs bouteilles de bière et leurs verres de *shots* vides.

Grosse soirée avec la plus belle voix de Gênes.

– Avec Audrey Mercier.

Par chance, il n'avait pas mis un gros plan de son visage torturé, en pleine interprétation de *Hello*. Au moins, il avait compris qu'elle n'aimait pas se retrouver en vedette de ses publications. Elle se risqua à lire quelques commentaires sous la photo.

– Grosse soirée !

– Là, je te reconnais, gros !

– C'est qui, la plus belle voix de Gênes ?

– Audrey ♥ voyons !

Le dernier commentaire avait été publié par Megan. Depuis qu'elle s'était confiée à elle, Megan ne cessait de publier des commentaires positifs ou ajoutait des cœurs sous les publications de Milan qui mentionnaient Audrey. Cette dernière se mit même à penser qu'elles pourraient certainement devenir de bonnes amies si elles avaient la chance de se revoir. Elle se risqua à lui envoyer une demande d'amitié virtuelle. On verra bien !

Continuant de lire les commentaires, elle finit par retrouver celui de Félicia.

> — Maman a chanté ? Waouh, j'aurais tellement aimé y être, c'est la meilleure !
>
> — T'as pas idée, Félicia ! Tout le monde en était soufflé. En passant, merci pour ton aide. 😊

Cette fois, c'est Milan qui avait répondu à sa fille. Megan avait, bien sûr, apposé sa traditionnelle émoticône en cœur pour marquer son approbation. Voyant que sa fille était en ligne, elle engagea la conversation.

Audrey

Traître !

Félicia

Pardon ?

Audrey

Oui, Félicia Mercier. Traître. T'as dit à Milan que ma chanson préférée, c'était *Always* !

Félicia

Ha, ha! Oui, il m'a écrit pour me le demander! Alors, il était bon?

Audrey

Un vrai Jon Bon Jovi! T'aurais dû voir les filles se pâmer devant lui! Ha, ha! Une vraie rock star!

Félicia

Et toi, maman?

Audrey

Moi, j'ai chanté du Adele, et ce fut un succès.

Félicia

Non, je veux dire, toi… t'as apprécié la prestation de Milan?

Audrey

Bon, on s'entend que ce n'est pas Jon, mais je vais lui donner 10/10 pour l'effort!

Félicia

Tant mieux!

Audrey

Tu salueras Tom et Chloé de ma part. On part pour Milan dans quelques heures. On va être chez le frère de Milan.

Félicia

Maman ?

Audrey

Oui ?

Félicia

On est vraiment fiers de toi. xx

Audrey relut la dernière phrase de sa fille, émue de constater que ses enfants la soutiendraient dans la poursuite de tous ses rêves. Avant de refermer son portable, une dernière notification attira son attention. Il s'agissait d'un autre message de l'inconnue, Bianka Valdrôme.

— Je sais que tu ne veux pas y croire, mais il fait ça avec toutes les filles. C'est sa marque de fabrique.

Audrey soupira bruyamment. Que lui voulait cette Bianka Valdrôme ? Milan ne lui devait rien. Leur pacte était clair, et le fait qu'ils avaient, chacun de leur côté, flirté avec de nouvelles personnes la veille sans faire de drame prouvait qu'ils étaient capables de poursuivre leur voyage sur la route de l'amitié, loin de la jalousie. Pour une seconde fois, elle supprima le message sans y répondre. L'envie lui prit de bloquer la jeune femme afin de ne plus avoir de notifications de la sorte, mais la curiosité l'emporta. Qu'allait-elle lui apprendre dans son prochain message ?

Milan s'était réveillé beaucoup plus tard qu'il ne l'aurait cru. Audrey était déjà dans la douche, et les trois heures de route qui les attendaient ne l'enchantaient pas du tout. Il avait un mal de tête intense et ne ressentait qu'une seule envie : passer la journée à dormir. Se souvenant que l'automobile était restée au bar, il râla et remit son oreiller sur sa tête. Il avait besoin de repos. Lorsqu'Audrey sortit de la douche, il se risqua à lui faire part de son état d'esprit.

— Audrey… je suis vraiment malade. J'ai mal à la tête et je n'ai pas envie de conduire… Tu te sens OK, toi ?

— Moi, oui ! Super fraîche ! Tu te fais vieux, Milan ! T'es plus capable de faire la fête ? blagua-t-elle.

Elle lui sourit. Il avait vraiment l'air mal en point. Il lui renvoya un faible sourire et s'écroula de nouveau dans son lit.

— Je vais te chercher un café. J'ai des cachets pour le mal de tête dans mes bagages, tu en veux ?

— Tu me sauverais la vie…

— Je suis là pour ça, lui dit-elle en lui faisant un clin d'œil.

— Audrey ?

— Oui ? lui répondit-elle en cherchant les cachets dans son sac.

— J'aimerais rester un petit moment chez mon frère… J'ai besoin de repos avant d'attaquer le dernier bout.

— OK, tu veux rester quoi ? Trois jours ?

— Une semaine ? se risqua-t-il.

Audrey stoppa son mouvement. Une semaine. Une semaine à Milan avec Milan et son frère, pour qui elle éprouvait une aversion spontanée à la suite de la confidence de Megan.

— C'est… c'est beaucoup, balbutia-t-elle.

Déjà qu'elle s'ennuyait à mourir de ses enfants, rallonger son voyage d'une semaine ne l'enchantait pas du tout. Voyant son peu d'intérêt à passer plus de temps avec lui, Milan se renfrogna.

— Laisse tomber. T'as raison, ce n'est pas ce qui était convenu. On va rester deux jours comme prévu.

Il se leva et s'esquiva rapidement dans la salle de bain. Audrey sentit sa déception. Elle voulut lui expliquer ses réticences, mais comme Milan était d'une humeur massacrante, elle décida de reporter cette discussion à plus tard.

Le voyage se déroula dans le silence. Ils avaient convenu qu'Audrey prendrait le volant, puisqu'elle semblait en meilleur état que Milan. Elle avait mis de la musique, mais devant la gueule de bois de son passager, elle se retint de chanter comme elle le faisait habituellement. Après une heure trente de conduite, elle s'arrêta sur une aire de repos afin de se procurer un café qui l'aiderait à rester éveillée.

— Tu veux un café, quelque chose ?

— Non.

— Milan, est-ce qu'on peut parler deux minutes ? Je sais que tu as mal à la tête, mais...

— Mais quoi ? Tu ne veux pas passer une semaine de vacances avec moi, c'est bon, j'ai compris.

— Milan, c'est que j'ai des enfants qui m'attendent à Paris. Je ne peux pas juste faire un *road trip* tout l'été.

— Tes enfants sont adultes, Audrey. Arrête de te trouver des excuses et de te cacher derrière tes enfants.

— Je ne me cache pas derrière eux, qu'est-ce que tu dis ? J'ai envie de passer du temps avec eux avant que l'université ne recommence et les emmène loin de moi !

— Ce n'est pas une semaine qui aurait fait la différence. En tout cas, c'est bon, on n'en parle plus.

— Est-ce qu'on pourrait faire un compromis ? Je ne sais pas… rester quatre jours au lieu de deux ?

— Je ne sais pas, on verra.

— T'es de mauvaise foi, Milan.

Elle le laissa en plan et alla chercher deux cafés. C'était vrai qu'il était de mauvaise foi. Elle lui proposait de rester à Milan le double du temps prévu, et lui, il boudait comme un bébé parce qu'elle ne voulait pas y passer une semaine ! Lorsqu'elle revint au véhicule, elle lui donna sèchement le café et se remit au volant. Après quelques minutes, il brisa le silence.

— Audrey ?

— Hum…

— Je n'ai pas d'enfant. Mon frère vit à Milan, ma sœur, à Naples. Mon père est mort, et ma mère demeure en Martinique !

— OK… pourquoi tu me dis ça ?

— Pour m'excuser. Parce que j'admire la relation que tu as avec tes enfants et que je n'ai pas à te juger parce que tu as envie de les voir, même s'ils sont adultes.

— OK. Merci de reconnaître que je ne suis pas une folle névrosée, mère poule et envahissante !

— Audrey, j'ai toujours aimé ton sens de l'exagération !

— Je sais, lui dit-elle, en souriant pour lui indiquer qu'elle ne lui en voulait plus.

— On va rester deux jours chez mon frère. T'as raison, on ne rallongera pas le voyage pour rien.

Il prit une gorgée de café et ferma les yeux, tentant de s'endormir pour chasser ce foutu mal de tête qui avait élu domicile à la base de son crâne.

— On peut rester quatre jours, Milan. T'as raison toi aussi. Ce n'est pas un marathon. On va en profiter pour visiter Milan, et j'imagine qu'il y a du Wi-Fi chez ton frère ?

— Bien sûr, attends de voir sa maison !

— Je vais faire des conversations vidéo tous les jours avec mes enfants. Ça va être sympa.

Milan lui sourit. Elle lui rendit son sourire et lui intima de dormir. Ils avaient encore la moitié du chemin à faire. Tandis qu'elle s'installait au volant, le téléphone d'Audrey vibra : Megan venait d'accepter sa demande d'amitié.

La nuit était tombée, et Audrey, un peu hésitante, suivait les indications de son GPS. Ne voulant en aucun cas réveiller Milan qui était endormi depuis peu, elle plissait les yeux afin de lire le nom des rues. Lorsque le GPS prononça son traditionnel *« Votre destination se trouve sur votre gauche »*, Audrey n'en crut pas ses yeux : ils étaient devant un véritable château, ni plus ni moins.

Milan ouvrit les yeux tranquillement. Audrey venait de garer la voiture, et il prit quelques secondes pour comprendre qu'ils étaient arrivés.

— Waouh, Milan... la maison de ton frère est immense!

— Bienvenue dans le monde de Matt Capello, lui répondit-il d'un ton moqueur.

— Il fait quoi dans la vie, déjà?

— Ha, ha! T'es drôle, Audrey! Tu dois être la seule personne au monde qui ne connaît pas mon frère! Il est attaquant pour l'AC Milan, tu sais, l'un des meilleurs clubs de football d'Italie? compléta-t-il en gardant son air moqueur.

— Milan, je connais l'AC Milan, franchement! Il y a 10 ans, j'aurais pu te nommer tous les joueurs de la formation. Thomas était tellement accro aux chaînes de sports qu'on ne regardait que ça à la maison! Mais là, j'avoue que j'ai décroché...

Extirpant leurs valises de la voiture, les deux compagnons se dirigèrent vers l'entrée de la demeure. L'obscurité qui régnait dans la maison indiquait qu'elle était probablement vide.

— Milan, ton frère n'était pas censé nous attendre?

Consultant son téléphone, Milan constata qu'il avait reçu, durant sa sieste, plusieurs messages. L'un d'entre eux provenait de Matteo.

Matteo

J'ai des trucs à faire ce soir.
Installez-vous, et on se voit demain matin. Tu sais où est la clé.

Se dirigeant vers le deuxième pot de fleurs, Milan fouilla la terre pour y chercher la clé en question. Lorsqu'il l'eut trouvée, il ouvrit la porte à une Audrey mystifiée devant tant d'opulence.

— Bienvenue chez Matteo, souffla Milan. Viens, je te montre ta chambre.

Audrey le suivit machinalement, tout en regardant les pièces qui n'en finissaient plus. Lorsque Milan ouvrit la porte de sa future chambre, elle fut soufflée par le spectacle qui s'offrait à elle: un immense lit, un coin lecture et même... une salle de bain privée! Devant son regard stupéfait, Milan lui lança une boutade.

— Si c'est trop beau pour toi, je peux aussi te trouver un matelas, et tu t'installeras sur le plancher de ma chambre, en souvenir des petits motels crasseux des derniers jours.

— Euh... NON! lui répondit-elle en réprimant un éclat de rire. Cette chambre est parfaite!

Milan lui fit visiter rapidement la maison. Comme il se faisait tard et que tous ces kilomètres parcourus les avaient fatigués, ils décidèrent de regagner leurs chambres respectives. Audrey, qui rêvait déjà du plaisir de prendre un long bain rempli de mousse dans la baignoire surdimensionnée, souhaita rapidement bonne nuit à Milan. Avant qu'elle referme la porte de sa chambre, il l'interpella.

— Audrey ! J'ai complètement oublié de te dire ça tout à l'heure. Mon frère m'a écrit, et il organise une grosse fête pour son équipe dans deux jours. Comme on n'était pas censés être ici, si ça te dérange, je peux te réserver une chambre à l'hôtel...

— Et quitter cet endroit magnifique ? Voyons, Milan ! On va faire la fête nous aussi !

Lui adressant un clin d'œil, elle referma aussitôt la porte devant un Milan aussi surpris qu'heureux de sa décision.

19 juillet, Milan

Audrey avait connu sa meilleure nuit depuis son départ de Paris. Les draps frais et le lit confortable de la chambre d'invités de Matteo lui avaient permis de récupérer tout le sommeil perdu des derniers jours. Entendant des voix en sourdine, elle en déduisit que Milan et son frère étaient déjà debout. Empoignant sa trousse de maquillage, elle se fit une beauté avant de quitter sa chambre : à 40 ans, il fallait lutter contre les cernes sous les yeux et les rides naissantes !

Installé derrière un somptueux îlot en marbre, Matteo Capello s'affairait à préparer des cafés. Lorsqu'il vit Audrey avancer timidement vers lui tel un chat apeuré, il lui offrit son plus beau sourire.

— Alors c'est toi, Audrey ! Bienvenue chez moi, belle au bois dormant !

Audrey se sentit rougir. En effet, elle avait dormi très tard! Voyant la gêne rougir les joues de son invitée, Matteo reprit:

— Je te taquine! Mon frère aussi vient de se lever. Viens, je te sers un café.

Balayant la pièce du regard, elle ne vit aucune trace de Milan. Lisant dans ses pensées, Matteo intervint de nouveau alors qu'elle posait timidement les lèvres sur le bord de la tasse de café bien chaud.

— Il est aux toilettes, lui dit-il en lui adressant un clin d'œil complice.

Toujours muette, Audrey détailla Matteo de la tête aux pieds. Plus petit que Milan, il avait pourtant la même carrure que son frère, avec qui il partageait aussi cette prestance qui vous clouait sur place. Son visage, plus étroit que celui de Milan, était fort agréable à regarder. Moins spectaculaire que son aîné, Matteo Capello ne donnait pas sa place en matière de beauté, ce qui fit penser à Audrey qu'il devait être très populaire auprès des jeunes Italiennes. Mais ce qui la frappa davantage, c'était son sourire, le même que celui de Milan, mi-séducteur, mi-sérieux. Il avait aussi la même expression que son frère, le même regard qui vous paralysait tout en vous intriguant. Perdue dans ses pensées, elle n'entendit pas arriver Milan, qui empoigna la tasse de café qui lui était destinée.

— Bon, vous avez fait connaissance, articula-t-il entre deux gorgées du précieux liquide.

— En fait, j'ai parlé tout seul, blagua Matteo.

Milan lança un regard interrogateur à Audrey.

— Je ne suis pas encore totalement réveillée, se justifia-t-elle.

— Bon, alors Matteo, Audrey ; Audrey, Matteo.

Le jeune homme serra la main méfiante d'Audrey qui, se souvenant de la confidence de sa nouvelle amie Megan, ne savait pas si elle pouvait lui accorder sa confiance.

— Bon, j'ai encore une tonne de trucs à préparer pour demain. On se fait un dîner ce soir ? demanda Matteo sans se formaliser de l'ambivalence d'Audrey.

— Parfait. Tu veux qu'on cuisine quelque chose ? l'interrogea Milan.

— Ouais, c'est bon. Fais-nous profiter de tes talents de cuisinier. Audrey, tu savais que mon frère est le meilleur cuistot en ville ?

Audrey, qui ignorait totalement ce talent caché, se tourna vers Milan avec curiosité. Pris par surprise, il tenta de se justifier.

— Meilleur en ville… n'exagère pas, Matt !

— Arrête d'être modeste, frérot !

— Tu me mets la pression !

Audrey constata la complicité des deux frères, qui rigolaient comme des gamins. Bien qu'ils n'eussent pas la chance de se côtoyer souvent, ils avaient su garder une excellente relation.

— Comme je le disais, je dois m'occuper de la soirée de demain. Milan, tu restes à la maison ?

— Je ne sais pas trop ce qu'on avait prévu… tu veux te reposer ou aller visiter la ville ? demanda-t-il à Audrey.

— Prenez donc votre temps ! J'ai une super piscine, vous visiterez demain… en plus, j'aurais besoin que vous restiez à la maison.

— Ah oui ? Pourquoi donc ? demanda Milan, surpris de la demande de son frère.

— Parce que Megan devrait arriver d'ici une heure et je n'ai pas d'autre clé à cacher dans un pot de fleurs !

Audrey avait été déstabilisée par la dernière phrase de Matteo. Comment se pouvait-il que Megan vienne rejoindre Matteo, après tout ce qu'elle lui avait raconté ? S'était-elle jouée d'elle ? L'avait-elle embobinée pour la forcer à continuer son voyage avec Milan ? Quand Matteo franchit le seuil de la porte, Audrey n'attendit pas une seconde avant de questionner Milan.

— Je ne comprends pas pourquoi Megan vient ici… Il me semble que… ben, je sais qu'ils sont restés en bons termes malgré tout, mais de là à venir passer quelques jours chez lui…

— Quand Megan a laissé Matteo, ils ont convenu de rester amis. C'était leur décision.

— J'ai du mal à comprendre ça... Après ce qu'il lui a fait ? Je veux dire, la forcer à se faire avorter, sans même vouloir l'accompagner... Ce n'est pas rien !
— Audrey, ne dramatise pas, OK ? Il y a un moment, Megan a eu besoin de lui pour un contrat de pub. Ils ont donc repris contact, et par la suite, ils ont convenu qu'ils allaient s'aider dans leur carrière respective. Quand Matt fait ses grosses soirées, il invite toujours Megan. Comme ça, elle rencontre des gens influents, tu comprends ?
— Quand même... je trouve ça un peu tordu.
— C'est leur vie, Audrey ! Tu n'as pas à juger...

Loin d'être d'accord avec le point de vue de Milan, elle prit la décision de se taire et de regagner sa chambre. Pour une fois qu'elle avait l'occasion de se prévaloir d'un peu de calme et d'intimité, elle n'allait pas s'en priver.

Trois faibles coups retentirent à la porte d'Audrey, interrompant ainsi sa lecture d'un palpitant chapitre du livre qu'elle dévorait depuis près d'une heure. Sans attendre d'être invitée à entrer, Megan ouvrit la porte, ce qui fit sursauter Audrey.
— Audreyyyyy !!

Toujours aussi extravagante, Megan sauta sur le lit comme une enfant afin de la rejoindre.

— Je suis tellement contente que vous soyez là pour la soirée de demain ! Ça va être épique, tu vas voir !

— Tant que ça ?...

Audrey, même si elle travaillait fort pour démontrer plus de confiance en elle, avait toujours autant de difficulté à prendre sa place.

— Audrey, tu vas voir, les mecs sont tous sublimes, il y a de la bonne musique, de la bouffe, plein de trucs !

Audrey avala de travers. La blonde Megan semblait lui décrire un festival de musique qui aurait davantage été de l'âge de Félicia que du sien.

— Je ne sais pas, Megan... je vais peut-être rester dans ma chambre, tranquille, et lire un peu...

— Es-tu folle ? Tu ne vas pas t'enfermer dans ta chambre pendant que tout le monde s'amuse ! C'est quoi, la vraie raison ? Tu n'aimes pas les fêtes ? T'es agoraphobe ?

— Non, ce n'est pas ça, balbutia Audrey en se tordant les mains comme une adolescente invitée à sa première soirée.

— C'est quoi alors ? reprit impatiemment Megan.

— Je n'ai... Je n'ai rien à me mettre sur le dos... je n'ai que des vêtements de voyage, une vieille robe noire... puis... puis je suis plus vieille que vous, n'oublie pas. Je ne suis pas de votre monde, moi.

— Arrête, t'as juste trois ans de plus que Milan, alors arrête-moi ça ! Et en plus, ça tombe bien, les fringues, c'est ma spécialité. Prends ton sac, on va faire les boutiques.

Sous l'œil surpris de Milan, Megan traînait Audrey derrière elle comme une femme condamnée à mort.

— Elle m'emmène faire les boutiques, dit cette dernière en guise d'explication.

— Pour la fête, ajouta Megan, fière d'elle.

Milan retint un rire devant la mine déconfite d'Audrey.

— Tu vas voir, Milan, quand je vais en avoir fini avec Audrey, tu ne vas plus la reconnaître ! Je vais faire d'elle mon projet personnel !

— Vas-y mollo quand même, Megan, répliqua nerveusement Milan.

Il savait exactement de quelle extravagance sa jeune amie était capable et il redoutait que Megan veuille en faire un peu trop pour se racheter auprès d'Audrey, à la suite de leur première rencontre désastreuse.

— Ne t'inquiète pas ! C'est une beauté naturelle, c'est un plaisir pour moi de mettre mes services à sa disposition.

Audrey baissa les yeux, gênée par le commentaire de sa nouvelle amie.

— Hé, Milan, passe-moi les clés de l'auto, je suis venue en avion, alors je n'ai pas de voiture.

Docilement, Milan s'exécuta, laissant partir une Megan débordant d'enthousiasme et une Audrey complètement apeurée.

Arrivée au centre commercial, Megan, qui prenait son rôle très au sérieux, décida qu'elles devaient tout d'abord s'asseoir pour prendre un café afin de « se mettre d'accord sur une stratégie ».

— OK. Les soirées de Matt sont extravagantes, mais toi, t'es plutôt introvertie, analysa la belle blonde. Il te faut donc quelque chose de sobre, mais qui a du punch.

— Pas trop ringard, se risqua Audrey.

— Pas du tout ringard ! reprit Megan. Fais-moi confiance là-dessus !

Audrey sourit devant l'excitation de Megan. Elle semblait s'amuser, et la voir ainsi lui donna envie de jouer le jeu et de sauter à pieds joints dans cette nouvelle aventure.

— Tu n'as jamais pensé à faire ça dans la vie ?

— Faire quoi ? la questionna Megan.

— Conseillère mode, designer, styliste… je te verrais là-dedans, tu sembles très à l'écoute.

Flattée, Megan concentra son attention sur les notes qu'elle avait prises à la suite de son entretien avec Audrey. Il était rare qu'on lui fît un compliment qui n'ait pas de lien avec sa beauté. C'était d'ailleurs ce qu'elle appréciait de plus en plus chez Audrey : cette façon de passer outre l'apparence physique et de s'intéresser réellement à la personne qu'elle était. C'était probablement aussi ce qui avait séduit Milan.

Si elle pouvait donner un coup de pouce au destin pour qu'une fille aussi géniale qu'Audrey se trouve aussi belle qu'elle l'était en réalité, elle pourrait peut-être arriver à lui faire prendre conscience qu'elle méritait un type tel que Milan.

— Peut-être que j'y penserai à ma retraite, reprit Megan. Styliste personnelle… ça pourrait être chouette !

— Megan ? Je peux te demander… en fait, j'ai quelque chose à te demander avant qu'on se lance à l'assaut des magasins pour mon look de demain.

Devant l'air grave d'Audrey, Megan releva les yeux.

— Tu… tu accepterais de chercher des maillots avec moi ? J'ai besoin d'une opinion honnête et je sais qu'il n'y a que toi pour me la donner.

Megan opina de la tête et entraîna sa nouvelle amie vers la première boutique de maillots qu'elles aperçurent.

Audrey respirait rapidement, ce qui mit Megan en alerte. Elle arrivait facilement à reconnaître une fille qui avait été victime de commentaires désobligeants, comme jadis elle l'avait été elle-même. Voyant qu'Audrey regardait les maillots sans avoir le courage d'en prendre un seul dans ses mains, elle fit une sélection rapide.

— Va dans la cabine. Essaie ça. On va travailler à partir de ça.

Telle une automate, Audrey se dirigea vers les cabines d'essayage. Il était temps qu'elle affronte ses démons.

Le premier bikini qu'elle enfila était absolument affreux. Ses vergetures étaient très visibles, et sa poitrine débordait des deux bonnets en triangle. Comme elle l'avait promis à Megan, elle sortit timidement de la cabine.

— OK, NON ! s'exclama sans détour la mannequin. Redonne-moi tous les triangles. J'avais sous-estimé ton… ton poitrail !

Audrey émit un rire nerveux. Megan avait le don de la détendre par ses expressions si particulières. Regagnant la cabine, elle enfila un second maillot qui ne lui allait guère mieux. Au troisième essai, elle se découragea.

— Laisse tomber, Megan, il n'y a vraiment rien qui me va. Allons-nous-en…

— Ça suffit, Audrey ! Calme-toi, on vient juste de commencer ! C'est normal que les premiers ne conviennent pas ! Il faut que j'évalue ta silhouette, les forces de ton physique et ce que tu n'es pas à l'aise de montrer. Ça fait partie du processus. Laisse-moi travailler.

Elle tourna les talons et fouilla dans les rayons du magasin. Devant une vendeuse qui lui offrait son aide, elle agita la main comme pour chasser une mouche. Megan Wilson était en mission.

19 juillet, Milan

Pour la première fois de sa vie, Audrey, en se regardant dans la glace, apprécia son reflet en maillot. Ce dernier, un deux-pièces par surcroît, lui affinait la silhouette et mettait en valeur ses attraits sans mettre l'accent sur les parties de son corps qu'elle détestait. Un véritable exploit ! Quand elle sortit de la cabine, l'expression sur le visage de Megan lui confirma son intuition.

— *We have a winner* ! s'écria la jolie blonde.

— C'est vrai qu'il me va bien, mais je ne sais pas… hésita Audrey.

Audrey ne cessait d'essayer de lisser son ventre, comme si les lignes de ses vergetures allaient disparaître. Megan sentit qu'il était temps de lui parler de ses préoccupations.

— Qui ? Qui t'a fait des commentaires sur ton apparence ?

Audrey recula et se retourna vers Megan.

— Comment… pourquoi tu dis ça ?

— Parce que je sais comment on se sent quand on vit cette situation, et c'est exactement ce que tu ressens maintenant, en bikini devant moi.

Audrey se tut. Comment une fille qu'elle connaissait depuis moins d'une semaine avait-elle réussi à lire en elle, alors qu'Emma n'avait jamais décelé quoi que ce soit ? Sur la défensive, elle tenta de faire dévier la conversation.

— Toi, Megan Wilson, mannequin internationale, tu sais comment on se sent quand quelqu'un nous rabaisse à cause de notre apparence ?

Elle avait pris un ton plus arrogant qu'elle ne l'aurait voulu. L'attaque était sa seule défense, et elle voulait s'en servir pour clore la discussion.

— Tu sais, Audrey, avant d'être Megan Wilson, j'étais Mélanie Moulin, une fille pleine d'acné qu'aucun gars ne voulait embrasser…

— Je ne te crois pas…

Megan lui montra une photo, celle qu'elle gardait toujours dans son téléphone pour se rappeler d'où elle venait.

— Le super beau joueur de football de l'école, Max St-Jacques, celui qui faisait chavirer le cœur de toutes les filles, a ri de moi et m'a ridiculisée devant son groupe quand j'étais au collège…

— Oh non…

— Ouaip ! Il m'a invitée à sortir. Moi, j'étais super heureuse, mais mes amies me disaient que ça ne se pouvait pas, qu'il était trop beau pour moi et qu'en plus, il était au lycée…

— Elles avaient flairé le piège…

— Exactement, mais pas moi. Quand je suis arrivée au rendez-vous, toute l'équipe était là, et les garçons se sont mis à rire et à m'insulter…

— Ma pauvre…

— J'ai tellement pleuré, Audrey, tu n'as pas idée…

— Mais comment... comment t'as fait pour devenir... ça... cette bombe-là ?

Megan éclata de rire.

— Un médicament contre l'acné, un appareil dentaire, la découverte du fer à lisser... et puis j'ai grandi d'un coup. À 17 ans, j'étais devenue une bombe, comme tu dis !

— Le joueur de football, Max chose, il doit regretter ses gestes aujourd'hui...

— À qui le dis-tu ! La première chose que j'ai faite quand j'ai eu mon premier contrat – c'étaient des photos en maillots, évidemment –, ça a été de lui envoyer une photo sur Facebook avec la mention « Dommage pour toi ! xx ».

— T'as bien fait ! Il a dû s'en mordre les doigts !

— Quand il a su qui j'étais, il s'est confondu en excuses, il a voulu me revoir, mais tant pis pour lui !

Megan rit de nouveau. Audrey, qui tenait toujours les bras croisés en tentant de cacher son ventre, rit avec elle. Dans un mouvement lent, Megan entreprit de lui décroiser les bras délicatement.

— Audrey, si tu me disais qui est ton Max St-Jacques à toi...

Audrey fixa les yeux bleus de Megan. Le picotement qu'elle ressentait annonçait qu'elle allait se mettre à pleurer d'une seconde à l'autre.

— Simon Pelletier... souffla-t-elle d'un coup. Après m'être séparée de Jake, le père de mes enfants, j'ai voulu refaire ma vie... J'ai... j'ai menti à Milan. Je lui ai dit que j'avais eu plein d'amourettes, mais en fait, après Jake, le seul homme que j'ai fréquenté, c'est Simon. Ah! J'ai aussi eu une amourette avec un Marc, mais ça ne compte pas. Tu ne vas pas lui dire, hein?

Megan fit une croix sur son cœur, jurant de ne rien révéler à Milan.

— Quand Simon a vu mon ventre pour la première fois, il s'est figé en voyant mes vergetures. Il m'a dit que c'était dégueulasse et qu'il ne voulait plus jamais les voir, que ça lui coupait l'inspiration. Il fallait donc que je m'arrange pour toujours les cacher.

— Même dans l'intimité? lui demanda Megan, dégoûtée par l'attitude de l'homme.

— Surtout dans l'intimité! Il me disait plein de trucs, du genre que je devrais me trouver chanceuse qu'un gars comme lui s'intéresse à une fille comme moi, et plein de trucs méchants de ce genre.

— Et tu as fini par le croire…

— Exact. J'ai même voulu lui présenter mes enfants pour qu'il m'aime encore plus. Je voulais tellement refaire ma vie, Megan, que j'étais prête à tout…

— Tu ne les lui as pas présentés, j'espère?

— Non. Le soir où je suis revenue sur ma décision de lui présenter les enfants, on s'est disputés. Très fort. Il… il m'a serré le bras en criant. J'ai vraiment eu peur, Megan. Si tu regardes attentivement, tu vois encore la cicatrice de ses ongles… même après toutes ces années.

— Merde… Audrey…

— Après, je me suis dit que jamais plus il ne s'approcherait de moi et sûrement pas de mes enfants…

— T'as bien fait. Quel malade…

— Quand je lui ai dit de ne plus jamais me rappeler, il m'a dit que, de toute façon, il avait rencontré quelqu'un d'autre et que je n'arrivais pas à la cheville de cette fille-là. Il a aussi dit que je n'étais pas assez jolie pour lui, qu'il avait toujours eu honte de s'afficher avec moi…

— Bon débarras, reprit Megan avec colère. J'espère que tu ne l'as plus jamais revu, ce malade…

— Non, heureusement !

Le silence s'installa entre elles.

— Tu sais, t'es vraiment une belle femme, Audrey, sérieusement. Je ne dis pas ça juste pour te faire plaisir. Tu pourrais même faire des *photoshoots* 40 ans et plus.

Audrey esquissa un sourire à travers ses larmes. Megan et sa fraîcheur lui faisaient tellement de bien.

— Toujours est-il que depuis ce temps, je me suis complètement fermée. Je n'ai plus voulu fréquenter personne. Pas un homme n'a réussi à m'approcher !

— Tu ne devrais pas, Audrey. Des types comme mon Max et ton Simon, ce sont des cons. Tu ne devrais pas les laisser avoir une emprise sur toi.

— T'as peut-être raison…

— Tu sais, Milan n'est pas comme ça, se risqua Megan.

— Megan, Milan et moi, ce n'est pas possible. Il est tellement… trop, et moi, je suis tellement rien…

— Ne redis plus jamais ça, Audrey. Ne dis plus jamais que tu n'es rien. Tu comptes beaucoup pour plusieurs personnes. Tes enfants, tes amis… En plus, tu comptes beaucoup pour moi aussi ! Ne te dévalorise plus jamais.

Megan avait enlacé spontanément Audrey. L'amitié qu'elle éprouvait pour elle était sincère.

— Audrey, lui chuchota Megan, tu devrais lui laisser une chance de t'aider à te réparer…

Un ange passa. Les deux filles se fixaient dans l'allée des cabines d'essayage. Par chance, les autres clientes ne parlaient qu'italien et ne comprenaient absolument rien aux confidences qu'elles venaient d'échanger.

— Audrey ?

— Oui ?

— Me laisserais-tu la chance de te montrer à quel point tu es belle ? Prends le maillot, tu es spectaculaire dedans. On va maintenant acheter ta robe. Et demain, je te maquille et te coiffe. Si ça ne te plaît pas, tu remettras ton short et ton t-shirt, et tu enlèveras le maquillage. *Deal* ?

Audrey releva les yeux vers Megan. Qu'avait-elle à perdre ?

— *Deal*, s'entendit-elle répondre en lui serrant la main.

Megan entraîna Audrey dans un magasin qu'elle ne connaissait absolument pas. Depuis sa confession, elle se sentait étrangement légère, comme si le poids du monde s'était enlevé d'un coup de ses épaules. Dans un état presque euphorique, elle parcourait les rayons avec sa nouvelle amie, donnant son opinion sur tous les ensembles que la blonde lui proposait. Comme lors de l'achat du maillot de bain, Megan analysa la silhouette d'Audrey et lui proposa différents styles pour valider ce qui lui allait le mieux: robes courtes, robes longues, ensembles une pièce, minijupes, tout y passa. Lorsqu'Audrey sortit de la cabine vêtue d'une petite robe rose pâle, la mâchoire de Megan se décrocha.

— OMG! Audrey, t'es... c'est celle-là, c'est magnifique!

Audrey s'admira dans le miroir de la cabine. Megan avait raison, cette robe lui allait à merveille. Un peu champêtre sans l'être trop, elle avait de la classe tout en étant décontractée. Exactement le look que la nouvelle Audrey souhaitait projeter.

— Je la prends. Megan, je n'ai jamais eu un vêtement qui m'allait si bien!

L'enthousiasme d'Audrey était sans limites! Elle se laissa aller à un débordement d'émotion et enlaça Megan, qui était tout aussi excitée qu'elle. Mais lorsqu'elle agrippa l'étiquette pour vérifier le prix de la robe, son sourire se fana instantanément.

— Quoi? Qu'est-ce qui se passe? s'enquit Megan.

— Le prix...

— Quoi, le prix?

— Megan, je suis mère célibataire… je ne peux pas me payer une robe de ce prix-là…

Regagnant tristement sa cabine devant l'air ahuri de Megan, Audrey enleva le vêtement à regret. Comme elle l'avait fait avec les autres tenues qu'elle avait essayées, elle envoya la robe par-dessus la cabine pour que Megan la remette sur son cintre. Même si elle y avait cru, jouer les Cendrillon ne faisait apparemment pas partie de son destin.

Lorsqu'Audrey finit de se rhabiller, elle empoigna son sac et se maudit de ne pas avoir parlé de budget avec Megan. La jeune fille ne pouvait pas deviner que, pour elle, chaque sou était compté. Elle allait devoir se passer de cette robe magnifique, même si elle aurait certainement fait écarquiller les yeux de Milan et des autres invités à la fameuse soirée.

Ne trouvant pas Megan hors de la cabine, elle balaya rapidement le magasin du regard. Près de la caisse, elle repéra son amie qui était en pleine transaction.

— Qu'est-ce que tu fais là ?

— Je paye ta robe !

— Tu n'as pas à payer ma robe, Megan, voyons ! C'est hors de prix…

— Audrey, arrête, OK ?

— Megan, tu n'as pas à me payer une robe pour une stupide soirée parce que je veux me faire belle pour un stupide mec...

— Ah ! Tu l'avoues ! Il y a encore de l'espoir pour Milan, alors ?

Ayant parlé plus vite qu'elle ne l'aurait dû, Audrey se mordit l'intérieur de la joue.

— Oublie ce que j'ai dit, Megan, et remets la robe sur le cintre, OK ?

Empoignant le sac, Megan fit la sourde oreille et se dirigea d'un bon pas vers la sortie du magasin.

— Trop tard ! Tu n'auras pas d'autre choix que d'être canon à la stupide soirée, rigola-t-elle.

— Sérieux, Megan, je me sens trop mal, va l'échanger...

— Audrey, as-tu bien regardé les affiches dans le magasin ?

Audrey scruta les affiches, à la recherche d'une réduction qui aurait pu lui échapper, mais n'en vit aucune. Il fallait avouer que cette boutique était plutôt luxueuse. Elle haussa donc les épaules, perplexe, et Megan dut lui pointer elle-même les affiches mettant en vedette trois mannequins qui arboraient des vêtements en vente dans la boutique. S'approchant lentement d'une d'entre elles, Audrey se figea.

— C'est toi ?

— Ouaip !

— Waouh... t'es vraiment photogénique. C'est magnifique...

— Ce qui est magnifique, c'est que mon contrat d'égérie pour cette boutique me donne 90 % de réduction sur tout ce que je désire acheter. Et tu vois, comme je le disais à la caissière, j'avais terriblement besoin d'une belle petite robe rose pâle...

— Mais Megan, on ne porte même pas la même taille, ils vont s'en rendre compte !

— Penses-tu vraiment qu'ils ont du temps à perdre avec ça ?

Une fois à l'extérieur du magasin, Megan tendit le sac à Audrey.

— Profites-en, ma belle Audrey. Regagne ta confiance et mets-en plein la vue à tous ceux qui seront là demain.

Elle lui fit un clin d'œil, puis elles regagnèrent la voiture, excitées comme des puces.

Lorsqu'Audrey et Megan arrivèrent en trombe au château de Matteo, elles trouvèrent Milan bien installé derrière ses casseroles.

— *Yess* ! Milan, c'est toi qui fais le dîner !

— Disons que Matt m'a mis la pression en affirmant devant Audrey que j'étais un bon cuisinier, alors il faut que je livre la marchandise ! rigola-t-il.

Megan, qui connaissait très bien Milan, savait que, de fait, il cuisinait vraiment bien.

— Vous avez l'air de vous être bien amusées, reprit le chef en herbe.

— On s'est surtout vraiment rapprochées, affirma Audrey en gratifiant Megan d'un regard bienveillant.

— Tant mieux ! J'adore quand mes amies s'entendent bien. Maintenant, sortez de ma cuisine. Allez vous baigner, faites la course, lisez, mais laissez-moi travailler !

Pouffant de rire, les deux filles s'exécutèrent sous le regard découragé de Milan devant la montagne de vaisselle sale qu'il allait devoir laver.

Audrey avait réussi à fixer un rendez-vous virtuel avec Félicia. Comme Matteo bénéficiait d'une excellente connexion Internet, elles allaient pouvoir se parler face à face, par messagerie instantanée, sans avoir peur d'être interrompues.

— Salut, ma cocotte !

— Maman ! Je suis contente de te voir !

— Et sinon ? Des développements avec Sam Rodriguez ?

— Non... c'est au point mort. On se dit juste bonjour le matin.

— Ça viendra, t'inquiète...

— Et toi, maman ? Comment ça va ? demanda Félicia pour changer de sujet. Vous êtes chez son frère, c'est ça ?

— Oui, celui qui joue au football. Tu le connais ?

— Si je connais Matt Capello ? Maman, il est vraiment trop beau, ce gars-là, c'est l'homme de mes rêves ! Sam, c'est rien à côté de lui... Matt est tellement...

— ... trop vieux pour toi, coupa vivement Audrey.

— Il n'a que 27 ans… c'est 9 ans de plus que moi, ça s'est déjà vu…

— Félie, sérieux ?

— Bon, OK… fais-moi visiter, au moins ! Je veux voir sa maison !

Sortant de sa chambre, Audrey tourna la tablette et entreprit une visite guidée de la vaste demeure.

— Ça, c'est ma chambre… ça, c'est celle de Milan…

— Vous ne dormez plus ensemble ?

— Félie, chut, tout le monde va t'entendre…

— Et ? Ce n'est pas un secret que vous partagez une chambre depuis le début, pourquoi je devrais me taire ?

Audrey poussa un soupir de soulagement en constatant que sa cadette voulait simplement dire partager une chambre plutôt que dormir ensemble, comme ils l'avaient fait chez ce couple rencontré à Marseille.

— Nous voilà arrivés au salon, et tiens, voici Megan, ma nouvelle amie…

— Oh, c'est ta fille ! Salut, moi, c'est Megan.

— Moi, c'est Félicia ! Waouh ! T'es vraiment belle ! T'es la copine de Milan ?

Audrey manqua de s'étouffer, tandis que, comme toujours, Megan éclatait de rire.

— Non ! Je suis une amie des Capello… et j'ai rencontré ta mère à Nice.

Audrey remercia silencieusement Megan de ne pas dévoiler les circonstances catastrophiques de leur rencontre. Puis, elle continua son tour guidé.

— Nous voici dans la cuisine, avec le chef Milan.

— Salut, Félicia !

— Salut, Milan ! Tu cuisines en plus, waouh, t'es vraiment un homme à marier !

Audrey tourna vivement la tablette et fit les gros yeux à Félicia. Au même moment, la porte d'entrée s'ouvrit sur Matteo, encombré de quelques sacs.

— Je vais t'aider, Matt, entendit Félicia au loin.

— Matt… Matt Capello ? C'est Matt Capello ? Maman, tourne la tablette tout de suite !

Audrey s'exécuta, plaçant la tablette devant Matteo. Bon joueur, il engagea la conversation avec sa jeune fan.

— Salut ! T'es une supporter de l'AC Milan ? lui demanda-t-il d'entrée de jeu.

— Euh… oui, je… oui !

Félicia n'arrivait pas à formuler une phrase complète. Par chance, la tablette les séparait physiquement. Il ne pouvait donc pas s'apercevoir que ses mains tremblaient comme des feuilles durant l'automne.

— Quand tu passeras dans le coin, je te donnerai des billets. Les amies de mes amies sont mes amies, confia-t-il à la jeune fille.

— Matt, c'est sa fille, rectifia Milan, pas son amie !

— Ta fille ? Sans blague, t'as quel âge, Audrey ?

Audrey et Megan avaient décidé de profiter des derniers rayons du soleil pour se rendre près de la piscine. Audrey, qui refusait d'enfiler son nouveau maillot sans l'avoir préalablement lavé, s'assit sagement sur le bord, les pieds traînant dans l'eau bleue de l'immense piscine creusée. Impossible pour elle de revenir en arrière et de remettre son ancien maillot défraîchi : ce serait redonner du pouvoir aux paroles de Simon Pelletier. Elle se contenta donc de regarder Megan exécuter des figures de nage synchronisée telle une sirène gracieuse.

Pendant ce temps, à la cuisine, Matteo Capello ne cessait de dévisager son frère.

— Elle a 40 ans ?

— Oui, elle a 40 ans, qu'est-ce que ça fait ? J'en ai 37, ne l'oublie pas !

— Milan… 40 ans, c'est vieux…

— Depuis quand je ne peux pas avoir des amies de 40 ans, moi ?

— Tu n'as jamais eu d'amie de 40 ans, ne me fais pas une scène, reprit Matteo, découragé. Puis en plus, elle a des enfants !

— Oui, elle en a deux, 18 et 20 ans.

— Voyons, Milan, tu n'es pas sérieux ? Tu vas me dire c'est quoi, ton *trip* avec cette fille-là, et tu vas m'arrêter ça tout de suite, OK ?

— Comme je te l'ai dit, Audrey travaille à l'école où je donne des cours. Elle avait besoin d'un transport pour Naples, je voulais ramener à Olivia des trucs qu'elle avait oubliés à Paris, on a décidé de voyager ensemble, c'est tout… On est juste des bons amis.

— C'est tout ? Vraiment ? Et c'est pour ça que tu fous le bordel dans ma cuisine ?

Milan commençait à être agacé par le ton moralisateur de son jeune frère.

— On est juste des amis, je te le répète, Matt.

— Elle a voulu coucher avec toi, et tu l'as repoussée, c'est ça ? Et là, tu te sens coupable de lui avoir fait de la peine, et c'est pour ça que tu la traînes jusqu'à Naples ? Les filles de 40 ans sont désespérées, tu sais… elles sentent qu'elles n'ont plus beaucoup de temps pour profiter de leur jeunesse, alors elles s'accrochent. Tiens-toi loin de ça…

— De quoi tu parles ? Tu peux être tellement con parfois ! Audrey n'a jamais voulu coucher avec moi… et elle n'est pas du tout désespérée !

Milan avait arrêté de fourrager dans ses casseroles. Il fixait Matteo et n'en revenait pas du jugement que son frère venait d'émettre à l'endroit d'Audrey.

— Non, Milan… ce n'est pas vrai… Tu n'as pas flashé sur une fille de 40 ans ? Bon sang ! Tu peux avoir toutes les filles que tu veux !

Milan n'avait plus envie de rire.

— Qu'Audrey ait 25 ou 40 ans, ça ne change rien. C'est une fille géniale avec qui je m'entends super bien et c'est mon amie. Attends de la connaître avant de la juger…

— En tout cas, moi, je peux te dire que demain, durant la soirée, il va y avoir des filles sublimes, tu vas avoir l'embarras du choix, mon frère, et tu ne penseras plus aux madames de 40 ans ! reprit avec conviction Matteo.

— Ça ne m'intéresse plus, Matt, les soirées et les filles de passage. J'ai envie de vivre autre chose.

— Punaise ! T'es gravement atteint, continua de blaguer Matteo.

— Je suis sérieux, Matt, t'arrêtes de déconner ou je m'en vais…

— Avec ta vieille de 40 ans ?

Milan lui renvoya un regard noir. Quand les yeux de son frère exprimaient une telle colère, Matteo savait qu'il était allé trop loin. Il leva les deux mains en signe de trêve. La discussion devait s'arrêter là, sinon Milan, tel qu'il le connaissait, aurait pu ramasser ses effets en deux minutes et déguerpir en claquant la porte, gâchant ainsi leurs retrouvailles.

— C'est vraiment bon, Milan. Sérieux, tu fais honneur à ta réputation !

— Attends qu'il te fasse ses fameuses linguines aux fruits de mer, ajouta Megan. Tu vas tomber par terre !

Le dîner se déroulait à merveille. Megan monopolisait l'attention en racontant les aventures de son dernier *photoshoot* à Nice, celui à l'occasion duquel elle avait rencontré Audrey, puis elle enchaîna sur ses prochains contrats.

— Je pars pour Chicago tout de suite après la fête, ensuite, je tourne une pub à Barcelone et après, je retourne à New York pour une nouvelle campagne.

— Waouh ! Ça roule, tes affaires, Megan, la félicita Milan.

— Vraiment, je n'ai pas à me plaindre. Je prends tout tant que ça va, c'est tellement éphémère dans ce milieu…

— As-tu… as-tu quelqu'un dans ta vie ? lui demanda timidement Matteo.

— Des flirts ici et là, mais rien de sérieux, répondit-elle candidement. Je ne peux pas m'attacher, tu comprends ? Qui voudrait d'une copine qui ne demeure jamais dans la même ville plus de 24 heures ?

— Ça ne doit pas être évident de rencontrer quelqu'un, en effet, commenta Milan.

— Mais je ne perds pas espoir ! Un jour, je vais rencontrer l'homme de mes rêves, mon prince charmant à moi !

Tandis que les deux garçons roulaient les yeux, Audrey porta la main à son cœur, compatissant avec les rêves de la jeune fille.

— Et toi, Audrey, demanda Matteo, tu as quelqu'un dans ta vie ? À l'âge que tu as…

Milan serra les mâchoires. N'avait-il pas été clair tout à l'heure avec son jeune frère à propos d'Audrey ?

— Non, je n'ai personne, articula Audrey. J'ai deux enfants, une vie bien remplie, alors je n'ai pas le temps de me trimbaler un homme !

— T'as quand même 40 ans… T'es plus toute jeune, continua Matteo.

— 40, c'est le nouveau 30, répondit Megan du tac au tac.

— Hé, Audrey, on pourrait t'inscrire sur Tinder ?

— Matt, franchement ! intervint Megan.

— Quoi, il y a plein de madames qui se cherchent un mari sur Tinder.

— Des madames ? T'es insultant, là, Matt, cracha Megan.

— Laissez-le dire, dit doucement Audrey pour calmer le jeu. Je le comprends. À 27 ans, moi aussi, je voyais les gens de 40 ans comme des madames et des monsieurs. C'est normal ! Et non, Matteo, je ne me cherche pas un mari, alors on peut laisser tomber Tinder.

Milan n'osait pas ouvrir la bouche de peur que ses paroles soient mal interprétées. Son frère le mettait hors de lui avec son obsession pour l'âge d'Audrey, mais il ne voulait pas gâcher l'atmosphère qui, jusqu'ici, avait été conviviale.

— D'accord, pas de Tinder pour toi ! rigola-t-il devant les regards fermés de Milan et de Megan. Mais toi, mon frère ? T'as parlé aux filles de tes intentions de te caser ?

Megan se tourna lentement vers Milan. Voyant qu'il trempait à nouveau ses lèvres dans son verre de vin, elle devina qu'il n'avait aucune envie d'aborder le sujet.

— Comme je te l'ai dit tout à l'heure, j'ai envie d'une vie plus stable, c'est tout.

— Mais quand même, tu es prêt à rencontrer quelqu'un? continua Matteo.

— Si on veut, lui répondit-il en s'adoucissant.

— Les filles, jamais je n'aurais pensé entendre ça de mon vivant, taquina Matteo. Milan Capello qui veut une vie stable. Je vous le dis, j'y croirai quand je le verrai!

— En tout cas, moi, je te le souhaite, compléta Megan en cognant son verre contre le sien.

Audrey, qui était restée muette, ne cessait d'observer Milan qui ne semblait nullement à l'aise d'être ainsi le centre de l'attention.

— Tu pourrais recontacter chose... Comment elle s'appelait, déjà... ton ex?

— Maïka? demanda Megan.

— Oui! Maïka! Une sacrée belle fille, affirma avec conviction Matteo. Elle avait quoi, 26, 27 ans?

— 28, et non, je n'ai aucune envie de la recontacter. Entre elle et moi, c'est vraiment fini, déclara rapidement Milan.

— Non, mais tu l'aimais, il me semble, cette fille-là? persista Matteo.

— Il ne le lui a jamais dit, affirma Megan.

— Hein? reprit Matteo. Tu ne lui as jamais dit que tu l'aimais?

— Je ne dis pas ces mots-là...

Audrey, qui observait la joute verbale qui se déroulait devant elle depuis quelques minutes, intervint pour la première fois.

— Est-ce que j'ai bien compris, Milan? Tu ne dis pas à tes copines que tu les aimes?

— Ben, je les aime, mais je n'ai jamais dit les mots «je t'aime» à une fille... c'est tout.

— Tu n'as jamais dit «je t'aime» à une fille? répéta Audrey, incrédule.

— Ben non, Audrey, qu'est-ce que tu veux que je te dise? reprit-il plus vivement. Je le dirai quand j'aurai rencontré la bonne, la femme de ma vie...

— Romantique, le grand frère, ricana Matteo.

— Ben c'est ça, moi, je suis ainsi, Matt. Je ne dis pas «je t'aime» à la première fille qui passe dans mon lit. Sinon, il y en aurait un sacré nombre qui pleureraient aujourd'hui.

Le ton montait dangereusement. Milan s'était levé avec fracas, ballottant maintenant les casseroles pour les déposer dans le lave-vaisselle et laissant Megan, Matteo et Audrey en plan à la table. Audrey fit un geste pour le rejoindre, mais Megan lui empoigna gentiment le bras, lui intimant silencieusement l'ordre de rester assise.

— Laisse, je vais lui parler, avait-elle chuchoté à son oreille.

19 juillet, Milan

Milan rangeait la cuisine avec rage. Il aurait aimé que son frère ne remette pas en cause ses choix devant Audrey. Il y a bien longtemps, un ami lui avait conseillé de ne jamais dire à ses conquêtes les mots «je t'aime». Trop engageant, avait-il expliqué. Et Milan avait suivi ce conseil. Il s'était juré de réserver cette phrase si chargée de sens pour la femme de sa vie, celle qui lui ferait perdre le souffle au premier regard.

Il avait pourtant eu son lot d'aventures avec des filles plus spectaculaires les unes que les autres, mais aucune d'entre elles n'avait provoqué chez lui ce léger vertige indiquant qu'on était bel et bien amoureux. Ce sentiment existait-il vraiment? Il en avait douté, puis le phénomène s'était produit lorsque ses yeux avaient croisé ceux d'Audrey Mercier dans la cour de l'école des Marguerites. Rencontre improbable s'il en était une, avec une fille qui ne correspondait en rien aux starlettes qu'il avait pris l'habitude de fréquenter.

Il avait bien tenté de chasser ce vertige, de l'éloigner le plus possible, mais lorsqu'elle avait mentionné son désir d'aller à Naples, il avait sauté sur l'occasion: qu'avait-il à perdre en vérifiant si cet émoi qu'elle suscitait en lui allait se transformer en amour au fil des jours? Son contrat à l'école était terminé, il avait du temps libre et n'avait plus à respecter les conditions que lui avait imposées Maude. Et puis, Audrey avait mis un frein à ses élans et à ses espoirs en lui demandant qu'ils restent de bons amis tout le temps du voyage.

— Milan?

Megan le tira de ses pensées.

— Ne laisse pas Matt te manipuler comme ça. Il fait exprès pour te faire sortir de tes gonds. Il a compris, lui aussi, qu'Audrey, ce n'était pas juste ta partenaire de voyage…
— Quand même Megan, c'est ce qu'elle veut, qu'on demeure des amis, elle me l'a très bien fait comprendre. Alors…
— Attends demain, Milan. Attends demain…

Audrey était au lit depuis un moment. La fin abrupte du dîner lui avait laissé un goût amer dans la bouche. Ainsi, Milan n'avait jamais dit «je t'aime» à une fille… Tournant de tous les côtés dans son grand lit, elle ne trouvait pas sommeil. Elle ne cessait de revoir le visage crispé de Milan lorsqu'il était revenu de la cuisine leur annoncer qu'il se retirait dans sa chambre. Alors qu'elle tentait de fermer les yeux pour une énième fois, elle entendit qu'on frappait de faibles coups à la porte de sa chambre. *Sûrement Megan qui veut revoir l'horaire de la transformation extrême de demain,* pensa-t-elle. Elle entrouvrit la porte et se figea devant son visiteur nocturne: Matteo Capello se tenait droit devant elle.
— Je… je ne veux pas te déranger, Audrey. T'as une minute?
— Qu'est-ce qui se passe, Matteo?
— Je n'arrivais pas à dormir. Je ne sais pas ce qui m'a pris durant le repas, je… Je voulais m'excuser.

— Pourquoi tu viens t'excuser ? C'est Milan que tu as froissé, pas moi.
— En fait, je t'ai mal jugée. Quand j'ai su que t'avais 40 ans, je me suis braqué contre toi. C'était débile… Je ne sais pas, je ne suis pas habitué de voir Milan avec… ben, avec une vraie femme. Puis la perspective qu'il change, qu'il devienne sérieux et qu'on ne fasse plus les 400 coups ensemble, ça me fait chier…

Audrey comprit ce que Matteo essayait de dire. Il avait l'air d'un petit garçon pris en défaut, et son regard juvénile, malgré ses 27 ans, l'attendrissait. En boxer avec un t-shirt de l'AC Milan, il se tenait dans le cadre de porte, l'air piteux.
— Audrey, je… je suis vraiment désolé. Je veux que tu te sentes la bienvenue chez moi, n'importe quand. Megan et Milan t'apprécient tellement que je vais faire un effort pour mieux te connaître.

Attendrie, Audrey s'approcha de lui.
— Tout est oublié, Matt. C'est ça, l'avantage, avec les « madames »… On oublie facilement !

Elle lui décocha un clin d'œil, et ils se mirent à rire tous les deux. Alerté par le bruit, Milan, à moitié endormi, ouvrit la porte de sa chambre. Stupéfait, il trouva Audrey et Matteo dans le couloir à rire de bon cœur.
— Qu'est-ce que vous faites là ? Bon sang, il est 2 h du matin…
— Je voulais juste dire à Audrey que je m'excusais pour le fiasco du dîner. Et à toi aussi, mon frère, je m'excuse… Je suis vraiment content que tu aies rencontré une fille

comme elle à ton école. Ça va te faire une bonne... une bonne amie, se reprit-il alors qu'il s'apprêtait à dire une bonne amoureuse.

Sur ces paroles, il tourna les talons en leur souhaitant bonne nuit.

— Le p'tit crétin... il aurait pu attendre demain...

— Moi, je le trouve mignon !

En passant les mains dans ses cheveux hirsutes, Milan regarda Audrey qui se mit à nouveau à rire à gorge déployée. À contrecœur, il lui souhaita bonne nuit, en espérant qu'il arriverait bientôt, une fois pour toutes, à se débarrasser de ce vertige qui grandissait jour après jour au fond de son ventre, en côtoyant Audrey.

20 juillet, Milan

Lorsqu'Audrey sortit de sa chambre, elle put déjà ressentir toute la fébrilité qui régnait dans la maison. Matteo dirigeait d'une main de maître les employés qu'il avait engagés afin que la fête soit parfaite. Dehors, de grands chapiteaux blancs se dressaient sur son terrain. Près de la piscine, un DJ tentait de trouver comment brancher ses fils sans perturber le décor harmonieux. Comme dans une fourmilière, chaque individu était responsable de mener à bien sa petite mission pour que l'ensemble de la fête se révèle un énorme succès.

— Waouh ! C'est de l'organisation, cette soirée, constata Audrey. C'est pour célébrer quoi, au juste ?

Audrey, café à la main, avait rejoint Matteo qui analysait les installations comme l'aurait fait un véritable chef de chantier.

— C'est la soirée annuelle de mon équipe de foot, je l'organise chaque été. Tous les joueurs, leurs familles et nos amis sont invités. Sans oublier quelques vedettes locales et… ben… euh… des belles filles.

— Pour agrémenter le décor, blagua Audrey.

— Pour mettre de l'ambiance, ouais, répliqua Matteo, un peu gêné.

Il se passa la main dans les cheveux comme le faisait Milan quand il était mal à l'aise et ne fut que trop heureux qu'un employé vienne à ce moment le chercher pour signer quelques formulaires.

— Hé, beauté! Prête pour la grande transformation?

En arrivant près d'elle, Megan agrippa Audrey par les épaules. Ses longs cheveux blonds remontés de façon négligée en chignon de même que sa robe d'été en denim lui donnaient l'air d'une gamine espiègle.

— J'ai hâte de voir ce que tu vas pouvoir faire avec ça! répliqua Audrey avec découragement en pointant les cernes sous ses yeux.

— Moi? Je ne ferai rien du tout, Audrey! Suis-moi, j'ai une surprise pour toi!

Lorsque Milan aperçut Matteo en pleine gestion de crise, il s'empressa de l'aider. Malgré leur petit accrochage de la veille, il savait que son frère ne voulait que son bonheur. N'avait-il pas pris la peine de réveiller Audrey au petit matin, simplement pour s'excuser de son attitude désagréable?

— Qu'est-ce qui se passe, Matt?

— Il se passe que le traiteur a eu une crevaison et qu'il est coincé sur le bord de l'autoroute avec la bouffe…

— Je peux faire quelque chose?

— T'es partant pour aller chercher la bouffe? Moi, je dois absolument rester ici…

— Pas de problème, dis-moi où ils se sont arrêtés, et je vais voir ce que je peux faire.

— Tu me sauves la vie, Milan!

— Je sais, tu vas m'en devoir une! rigola-t-il. Au fait, t'as vu Audrey et Megan ce matin?

— Oui, Megan a kidnappé Audrey pour lui faire un *relooking*.

— Ah oui… j'avais oublié son «projet personnel». J'espère qu'elle l'abîmera pas trop…

— Si j'étais toi, je ne m'inquiéterais pas. Megan a du goût, puis Audrey a un beau visage, alors je suis certain que ça va aller…

— Si tu le dis…

Milan quitta son frère et entreprit de se rendre à l'endroit qu'il lui avait indiqué pour aider le pauvre traiteur aux prises avec une crevaison le matin de ce qui constituait sans doute pour lui la journée la plus occupée de l'année.

— Tadam! Je te présente Michael, notre coiffeur, et Valery, notre maquilleuse!

— T'as engagé quelqu'un pour nous coiffer et nous maquiller? demanda Audrey, incrédule.
— Certainement! C'est aux soirées de Matteo que je me fais les meilleurs contacts pour mes contrats. Et comme je t'aime bien, Audrey, j'ai eu envie de t'en faire profiter toi aussi.

Émue, Audrey se tourna rapidement et enlaça Megan. Elles ne se connaissaient pas depuis longtemps, mais entre elles, le courant passait. Qui aurait pu le prédire après leur première rencontre si désastreuse?
— Merci, chuchota-t-elle.
— Ça me fait plaisir, répondit tout doucement Megan. J'admire les mères célibataires et je sais que ça n'a pas dû être facile tous les jours pour toi. Aujourd'hui, tu ne penses qu'à toi, Audrey, comme si tu avais 20 ans et pas d'autre souci que de te faire belle.
— Bon, tu me fais pleurer maintenant!
— *Girls*!

Michael avait interrompu leur étreinte. Il avait du pain sur la planche. S'il voulait que ces petites grenouilles se transforment en élégantes princesses, il devait commencer à opérer sa magie dès maintenant.

— Je... je ne savais pas que je pouvais être...
— Aussi belle?

— Ouais… aussi belle!

Audrey ne cessait de s'admirer devant le miroir. Sa robe rose pâle, cadeau de Megan, lui allait toujours à merveille. Le maquillage qu'avait effectué Valery était sobre, comme elle le lui avait demandé, mais il mettait ses yeux en valeur. Elle avait toujours rêvé d'avoir des yeux charbonneux comme dans les magazines et, gênée, elle avait osé en faire la demande à la maquilleuse. Le résultat était impressionnant.

— Megan… on dirait que je sors tout droit d'un magazine!

— Carrément! Je te le dis, je vais donner ton nom à mon agente. Je suis convaincue que tu pourrais faire des contrats pour des clients qui demandent des femmes plus vieilles… euh, je veux dire plus mûres…

Audrey se surprit à rêver. Jamais le miroir ne lui avait renvoyé un tel reflet d'elle-même. Depuis l'âge de 20 ans qu'elle ne revêtait que des vêtements confortables et qu'elle négligeait sa coiffure… Jamais elle n'avait utilisé ses maigres économies pour investir dans une séance beauté comme celle qu'elle venait de vivre aujourd'hui. Était-elle superficielle de penser que sa toute nouvelle beauté extérieure allait nécessairement lui apporter le bonheur? Sûrement, mais aujourd'hui, comme le lui avait recommandé Megan, c'était sa journée. Elle n'était plus Audrey la maman, Audrey l'enseignante, Audrey l'amie, mais une Audrey dont la beauté, rehaussée par le travail de professionnels, lui redonnait une confiance depuis longtemps perdue. Tant pis si c'était superficiel de penser ainsi!

— Tu aimes tes cheveux?

La question n'était que pour la forme. Michael était un véritable artiste de la coiffure. Il avait coupé les cheveux d'Audrey pour que ceux-ci frôlent ses omoplates, argumentant que la forme de son visage appelait une telle coupe. Tout d'abord réticente à couper ses cheveux, qui lui arrivaient au milieu du dos, elle avait fermé les yeux et décidé de faire confiance à l'expert. À ce moment précis, elle ne regrettait en rien sa décision. La coupe à la dernière mode, avec ses boucles légèrement ondulées, la rajeunissait encore plus. Déjà qu'elle devait souvent confirmer qu'elle avait bel et bien 40 ans, elle allait probablement devoir sortir sa carte d'identité à l'avenir pour prouver son âge.

— C'est au-delà de toutes mes espérances ! Ton coiffeur et ta maquilleuse sont des magiciens...

— Je sais ! On se fait un *selfie* ? Il faut mettre ça sur Facebook !

Audrey se prêta au jeu. Suivant les conseils de Megan, elle se tourna en montrant son bon profil et en cherchant la lumière parfaite. Elle fit même une moue digne des grands magazines, comme venait de lui enseigner sa nouvelle amie. Quand elle vit le résultat, Audrey demeura bouche bée.

— C'est la plus belle photo de moi que j'ai jamais vue ! Dis, tu en prends une de moi toute seule ? J'aimerais changer ma photo de profil sur les réseaux sociaux !

Megan improvisa une séance photo, et Audrey put choisir à travers une quantité de clichés plus beaux les uns que les autres.

— Tadam ! C'est publié !

20 juillet, Milan

Deux fille qui s'en vont faire la fête !

– Avec Audrey Mercier

— « Filles », c'est avec un *s* à la fin, Megan...

— Oups... merci, mes cours de français sont assez loin, s'excusa Megan.

Deux filles qui s'en vont faire la fête !

– Avec Audrey Mercier

— La photo est magnifique! Puis toi, Megan, t'es juste... waouh, t'es juste trop sublime!

Megan lui fit un clin d'œil avant de s'observer sous tous les angles dans le miroir sur pied de la chambre qu'elle avait transformée en studio pour l'occasion. Il était vrai qu'elle était splendide. Michael avait coupé les pointes de sa longue chevelure blonde et lui avait concocté des boucles lâches. Son maquillage, plus extravagant que celui d'Audrey, mettait en valeur ses lèvres pulpeuses et ses pommettes saillantes. Dans sa robe semi-ajustée d'un bleu pâle, elle allait certainement faire tourner la tête de tous les convives de la fête. Car si Audrey était magnifique, il ne fallait pas se leurrer, Megan était dans une classe à part: elle était spectaculaire.

Tout en effectuant son quatrième aller-retour afin de transporter la nourriture du traiteur vers les frigos, Milan sentait la sueur perler sur son front et descendre le long de sa colonne vertébrale. Il n'avait qu'une seule envie, sauter dans la douche et se décapsuler une bonne bière froide pour profiter de la fête qui débutait lentement. Quelques invités, principalement les joueurs ayant de jeunes enfants, étaient déjà arrivés. Pour l'occasion, son frère avait même fait installer des jeux gonflables dans la section arrière de son terrain. Cette attention fit sourire Milan. Depuis quand avait-il à cœur le bien-être des jeunes enfants de ses coéquipiers ?

— Tu as récupéré toute la bouffe, Milan ? s'enquit nerveusement Matteo.

— Tout est en place. Tu peux demander à tes serveurs de vérifier, mais je suis certain que j'ai tout pris. Le traiteur était dans tous ses états. Le pauvre type te fait dire qu'il te fera une réduction sur ta prochaine commande.

— Il peut bien rêver ! Je ne ferai plus affaire avec lui, il a failli tout faire foirer…

— L'important, c'est que tout va bien maintenant ! Tu peux te détendre et profiter de ta fête.

— Sérieux, Milan, je t'en dois une ! Dépêche-toi de sauter dans la douche et viens nous rejoindre.

— T'as vu les filles ?

— Attends, t'as pas vu Audrey et Megan ?

— Non… qu'est-ce qui se passe ?

— Rien…

Son jeune frère fit un large sourire avant de porter le goulot de sa bière à ses lèvres. L'inquiétude gagna Milan, qui se dépêcha de sauter dans la douche pour en ressortir le plus rapidement possible.

— Maman… je ne t'ai jamais vue comme ça !

— Tu aimes, Thomas ? Et toi, Félie ? Chloé, toi, tu as toujours quelque chose à dire d'habitude, et là, tu ne dis rien… ce n'est pas normal, ça. Vous m'inquiétez…

Avant de profiter de la fête, Audrey avait demandé à Megan de lui laisser le temps de regagner sa chambre. Fière de son apparence, elle avait prié tous les dieux pour qu'un de ses enfants réponde à sa demande de conversation. Quand Félicia avait répondu et que Tom et Chloé s'étaient joints à elle, Audrey, comme une fillette, avait tournoyé devant la tablette pour leur montrer sa nouvelle apparence. Or, aucun des trois adolescents ne faisait de commentaire, ce qui fit fondre en un instant la nouvelle confiance d'Audrey.

— C'est juste que… Waouh, maman, t'es tellement belle ! On n'est pas habitués de te voir comme ça, c'est tout, avait avancé Thomas.

— Mais ça vous plaît ou pas ?

— Bien sûr que ça nous plaît, maman ! On dirait que tu es une vedette de cinéma comme Jake !

Audrey soupira de soulagement en constatant que les deux personnes les plus importantes de sa vie approuvaient son look.

— Audrey, qu'est-ce que Milan pense de vos cheveux, et de tout le reste ? demanda Chloé.

— Vous êtes les premiers à voir la nouvelle moi, à part Matteo que j'ai croisé et Megan, bien sûr !

— Megan, c'est la mannequin, ça ? s'informa Félicia.

— Oui ! Une très bonne amie, finalement !

— Tu lui diras qu'elle me relooke moi aussi ! Sam Rodriguez me remarquera peut-être…

— Tu n'as pas besoin de ça pour qu'il te remarque…

— … l'important, c'est ce que tu es à l'intérieur, complétèrent à l'unisson Félicia et Thomas.

— Bon ! Vous écoutez quand je parle, c'est bon signe !

— Sans blague, maman, profite de ta soirée. Tu es vraiment magnifique.

Devant l'écran qui lui renvoyait l'image de ses enfants et de sa belle-fille en train de lui souffler des baisers, elle prit une grande respiration pour ne pas pleurer, ce qui aurait fait couler son maquillage. En aucun cas elle ne voulait gâcher ses superbes yeux charbonneux ! Il était maintenant temps qu'elle affronte la foule.

20 juillet, Milan

Lorsque Milan enfila sa chemise blanche, il prit un instant pour regarder son reflet dans le miroir. Au coin de ses yeux, de minuscules rides tentaient de se frayer un chemin, signe qu'il ne rajeunissait pas. Tant que les cheveux blancs ou la calvitie ne se mettaient pas de la partie, il pouvait dormir tranquille. Alors qu'il achevait de boutonner sa chemise, il entendit la porte de la chambre d'Audrey claquer. Il se dépêcha de finir de se préparer. Il mourait d'envie de voir ce que l'extravagante Megan avait fait de sa partenaire de voyage.

Lorsqu'il sortit de sa chambre en trombe, Milan aperçut une silhouette au bout du couloir. Tentant sa chance, il interpella Audrey. Lorsque celle-ci se tourna lentement, il ne put distinguer son visage en raison des rayons du soleil qui se reflétaient dans les nombreuses fenêtres de la maison. Il dut donc mettre sa main en visière pour reconnaître la personne qui se tenait devant lui. Lorsqu'il fut assez près pour bien la distinguer, il se figea.

— Salut, Milan !

Audrey. Audrey plus belle que jamais. Sa nouvelle coupe de cheveux, son maquillage et la jolie robe rose qu'elle portait la rendaient encore plus magnifique qu'elle ne l'était déjà.

Milan était subjugué. Son cœur battait tellement fort qu'il avait l'impression que tout le monde pouvait l'entendre.

— Tu n'aimes pas mes cheveux ? Je sais que c'est différent, mais c'est plus léger...

— C'est... c'est magnifique, s'entendit-il répondre sans pouvoir détacher ses yeux des siens.

— C'est Megan. Elle avait un coiffeur et une maquilleuse, tu la connais ! Disons que ça aide un peu, rigola-t-elle.

— Le coiffeur et la maquilleuse n'ont rien à avoir avec le fait que tu es absolument splendide...

Audrey n'avait plus de salive dans la bouche. L'intensité avec laquelle Milan la fixait lui donnait le vertige. Béatement, elle lui sourit, hypnotisée par ses yeux verts, plus brillants qu'à l'habitude. Lorsqu'il fit un pas en sa direction, instinctivement, elle se recula.

— Tu... Audrey...

Milan étira son bras pour toucher la main de sa compagne. Au diable le désir d'Audrey de n'être que son amie : il devait lui faire savoir à quel point elle occupait ses jours et ses nuits depuis qu'il avait posé son regard sur elle pour la première fois, un certain après-midi d'avril. Tout en lui tenant la main, il tenta d'articuler une phrase intelligible, mais rien de cohérent ne sortait de sa bouche. Plantée devant lui, elle continuait de le fixer en attendant que les mots deviennent des phrases, ce qu'il n'arrivait pas à faire.

— T'es là, toi ! Mon directeur général veut te parler, Milan, viens vite, ça a l'air important...

— Matteo, tu ne vois pas que je suis occupé, là ? ragea Milan.

— Audrey ne disparaîtra pas. Il faut que tu me suives, Milan, implora Matteo, mon directeur n'attendra pas toute la journée.

À regret et devant la panique qu'il lisait dans les yeux de Matteo, Milan laissa tomber la main d'Audrey et suivit son frère à l'extérieur.

Encore secouée par ce qui venait de se produire, Audrey fit craquer son cou.

Milan Capello est beaucoup trop beau pour toi, Audrey…
il a réagi comme ça parce que tu es tout arrangée. C'est
artificiel, ton apparence. Que dira-t-il lorsque tu te
réveilleras le matin avec tes poches sous les yeux ?
Ben c'est ça, ma fille, reste amie avec lui, c'est tout. Résiste.

Encore une fois, sa voix intérieure, celle qui manquait de confiance, avait parlé. Et Audrey n'avait pas su la faire taire.

— Je vais prendre un verre de rosé.

Au bar, Audrey avait passé sa commande. Pendant un instant, elle fut tentée de commander un martini pour compléter son look, même si elle savait maintenant qu'elle détestait cette boisson. Jouant nerveusement avec un petit parasol en papier qu'elle avait trouvé abandonné sur le comptoir du bar, elle balaya la foule du regard. La propriété de Matteo fourmillait de personnes disparates. Pourtant, un dénominateur commun semblait unir tous ces gens : tout le monde était beau. Pas un seul laideron, pas d'yeux de travers ni de dents gâtées. Elle comprenait maintenant pourquoi Megan avait fait appel à la cavalerie pour les préparer, toutes les deux : si elle voulait se distinguer et obtenir des contrats de gens influents, elle devait se démarquer de la horde de jeunes beautés qui auraient pu lui ravir les précieux engagements en un battement de cils.

— *You're OK? You seem bored*[4]*!*

— *I'm fine, thanks for asking*[5].

— Oh ! Tu as un accent français… tu parles le français ?

— Oui, je suis Parisienne. Tu parles français toi aussi ?

— Un petit peu… je vais pratiquer ce soir si tu veux parler avec moi !

— Tu parles très bien ! Tu viens d'où ?

— De Manchester. J'ai appris le français en seconde langue. Excuse toutes mes fautes, reprit-il avec un fort accent, mais avec un sourire à faire fondre n'importe quelle fille.

— Ce n'est pas grave ! Je m'appelle Audrey. Audrey Mercier.

— Hayden. Hayden Patterson.

Audrey serra la main de l'inconnu. Sa main était rude et très large. Très grand, à peine plus petit que Milan, Hayden avait la carrure d'un joueur de foot. « C'est certainement un joueur de l'AC Milan », pensa-t-elle.

— Tu es un coéquipier de Matteo ?

4 Est-ce que ça va ? Tu sembles t'ennuyer !

5 Je vais bien, merci de le demander.

Hayden rit de sa voix grave, faisant valser ses boucles châtaines.

— Tu n'es pas fan de football toi, hein ? Pas de problème. Je suis le capitaine de l'AC Milan !

— Oh ! fit Audrey en portant la main à sa bouche, je suis désolée !

— *It's OK!* rit-il de nouveau. Alors, tu fais quoi ici, Audrey Mercier, si tu n'es pas une fan de football ?

— Je suis en voyage avec le frère de Matteo, Milan. Milan Capello, est-ce que tu le connais ?

La mâchoire carrée d'Hayden se serra instantanément au nom de Milan. Audrey le remarqua, mais tenta de ne pas le laisser voir.

— Je connaître très bien Milan. C'est ton *husband* ? Comment on dit… un marié ?

— Mon mari ? Non ! Milan n'est pas mon mari, dit-elle en riant. On fait du covoiturage ensemble. Il va voir Olivia, sa sœur, et moi, je vais… j'ai un rendez-vous à Naples.

Elle n'allait tout de même pas expliquer à ce bel inconnu qu'elle était en train de parcourir près de 2 500 km pour aller à un musée et à l'aquarium de Naples !

— Viens, je vais te présenter des gens. Comme ça, tu t'amuseras davantage !

Comme s'il l'avait toujours connue, il entraîna Audrey vers un chapiteau où se trouvaient des familles et des joueurs plus âgés. En anglais, il présenta Audrey au groupe.

— Voici Audrey, une amie de Matteo. Elle vient de Paris.

Audrey tiqua. Pourquoi l'avait-il présentée comme une amie de Matteo plutôt que de Milan, comme elle le lui avait dit quelques minutes plus tôt ?

— Je suis contente de te rencontrer, Audrey ! Je m'appelle Caroline. Je suis la conjointe d'Alexandre Gauthier. Nous aussi, on vient de Paris, du 7e arrondissement, plus précisément.

— Contente de te rencontrer moi aussi ! Et cette belle puce, elle s'appelle comment ?

— C'est Livia, notre petite merveille !

— Quel âge a-t-elle ? s'informa Audrey, attendrie à la vue d'un si petit bébé.

— Tout juste deux mois ! répondit fièrement Caroline.

— *She's so adorable !* ajouta Hayden.

— Tu as des enfants, toi, Hayden ? questionna Audrey.

— *Nope,* pas d'enfants ! Mais moi, le plus vieux de l'équipe ! *That's funny, hey?*

— Hayden prend sa retraite après la prochaine saison, lui apprit Caroline.

— À 37 ans, il est temps, le taquina Alexandre, qui venait de se joindre à eux.

— C'est ma dernier saison, et je veux un coupe ! scanda Hayden, ce qui fit bien rire le petit groupe.

— Et toi, Audrey, reprit Caroline, tu fais quoi dans la vie ?

— Je suis professeure des écoles.

— Waouh... *a teacher* ! Un super job difficile...

— T'as raison, mais c'est gratifiant !

— Gratifi... ?

— *Rewarding*, compléta Alexandre pour son capitaine.

Les discussions s'enchaînaient, si bien qu'Audrey en était arrivée à son deuxième verre de vin. Elle avait appris qu'Hayden était apprécié de tous et qu'il était un excellent capitaine, le meilleur, selon Alexandre. Caroline lui avait aussi soufflé, en toute confidence, qu'il ne fréquentait jamais de filles lorsque les garçons étaient sur la route, même s'il était célibataire depuis deux ans. Un sacré brave gars, lui avait-elle confié en toute intimité. Comme Audrey s'étonnait qu'un si bel homme soit célibataire, Caroline lui avait révélé que sa dernière copine l'avait trompé avec un de ses anciens coéquipiers, ce qui avait mis fin abruptement à leur relation. Hayden n'aimait pas trop en parler, car il se remettait à peine de cette rupture.

Pendant que Caroline donnait le sein à la jolie Livia, Audrey se permit d'observer en douce Hayden Patterson. Il était beau et extrêmement sympathique. Ses yeux bleus perçants étaient sans hésitation son atout principal, suivis de près par sa mâchoire carrée et l'adorable fossette qui apparaissait sur sa joue gauche lorsqu'il souriait.

— Tu as un copain, Audrey? lui demanda peu subtilement Caroline.

— Non, j'ai… euh… c'est compliqué.

Le sourire que lui fit son interlocutrice était sans équivoque: elle voulait l'envoyer dans les bras d'Hayden. Ce dernier, sentant certainement qu'on parlait de lui, se mit à fixer Audrey, un léger sourire en coin. Les joues rosies par le vin, elle haussa les épaules, comme pour lui demander ce qui clochait.

Avait-elle du rouge sur les dents ? Un insecte dans les cheveux ? Elle s'excusa auprès de Caroline et se rendit près d'Hayden.

— Quoi ? Qu'est-ce qu'il y a, Hayden ?

— Tu es vraiment belle, Audrey. Je suis content d'avoir rencontré toi ce soir.

Milan ne savait plus comment réagir. En une seconde, sa vie venait de prendre un tournant inattendu. Mais la question qui ne cessait de tourner en boucle dans sa tête était bien simple : désirait-il *vraiment* que sa vie prenne un tournant si inattendu ?

Deux heures plus tôt, quand Matteo l'avait interrompu alors qu'il tentait de rassembler ses idées pour déclarer ses sentiments à Audrey, il l'avait réprimandé comme si ce dernier avait quatre ans.

— Ça a intérêt à être important, Matt…

— Quand mon directeur général me dit : « va chercher ton frère », je m'exécute, Milan. Je lui dis pas : « euh, attends, je pense qu'il est en train de draguer »…

— Matt, tu sais que je…

— Arrête de râler et va le rencontrer. Tu lui parleras après, à ta belle Audrey. Il vous reste plus de 850 km pour régler vos affaires.

Tournant les talons, Milan s'était dirigé vers le chapiteau où se trouvaient les principaux dirigeants de l'équipe. Avant de lui emboîter le pas, Matteo avait lancé une dernière réplique:

— Puis Milan, en passant, ce n'est pas compliqué, tu n'as qu'à lui dire «Je t'aime, Audrey», ça va te prendre cinq secondes, et tout sera réglé...

Pour toute réponse, Milan avait souri et lui avait fait un doigt d'honneur.

Megan riait aux éclats de la dernière blague de l'attaquant de l'AC Milan Jordan Bishop. Comme elle avait réussi à rencontrer toutes les personnes influentes qu'elle désirait voir avant la tombée du jour, elle s'autorisait maintenant à s'amuser en compagnie du célibataire le plus en vue de l'AC Milan, après Matteo Capello évidemment. Soudain, comme si un éclair lui avait traversé le corps, elle se souvint qu'elle avait oublié Audrey! Elle se rassura en pensant que Milan devait s'occuper de leur amie afin qu'elle ne se retrouve pas toute seule dans le brouhaha de la fête. Mais lorsqu'elle aperçut Milan au bar central sans la moindre trace d'Audrey, elle s'excusa auprès du beau Jordan et partit retrouver son grand ami.

— Hé! Elle est où, Audrey?

— Aucune idée ! Je la cherche depuis tout à l'heure. Je pensais qu'elle était avec toi…

— Et moi, je pensais qu'elle était avec toi, répondit Megan, intriguée.

— Elle ne peut pas être bien loin, on va finir par la retrouver. Tu veux quelque chose à boire ?

Regardant le fond de sa coupe, elle vida sa dernière gorgée de vin et fit signe à Milan qu'elle reprendrait la même chose. Commandant deux boissons au barman, Milan respira profondément, ce qui attira l'attention de Megan.

— Qu'est-ce qui se passe ? Tu n'es pas content de mon *relooking* ?

— Non, ce n'est pas ça… Audrey est splendide.

— Bon ! Qu'est-ce que tu attends pour lui dire ce que tu ressens pour elle ? Je te connais depuis assez longtemps, Milan, pour savoir quand il se passe quelque chose…

— Je ne pense pas qu'elle soit intéressée, Megan… Je lui ai envoyé je ne sais plus combien de signes qu'elle n'a pas relevés.

— Lui as-tu dit que tu l'aimais ?

— Je ne dis pas ces mots-là…

Il porta son verre à sa bouche et vida une partie de sa bière.

— T'as peur qu'elle te repousse ? Milan, franchement, Audrey n'attend que ça, que tu fasses les premiers pas…

— Audrey a peur de moi, Megan.

— Elle a peur de ta réputation, nuance, le corrigea la jeune femme.

— Quand même… elle veut qu'on reste amis.

— C'est son manque de confiance qui parle. Voyons, Milan! Depuis quand tu as peur de conquérir une fille, toi?

— Depuis qu'elle est trop importante pour que je manque mon coup.

Il vida le reste de sa bière, puis en commanda aussitôt une seconde.

— Milan, vas-y calmos avec la bière…

— Megan, ne joue pas à la mère avec moi, OK?

Elle fit un pas pour le quitter et rejoindre Jordan lorsque la main de Milan la rattrapa.

— Megan, il y a autre chose… Il y a une autre raison pour laquelle je ne parlerai pas à Audrey de mes sentiments pour elle.

— Qu'est-ce qui se passe, Milan?

— Le directeur général de l'AC Milan m'a offert le poste d'entraîneur des gardiens de but pour l'an prochain. En plus, il m'a demandé d'agir comme troisième gardien.

— Milan, articula Megan en mettant une main sur sa bouche et l'autre sur son cœur, c'est ton rêve de toujours, de jouer en Division 1, et avec ton frère en plus…

— Ouais, sauf que ce n'était pas mon plan pour l'an prochain…

— *Fuck* ton plan! clama Megan. J'espère que tu as dit oui et que tu as signé tout de suite, avant qu'ils changent d'avis!

— J'ai demandé une semaine pour y réfléchir…

— Voyons, Milan, pourquoi tu as fait ça?

— Je veux finir mon voyage avec Audrey… J'ai besoin d'y voir clair.

– Je ne comprends pas le rapport avec Audrey ?

– Megan, si j'accepte ce boulot, je vais vivre à Milan, et elle, à Paris…

– Et… ?

– Et… et rien… répondit-il en vidant de nouveau son verre de bière.

Caroline salua chaleureusement Audrey. Elles avaient passé toute la journée ensemble, sous le chapiteau, en compagnie d'Hayden, d'Alexandre et des autres vétérans de l'équipe. Lorsque le soir était tombé, elle avait déclaré forfait, la fatigue et la petite Livia ayant eu raison de son envie de rester à converser avec Audrey et la bande.

La musique était de plus en plus forte, signe que le groupe engagé par Matteo venait de faire son apparition sur la scène improvisée, à l'arrière de la maison, là où se trouvaient les jeux gonflables quelques heures auparavant.

– Audrey, tu veux une autre boisson ?

Sentant les vapeurs de l'alcool lui monter à la tête, Audrey hésita. Un autre verre lui ferait peut-être perdre le contrôle. Pourtant, comme le lui avait clairement fait comprendre Megan, cette journée était pour elle et pour elle seule. Elle avait envie de s'éclater, elle était en très agréable compagnie et elle n'avait plus eu de nouvelle de Milan depuis qu'il l'avait fixée intensément dans le couloir. Milan, incapable de dire « je t'aime » à une fille… Avait-elle vraiment besoin de ça dans sa vie ?

— Je crois que je vais prendre une autre coupe de vin, lança-t-elle finalement.

Hayden quitta le chapiteau et alla chercher les boissons. Lorsqu'il revint, il tendit le verre à Audrey. Ce faisant, il déposa sa main au bas de son dos. Audrey frissonna. Pour cacher son malaise, elle émit un rire aigu, ce qui fit sourire Hayden.

Milan avait salué distraitement Hayden Patterson au bar. Il était notoire que ces deux types se détestaient depuis leurs années junior. La chimie n'avait jamais opéré entre Hayden le sérieux et Milan le fêtard. Lorsque Milan vit Hayden quitter le bar avec deux verres de vin, il suivit le gaillard des yeux, sans trop savoir pourquoi. Quand il se rendit compte qu'il déposait un des verres dans la main d'une belle inconnue à la robe rose pâle, il en eut le souffle coupé. Quittant rapidement le bar, il se dirigea à son tour vers le chapiteau. Lorsqu'il arriva près d'eux, il vit la main baladeuse d'Hayden descendre langoureusement dans le bas du dos d'Audrey.

Surpris, il resta planté dans le gazon, observant la scène qui se déroulait sous ses yeux. Ainsi, Audrey offrait son rire cristallin à un autre. Il n'était donc pas l'unique, pas l'élu aux yeux de la timide professeure. Elle n'avait fait aucun geste pour repousser Hayden, se contentant de lui renvoyer un regard rieur et intense.

Son premier réflexe fut de se ruer sur Hayden pour lui casser la gueule, ce qui l'aurait grandement soulagé. Puis, il pensa à Matteo et au poste qu'on venait de lui offrir : s'il devenait membre de l'AC Milan, il allait devoir côtoyer chaque jour le capitaine Hayden Patterson. Et il y avait Audrey… sa magnifique Audrey ne méritait-elle pas de connaître le bonheur, après toutes ces années de sacrifices auprès de ses enfants ? Si elle choisissait Hayden plutôt que lui, que pouvait-il faire ? De plus en plus enivré par tout l'alcool qu'il avait bu, il décida de faire ce qu'il faisait de mieux : trouver la plus belle fille possible et noyer sa peine dans ses bras.

La soirée était bien avancée, et Audrey avait la tête légère. Comme l'aurait dit Félicia, elle était pompette. Sous la tente des vétérans, les joueurs partaient l'un après l'autre, en compagnie de leur conjointe. Hayden se rapprocha d'Audrey. Il était évident qu'il souhaitait que leur soirée se poursuive. Or, Audrey ne cessait de penser à Milan. Pourquoi n'était-il pas venu les rejoindre ? Où était-il ? Sentant qu'elle était nerveuse, Hayden s'enquit de la raison de son état.

— Tu vas bien, Audrey ?

— Oui, j'ai... j'ai bu un peu plus qu'à l'habitude et je ne suis pas habituée à tout ça.

— Tu veux aller ailleurs ?

— Non, répondit-elle avec beaucoup trop d'empressement.

— J'ai fait quelque chose à toi, Audrey ? lui avait-il demandé avec son accent anglophone si craquant.

Comment pouvait-elle lui confier tous les tourments qui ne cessaient de l'habiter ? Hayden avait été un parfait gentleman, un compagnon de remplacement parfait alors que Megan et Milan manquaient à l'appel.

— Hayden, tu es vraiment un mec super, j'ai passé une soirée très agréable...

— ... *but*...

— ... mais je ne veux pas que tu te fasses des idées. Je...

— Je pensais que tu étais, hum... *single*, Audrey... *Sorry if I misunderstood*[6]...

— Oui, je suis célibataire, mais... c'est compliqué, comme je te l'ai dit. Vois-tu, j'ai quelqu'un d'autre qui m'habite... ici.

Elle montra son cœur.

— Milan Capello ? demanda-t-il en fixant le vide.

Comment avait-il pu deviner ? Elle n'avait qu'évoqué son nom au début de leur rencontre pour lui indiquer qu'ils voyageaient ensemble.

Passant sa main dans sa barbe naissante, Hayden serra la mâchoire, visiblement agacé par le prénom de Milan. À cet instant, Audrey eut la forte impression que les deux hommes

6 Désolé si j'ai mal compris...

se connaissaient et qu'ils n'étaient pas les meilleurs amis du monde. Toutefois, ce n'était pas le moment d'aborder le sujet.

— Oui, s'entendit-elle répondre faiblement. C'est à cause de Milan...

Pour la première fois, elle s'avoua à elle-même qu'elle était amoureuse de Milan Capello. Passer une soirée entière à flirter avec Hayden, un type si parfait, lui avait fait prendre conscience que son cœur appartenait à Milan. Même s'il était beaucoup trop beau pour elle. Même si elle avait la trouille de se l'avouer. Même s'il ne disait jamais « je t'aime ».

— Passe ton portable à moi.

Incertaine des intentions d'Hayden, elle fut tout d'abord réticente. Puis, lorsqu'elle aperçut ses grands yeux bleus inoffensifs, elle obtempéra.

— J'ai mis mon numéro à toi... si jamais ça ne marche pas avec lui, *you call me, OK*?

Audrey lui sourit. Il lui renvoya son sourire.

— S'il te fait mal ou s'il *cheat on you*, tu appelles moi *and I'll take care of it*[7].

La mâchoire toujours crispée, Hayden se leva pour quitter la fête et déposa un doux baiser sur son front.

— *Good night, sweety, take care of yourself*[8].

Audrey le regarda partir, les épaules voûtées. Qu'est-ce qui lui avait pris de laisser partir un type tel qu'Hayden Patterson ? Pourquoi son cœur s'entêtait-il à lui rappeler l'odeur de Milan, son sourire si dévastateur et ses yeux... ses yeux d'un vert inoubliable ? Constatant à quel point elle était éprise, elle

7 S'il te fait du mal ou s'il te trompe, tu m'appelles et je m'en occuperai.
8 Bonne nuit, très chère, fais attention à toi.

compris qu'il ne lui restait qu'une chose à faire : trouver Milan dans la pénombre pour lui avouer tout l'émoi qu'il provoquait en elle.

Parcourant les chapiteaux, Audrey avait cherché Milan en vain. Elle était tombée nez à nez avec Megan, qui était dans un état d'ébriété avancé. La jolie mannequin lui avait présenté son coup de cœur du moment, Jordan Bishop.

— Jordan, c'est ma meilleure... ma meilleure fille... amie, Audrey.

— Megan, ça va ?

— Excellemment bien, lui avait baragouiné Megan.

— Tu as vu Milan ?

— Non, lui aussi il te cherchait... bon sang, allez-vous finir par vous embrasser, vous deux ?

Audrey quitta le chapiteau en riant et décida de se rendre de l'autre côté du jardin, là d'où lui parvenait la musique. Nerveuse, elle répétait le discours qu'elle comptait faire à Milan.

Milan, je sais que ce n'est pas évident, je ne dois pas être ton genre de fille, mais qu'est-ce que tu dirais si on essayait de sortir ensemble ?

Non! «Sortir ensemble», ça faisait beaucoup trop collégienne. Elle reprit ses idées.

Milan, je suis complètement amoureuse de toi. Je t'aime.

Non! Il allait s'enfuir en courant et ne lui répondrait jamais. Milan qui ne disait jamais «je t'aime»...

Milan, tu as envie qu'on se fréquente?

Non et non! On aurait dit deux personnes âgées! «Se fréquenter»... quel terme affreux!

L'embrasser? Tout simplement? Et s'il la repoussait? C'était un risque à prendre... Oh non! Et s'il la rejetait? Elle aurait l'air stupide... La voilà qui disait exactement les mêmes paroles que Félicia lorsqu'elle lui parlait de son beau Sam Rodriguez! La différence était que Félicia avait 18 ans, alors qu'Audrey en avait 40!

Ressaisis-toi, ma fille. T'es capable...

Lorsqu'elle arriva à destination, elle trouva l'arrière de la maison beaucoup plus animé que l'avant. Le groupe de musique faisait danser les jeunes, et l'alcool coulait à flots. Les filles «qui mettaient de l'ambiance», comme lui avait dit Matteo, se trouvaient toutes dans cette partie du terrain. Les t-shirts virevoltaient, et bon nombre d'entre elles ne portaient qu'un haut de bikini avec une jupe, tandis que les garçons exhibaient leurs abdominaux. Tout ce beau monde se déhanchait sur la piste de danse improvisée.

Audrey aperçut tout d'abord Matteo, pendu aux lèvres d'une blonde pulpeuse. Le jeune frère de Milan semblait profiter de la fête, et Audrey sourit en pensant qu'elle allait peut-être prendre son café en compagnie de cette magnifique blonde le lendemain matin ! Jusqu'à présent, aucune trace de Milan. La nouvelle chanson du groupe mit le feu à la foule. Tous les jeunes frôlaient maintenant plus lascivement leur partenaire, Matteo le premier. Deux côtés, deux réalités, pensa-t-elle en riant.

Lorsqu'il avait aperçu Hayden Patterson avec Audrey, Milan avait vu noir. Avant de mettre son plan à exécution, il avait fait le plein de *shots* au bar. Anesthésier sa peine l'aiderait certainement à reprendre sa carrière de séducteur et à trouver LA fille qui lui ferait oublier Audrey pour une nuit.

Tout de suite, il l'avait repérée. Grande, les cheveux longs brun très foncé, presque noirs, une forte poitrine : elle avait le profil parfait. Le profil de ses anciennes conquêtes, celles avec lesquelles il s'étourdissait à l'époque où il avait l'illusion de vivre sa vie à fond. Elle dansait divinement bien, se déhanchant au rythme de la musique de l'excellent groupe que Matteo avait engagé.

Fortement engourdi par tout l'alcool qu'il avait ingurgité en peu de temps, Milan s'était d'abord approché doucement, tel un prédateur, de la jolie demoiselle. Conscient que son charme faisait effet quasiment à toutes les femmes, sauf à Audrey, allez savoir pourquoi, il lui avait souri. Le même sourire mi-sérieux, mi-séducteur qui faisait fondre toutes les filles. Elle s'était retournée vers ses copines, gloussant de plaisir, puis elle s'était approchée de lui. Lascivement, elle avait glissé ses bras autour de son cou. Son parfum sentait le lilas. Audrey avait-elle la même odeur ? Chassant l'image de son âme sœur, il concentra son attention sur sa partenaire du moment. Il ne devait pas manquer son coup. Il se força à imprégner dans son cerveau l'image d'Hayden glissant sa main sur le dos d'Audrey et de celle-ci répondant à ses avances avec son joli rire.

Ses yeux verts transperçaient maintenant les yeux noirs de sa compagne. Le bout de ses doigts effleurait délicatement la taille de la jeune fille. Il sentit la texture de sa peau changer, signe qu'en l'effleurant du bout des doigts, il venait de lui procurer un frisson de plaisir.

Milan savait que la fille était déjà conquise. C'était beaucoup trop facile. Elle se retourna pour danser dos à lui. Il fourra le nez dans ses cheveux noirs. La même odeur de lilas l'enivra. Au rythme de la musique, il enfonça son visage dans la sombre chevelure de la déesse. Dégageant sa nuque, il y apposa un baiser léger qui fit raidir le corps de sa partenaire. Ses sens étaient en alerte. Il ne restait plus qu'à lui prendre la main et à l'entraîner vers sa chambre.

Quand Audrey, remplie d'espoir, avait finalement repéré Milan dans la foule, elle s'était avancée candidement vers lui en répétant son discours intérieur. Puis, elle s'était figée quand elle l'avait vu s'approcher d'une fille plus belle qu'elle aurait osé imaginer. Ralentissant le pas, elle le regarda danser langoureusement avec la beauté. Son cœur se glaça. C'était impossible… n'avait-il pas, lui aussi, senti leur connexion depuis le début de leur périple ? Puis, elle ferma les yeux. Si elle les laissait fermés assez longtemps, peut-être que cette vision la quitterait ? Lorsqu'elle les ouvrit, ce qu'elle constata la brisa. Milan avait le nez enfoui dans la chevelure sombre de sa partenaire et lui déposait sensuellement un doux baiser dans le cou. Par réflexe, elle mit la main sur son propre cou, comme si elle avait pu sentir le baiser de Milan. Le temps qu'elle réalise ce qui se déroulait sous ses yeux, elle vit Milan entraîner la jeune femme vers la maison. Milan Capello, celui qui clamait haut et fort qu'il désirait une vie rangée, allait s'envoyer en l'air avec une starlette dans la maison de son frère.

Milan avait entraîné la belle brune jusqu'à la porte de sa chambre.

— Ton nom ? Tu t'appelles comment ?

— Maya, et toi ?

— Milan.

Milan ouvrit avec difficulté la porte de sa chambre, les sens engourdis par tout l'alcool qu'il avait consommé. Maya caressait son dos en soulevant sa chemise et en y déposant de féroces baisers. Ce Milan était incontestablement sa plus belle prise. Ses larges épaules et sa haute taille lui promettaient une nuit comme jamais elle n'en avait vécu auparavant. Lorsqu'il referma la porte derrière eux, elle chercha ses lèvres. Contre toute attente, il se braqua. Elle ne s'en formalisa pas, mais entreprit de lui déboutonner langoureusement la chemise. À la vue de ses abdominaux découpés au couteau, elle gloussa de plaisir. Elle promena ses mains baguées sur le torse de sa conquête. Vraiment, elle avait tiré le gros lot. Lorsqu'elle entreprit de détacher la ceinture de son pantalon, il recula. Cette fois, elle sentit que quelque chose clochait.

— Qu'est-ce qui se passe ? Je ne suis pas à ton goût... ?

— Tu es magnifique...

— Alors, qu'est-ce que tu attends ?

Elle fit un nouveau pas vers lui en l'agrippant par la ceinture. Elle retira lentement sa chemise et lui dévoila une poitrine parfaite à peine cachée par un soutien-gorge en dentelle noire. Elle tenta de lui mordiller l'oreille pour raviver la flamme qu'elle avait sentie lors de leur premier contact, sur la piste de danse. Confus, il se dégagea de son étreinte.

— T'es marié, c'est ça ? T'as une femme et tu te sens coupable ? Chéri, ça ne me dérange pas du tout…

— Maya… je suis désolé. Je… je ne peux pas.

— Milan, ferme les yeux… Ce ne sera pas long avant que tu sentes comme c'est bon…

Elle se rapprocha à nouveau, mais cette fois, le ton de Milan se durcit. Il la repoussa, recula et empoigna un t-shirt qui traînait sur son bureau, qu'il enfila rapidement. En un instant, il dégrisa et redevint lucide.

— Maya, je ne peux pas. Remets ta chemise. J'ai une autre fille dans la peau. Je l'ai perdue ce soir… j'ai voulu me venger, mais le cœur n'y est pas.

— Pas besoin de ton cœur, mon beau, c'est d'une autre partie de ton anatomie que j'ai envie. On baise, et tu n'entendras plus jamais parler de moi.

— C'est ça, le problème, Maya… Je n'ai plus envie de baiser avec toi. Je suis désolé.

Maya avait perdu toute envie de faire l'amour avec Milan. Avec son air piteux d'amoureux éconduit, son compagnon avait perdu tout le charme qui l'avait séduite lorsqu'ils étaient à l'extérieur.

— Milan… je comprends tout ça, c'est bien triste, mais là, j'ai un gros problème.

— Qu'est-ce que tu veux dire ?

— J'ai envie de baiser, et les filles avec qui je suis venue sont sûrement parties… Je pensais… ben, je pensais passer la nuit ici, tu comprends.

Il lui sourit à demi.

— Je suis désolé, Maya. Je ne peux juste pas…

— Ouais, ben t'aurais pu y penser plus tôt et nous éviter ça, parce que là, ma libido est à son apogée et je n'ai plus personne pour rentrer !

— Je peux t'appeler un taxi, lui offrit-il comme seule réponse.

— Milan, tu ne comprends pas ! Je NE VEUX PAS retourner chez mes amies en disant que je n'ai pas réussi à t'avoir… elles étaient tellement jalouses de moi ! Il faut que je passe la nuit ici, tu comprends ? Je disparais demain matin, ni vu ni connu, comme ça, elles seront certaines qu'on a dormi ensemble…

Milan constata toute la vulnérabilité de Maya. Elle devait être bien malheureuse pour vouloir s'inventer une histoire afin de prouver à ses amies qu'elle avait réussi à baiser le plus beau mec de la soirée.

— C'est OK. Reste ici. Je vais aller dormir près du lac. J'ai besoin de mettre de l'ordre dans mes idées. Par contre, je veux que tu t'en ailles discrètement demain matin et que tu ne parles à personne de la maison, compris ?

— Juré, fit la jeune fille en levant solennellement la main droite.

Comme une automate, Audrey avait regagné sa chambre. Lorsqu'elle se sentit à l'abri des regards, elle se mit à pleurer comme rarement elle l'avait fait dans sa vie. La dernière fois qu'elle avait pleuré autant, c'était lors du départ de Jake. Même Simon et ses remarques méchantes n'avaient pas réussi à l'atteindre autant que la vision de Milan le nez plongé dans les cheveux de la splendide brunette.

Son maquillage avait coulé. Ses yeux charbonneux, qu'elle avait tant admirés, s'étaient métamorphosés en deux traînées noires sur son visage livide. Incapable de reprendre son souffle, elle essaya de se calmer et de se raisonner. Jamais Milan ne lui avait promis quoi que ce soit. C'était même elle qui avait insisté pour qu'ils restent simplement de bons amis. Comment pouvait-il savoir qu'elle avait décidé ce soir, au contact d'Hayden, de lui donner une chance ? Non. Même si son cœur avait été transpercé par cette vision, elle ne pouvait pas lui en tenir rigueur. Il ne savait pas.

Rassemblant son courage à deux mains, elle se démaquilla, replaça ses cheveux, puis entreprit de se rendre à la chambre de Milan. Peut-être n'était-il pas trop tard et qu'en entendant sa révélation, il mettrait la brunette à la porte ? Peut-être aussi qu'il lui ordonnerait de quitter prestement sa chambre… C'était un risque à prendre. Pour une fois, elle fit taire la petite voix qui lui disait qu'elle allait se ridiculiser. Elle devait tenter le coup, tenter de conquérir Milan Capello.

Chaque fois qu'il rendait visite à Matteo, Milan avait pris l'habitude de camper au moins une nuit près du lac, non loin de la maison. Cet endroit l'apaisait, et depuis deux ans, il avait l'impression quand il s'y trouvait de se connecter plus facilement avec son père, son mentor, décédé beaucoup trop rapidement. Malheureusement, cette fois, il n'avait pas de tente. Audrey lui avait fait promettre de ne pas faire de camping durant leur périple. Qu'à cela ne tienne. Il déposa par terre la couverture qu'il avait prise avant de laisser Maya en plan dans sa chambre et l'étendit par terre.

Consultant machinalement son téléphone, il aperçut la photo que Megan avait publiée sur son compte.

Deux filles qui s'en vont faire la fête! — Avec Audrey Mercier

Plusieurs commentaires plus élogieux les uns que les autres défilèrent sous ses yeux. Comme pour tourner le fer dans la plaie, tous complimentaient Audrey, cherchant à savoir qui était la femme qui accompagnait Megan sur les photos. Il inspira profondément, puis pianota un commentaire à son tour. Tant pis si Hayden Patterson n'approuvait pas!

> La fille, c'est @Audrey Mercier, la fille la plus gentille, la plus douce et la plus belle qu'il m'ait été donné de rencontrer.

Il ferma son téléphone, laissant son cri du cœur en suspens.

20 juillet, Milan

Se couchant sur le dos, Milan contempla les étoiles. Une histoire que sa mère lui racontait lorsqu'il était petit lui revint en tête.

> *Les enfants, si vous fixez les étoiles assez longtemps en silence, vous allez voir qu'elles vont briller davantage. Ce sont vos êtres chers, disparus, qui vous saluent…*

Souriant à ce souvenir de bonheur, il entreprit de fixer les étoiles, comme si l'histoire que lui avait racontée sa mère pouvait se réaliser. Il avait terriblement besoin de parler à son père. Il se sentait perdu… perdu entre ce qu'il voulait faire et ce qu'on attendait de lui. L'alcool aidant, il se mit à parler tout seul, à voix haute.

— Papa… Je fais quoi avec le contrat de l'AC Milan ? Tu sais que je comptais revenir à Paris, tranquille, et m'installer. Peut-être même me marier. Tu dois rire, hein ? Moi qui parle de mariage ! Avec Audrey, j'aurais pu le faire. J'aurais pu me marier avec elle et devenir un père aussi. Elle a deux enfants, papa, tu sais ? Thomas et Félicia. Ils sont grands, mais j'aurais pu faire ce que tu as fait avec Olivia, Matt et moi… je les aurais guidés, j'aurais amené Tom voir un match de Matteo, j'aurais pété la gueule du petit con qui aurait fait pleurer Félie… j'aurais été bon, papa… Pas autant que toi, mais je suis certain que j'aurais été bon.

Il prit une pause. L'émotion lui noua la gorge. Parler à voix haute lui faisait du bien, comme s'il exorcisait la peine qui l'habitait depuis deux ans.

— Patterson aussi sera bon. Elle a bien choisi. C'est le mec le plus droit que je connaisse, ennuyeux même, à la limite. Quand il va prendre sa retraite, lui, il va la demander en mariage, c'est son genre. À Patterson. Pas le mien… Il va vivre la vie que j'aurais pu vivre, papa. Tout ça parce que je ne suis pas capable de dire aux gens que j'aime que je les aime. Pourquoi je n'y arrive pas, hein ? Tu penses que je devrais accepter l'offre de me joindre à l'équipe de Matt ? Je vais appeler le directeur général demain. Tu as raison, il faut que je pense à moi. Audrey a fait son choix, je vais faire les miens. Tu penses aussi que je devrais me battre pour elle ? Je ne sais pas… papa…

Milan sourit. Il était en grande conversation avec une étoile ! Par chance, l'endroit était désert. Si quelqu'un l'avait entendu, il l'aurait certainement fait interner sur-le-champ !

— Bonne nuit papa. Veille sur moi. Guide-moi. J'ai tellement besoin de toi…

Il ferma les yeux et se laissa glisser dans un sommeil profond. Dans le ciel, une étoile pâlit, comme si l'être disparu avait mis fin à la communication.

Audrey se tenait devant la porte de Milan. Aucun bruit ne lui parvenait de derrière la porte close. Avaient-ils déjà terminé ce qu'ils avaient à faire ? Si c'était le cas, ça avait été drôlement rapide ! Inspirant profondément, elle prit son courage à deux mains et frappa à la porte. Aucune réponse. Étaient-ils ailleurs ? Elle aurait pourtant juré les avoir vus entrer dans la chambre. Elle frappa à nouveau. Cette fois, elle distingua un bruit. Redressant les épaules, elle s'arma de courage.

La belle brunette qui avait séduit Milan entrouvrit la porte. Malgré ses traits fatigués, elle demeurait très belle. Vêtue d'un t-shirt qui appartenait à Milan, elle dévisagea Audrey.

— Je peux t'aider ? lui demanda-t-elle sèchement.

— Je... je suis désolée, je me suis trompée de chambre...

Audrey mentit en se rendant compte qu'elle était arrivée trop tard. Les apparences lui indiquaient que tout était bel et bien terminé. Péniblement, elle regagna sa chambre en se jurant qu'après ça, elle ne succomberait plus jamais au charme de Milan Capello.

Pendant ce temps, la brunette s'empressait de verrouiller la porte. Devinant qu'il s'agissait fort probablement de celle qui lui avait fait rater la baise de sa vie, elle ne se sentit nullement mal à l'aise de lui cacher que Milan Capello n'avait pas complété sa tentative de séduction. Elle ne voulait surtout pas que qui que ce soit découvre la vérité.

21 juillet, Milan

La nuit avait été courte. Audrey rassembla son courage et entreprit de sortir de sa chambre. Son envie de café supplantait son désir de rester enfouie à jamais sous les couvertures. Timidement, elle ouvrit la porte. Toute la nuit, elle s'était imaginé sa réaction au moment où ses yeux se poseraient sur la jolie brunette et son beau Milan, partageant amoureusement un café. Or, en ce lendemain de veille, la cuisine était déserte.

Traînant ses pieds vers la machine à café, elle se mit à faire couler le précieux liquide dans une des nombreuses tasses à l'effigie de l'AC Milan que possédait Matteo. Se retournant vers l'armoire, elle prit un bol, y jeta des céréales et du lait, puis s'installa sans grande conviction à l'îlot qui trônait au milieu de la cuisine. Secouant nonchalamment sa cuillère, elle se força à prendre une bouchée, même si elle n'avait pas faim.

— Audrey ! T'es déjà debout ?

Matteo, suivi d'une belle blonde, se dirigea vers la machine à café. Timidement, la fille lui sourit.

— J'ai entendu dire que tu t'étais bien entendue avec mon capitaine, lui glissa subtilement Matteo.

— Hayden est vraiment gentil, répliqua Audrey sans grande conviction.

La blonde s'impatienta. Matteo lui tendit une tasse et lui demanda de prendre place sur la terrasse extérieure, le temps que son propre café soit versé.

— Audrey, Hayden, c'est vraiment un brave gars… Si tu veux, je t'arrange quelque chose.

— Matteo, t'es la deuxième personne qui me dit qu'Hayden est un brave gars.

— C'est que c'est vraiment le cas, répliqua-t-il.

Il saisit sa tasse de café et entreprit de rejoindre sa conquête à l'extérieur. Toujours en fourrageant dans son bol, Audrey observait Matteo du coin de l'œil. Elle n'entendit pas Megan qui venait de faire son entrée.

— *My God*, Audrey ! As-tu passé une nuit blanche ?

— C'est si terrible que ça ? Pourtant, c'est toi qui devrais être comme ça, vu la quantité d'alcool que tu as ingurgitée ! T'avais du mal à aligner deux mots !

— J'avoue que j'étais loin… mais Jordan… ouch, lui chuchota Megan en agitant la main.

Audrey lui rendit faiblement son sourire.

— Il est où, ton beau Milan ? Il dort encore ? Comment il a réagi, finalement, quand tu lui as dit que tu l'aimais ?

Audrey lui rendit un regard embué. Laissant tomber sa cuillère, elle haussa les épaules, incapable de prononcer un seul mot tant sa gorge était nouée par l'émotion. Sa lèvre inférieure tremblait, signe qu'elle luttait contre les larmes qui voulaient, encore une fois, se frayer un chemin jusqu'à ses yeux.

— Oh… voyons, Audrey… Ça ne s'est pas passé comme prévu ? articula Megan en l'enlaçant. Pourtant, j'aurais juré que…

— Je… j'ai passé la soirée avec Hayden Patterson.

— Hayden Patterson ? Le capitaine de l'AC Milan ? Il paraît que c'est vraiment un brave gars.

— Je sais, t'es la troisième personne qui me le dit, affirma Audrey en prenant sa tête dans ses mains.

— Et ? Il s'est passé quelque chose ? T'as couché avec le capitaine de l'AC Milan ? reprit Megan sur le ton de la confidence.

— Ben non, voyons, Megan…

— Il me semblait, aussi… J'ai un vague souvenir que lorsqu'on s'est vues hier, tu cherchais Milan pour… ben, sûrement pour lui déclarer ton amour. Je n'ai pas rêvé ça, si ?

— Non, tu n'as pas rêvé… J'ai passé la soirée avec le parfait Hayden Patterson, puis je me suis rendu compte que c'est Milan que je voulais.

— Oh… c'est tellement mignon ! On dirait un film, répliqua Megan.

— Attends, tu vas voir. Un film d'horreur, oui. Bref, je pars à la recherche de Milan et je finis par le trouver… le nez enfoui dans les cheveux d'une bombe de 25 ans.

— Voyons, Audrey, t'as dû te tromper. C'est impossible, Milan n'aurait pas fait ça devant toi...

— Il ne m'a pas vue, Megan, qu'est-ce que tu crois !

— T'es certaine que tu ne t'es pas trompée ? Dans le noir, on peut confondre les gens...

— Tu en connais beaucoup, toi, des mecs de 1,95 mètre avec le look de Milan ?

— Non, pas vraiment, concéda Megan à contrecœur.

— Puis je les ai vus aller dans la chambre de Milan. Après avoir pleuré sur mon sort, j'ai comme eu un bug au cerveau et j'ai décidé d'aller frapper à sa porte.

— Waouh, Audrey, quand tu te décides, tu te décides !

Audrey sourit faiblement.

— C'est elle qui a ouvert la porte. Elle portait son t-shirt...

— Qu'est-ce que tu lui as dit ?

— À Milan ? Rien. Je ne l'ai pas vu. Je me suis rendue à l'évidence qu'il avait bel et bien couché avec la fille et je suis retournée dans ma chambre.

Megan prit une gorgée de café. Incrédule, elle se recula et regarda son amie dans les yeux.

— C'est IMPOSSIBLE, Audrey. Je ne crois pas à ça du tout... Tu ne l'as pas vu ? Tu n'as pas vu Milan dans la chambre ?

— Euh... non. Je n'avais pas besoin de le voir. Elle était là, elle, avec SON t-shirt à lui sur le dos...

— Es-tu allée sur Facebook ce matin, Audrey ?

— Non, mon portable est mort, et dans toute l'agitation d'hier, j'ai oublié de le recharger.

Megan courut à sa chambre pour récupérer son téléphone. Lorsqu'elle revint, elle le tendit à Audrey.

— Regarde. Regarde ce qu'il a écrit en dessous des photos de toi et moi que j'ai publiées.

> La fille, c'est @Audrey Mercier, la fille la plus gentille, la plus douce et la plus belle qu'il m'ait été donné de rencontrer.

— Et? Ça ne prouve rien, Megan, reprit Audrey en lui rendant l'appareil.

— Ben, il serait un connard fini de t'écrire ça s'il venait juste de coucher avec une fille...

— Il l'a peut-être écrit avant, supposa Audrey.

— Impossible, j'ai vérifié vers 2h du matin et il n'y avait rien d'écrit...

— T'étais complètement saoule, Megan! De toute façon, j'ai vu la fille, un plus un égale deux...

— Attends. On va en avoir le cœur net.

Se levant brusquement, elle partit vers la chambre de Milan, Audrey sur ses talons.

— Megan, qu'est-ce que tu fais?

— Je vais frapper à sa porte. Je n'y crois pas, moi, que Milan a couché avec une fille hier. Ça ne me rentre pas dans la tête.

— Ne fais pas ça, ne les dérange pas...

— Je vais me gêner peut-être! Il te fait le coup du type qui veut se ranger et il se tape une minette devant nous? Non, ça ne se passera pas comme ça.

Elle frappa de toutes ses forces et avec conviction à la porte de la chambre de Milan, sans obtenir de réponse.

— Megan, laisse tomber... tu ne vas pas l'engueuler parce qu'il a couché avec une fille! Franchement, on ne se doit rien...

Megan ne décolérait pas et continuait de frapper avec force.

— Milan Capello, lève ton cul et viens me répondre! cria-t-elle avec véhémence.

Voyant qu'elle n'obtenait aucune réaction, elle décida d'ouvrir la porte et d'entrer dans la chambre. À leur grande surprise, les deux femmes trouvèrent la pièce vide. Aucune trace de la fille, et encore moins de Milan.

— Ils... ils ont dû partir tôt, balbutia Audrey.

Tel un enquêteur, Megan scrutait tous les indices pouvant laisser croire que Milan avait passé la nuit avec une fille dans sa chambre.

— Ses fringues, Audrey. Ses fringues d'hier ne sont pas là... Il n'a pas dormi ici, j'en suis convaincue.

— Sa chemise est là, Megan, arrête...

Sans l'écouter, Megan empoigna son portable et pianota un message à l'intention de son ami.

— Milan Capello, ramène ton cul dans la cuisine dans max 30 minutes. J'ai un avion à prendre, et il faut que je te parle.

Mais Milan Capello était encore endormi, près du lac. Son téléphone étant lui aussi complètement déchargé, il n'eut pas conscience du cri du cœur que Megan lui avait lancé.

Megan avait quitté Audrey en lui faisant promettre de lui donner des nouvelles de la situation. Elle devait se rendre à Paris, pour ensuite reprendre l'avion vers Chicago.

— Ce n'est pas dans ses habitudes de ne pas me répondre. Donne-moi des nouvelles dès que tu en as, Audrey, d'accord?

Celle-ci opina.

— Et n'oublie pas, ce n'est pas parce que Milan a fait son crétin qu'on va arrêter d'être amies. Donne-moi des nouvelles, beauté, OK?

— Promis, Megan, on se tient au courant. Merci pour tout.

Perdue dans la grande chambre, Audrey fixa son maillot de bain. Tant pis si son cœur saignait! Elle n'allait pas se morfondre toute seule, toute la journée. Une piscine et un bon livre, c'est tout ce dont elle avait besoin pour se changer les idées.

Les chauds rayons du soleil réchauffaient le corps d'Audrey. Il faisait toujours beau, le 21 juillet, pensa-t-elle. Les quelques employés toujours sur place s'affairaient à démonter les chapiteaux, mais leur présence ne l'importunait pas: les haies qui entouraient la piscine préservaient son intimité. Plongée dans sa lecture, elle en vint presque à oublier Milan. Tôt ou tard, elle allait devoir affronter son regard, mais elle avait décidé d'adopter une attitude nonchalante. Il ne lui devait rien. Tout à coup, une voix grave la fit sursauter.

— Salut, Audrey...

Milan. Elle aurait pu reconnaître sa voix entre mille. Sans relever les yeux de son livre, elle lui répondit d'un ton neutre.

— Salut.

Elle continua sa lecture, ou à tout le moins, fit semblant de le faire. Elle pouvait sentir sa présence, mais refusait de regarder, de peur de se remettre aussitôt à sangloter.

— Il te va bien, ton nouveau maillot...

— Merci.

Audrey gardait le nez dans son livre, et son attitude neutre était à la limite de la froideur. Milan, qui devait certainement sentir le malaise, retira son t-shirt pour plonger dans la piscine. Audrey se risqua à relever les yeux une fraction de seconde. C'était plus fort qu'elle, elle devait admirer son corps athlétique. Elle se maudit d'être si faible, puis, replongea dans sa lecture.

Après quelques longueurs, Milan s'immobilisa et s'installa devant elle, les bras sur le bord de la piscine, en la fixant avec insistance, alors qu'elle refusait obstinément de le regarder.

— Patterson est déjà parti ? se risqua-t-il.

— Hayden ? répliqua Audrey, surprise de l'intervention de Milan.

— Ouais… Hayden Patterson, celui avec qui tu as passé la soirée…
— Il est parti en même temps que tout le monde, pourquoi tu me demandes ça ?
— Ben… vous aviez l'air de bien vous entendre. J'ai pensé qu'il avait peut-être passé la nuit ici.

Cette fois, elle déposa son livre et releva les yeux. Elle ne vit que la tête de Milan qui dépassait de l'eau. Son regard avait changé. Il avait l'air triste, malheureux même. Si Audrey n'avait pas rencontré la splendide brunette hier soir, elle aurait pu penser qu'il avait passé une nuit atroce.
— Milan, je t'ai déjà dit que je ne fais pas ça, des coups d'un soir, MOI…

Elle avait beaucoup trop insisté sur le mot « moi ».
— C'est vrai que Patterson, c'est un sacré brave gars…
— T'es le quatrième qui me le dit, je vais commencer à vous croire.

Subitement, il se souleva, se servant uniquement de ses bras, et sortit de l'eau. Devant Audrey, il saisit une serviette et essuya lentement ses cheveux bruns. Audrey, qui lisait le désarroi dans son regard, se sentit obligée de préciser un point capital.
— Je… il ne s'est rien passé entre lui et moi hier soir, Milan.
— Vous… vous allez vous revoir ?
— Je ne sais pas, mentit Audrey. Hayden est vraiment un brave gars, comme vous dites, alors…

Il lui rendit un faible sourire, puis il regagna la maison, penaud, en laissant Audrey interdite devant le livre qu'elle n'avait plus aucune envie de lire.

— Emma ? Je suis tellement contente de te parler !

— J'ai essayé de te joindre plein de fois hier, mais ça ne répondait pas…

— Je sais, mon portable était mort, et j'ai eu une soirée… difficile, disons.

Elle entreprit de tout lui raconter. Sa transformation extrême offerte par Megan, les yeux perçants de Milan qui, elle aurait pu le jurer, était sur le point de l'embrasser, sa rencontre avec Hayden Patterson…

— Quoi ? Tu as passé la soirée avec Hayden Patterson ? LE Hayden Patterson ? Le capitaine de l'AC Milan ?

— Tu le connais ?

— Ben, pas personnellement, mais tout le monde connaît Hayden Patterson, c'est un des meilleurs joueurs de football dans sa division !

— Au moins tu ne me dis pas que c'est un sacré brave gars…

— Quoi ?

Audrey reprit la narration de ses péripéties : le flirt avec Hayden, son illumination qui lui avait révélé les sentiments qu'elle avait pour Milan…

— Oh mon Dieu ! fit Emma en se touchant le cœur. Je savais que vous étiez faits l'un pour l'autre. Alors ? Il embrasse bien, le beau Milan ?

— Attends...

Elle continua son récit : sa recherche de Milan à travers la foule, puis la fille. La splendide brunette. Le baiser dans le cou. La chambre. Son désir de foncer. La fille qui lui avait ouvert la porte. Puis sa peine. La lancinante peine qui lui serrait le cœur depuis hier.

— Pauvre cocotte...

— Ce sont les vêtements, aussi, Emma... Je le savais que je n'étais pas du calibre de Milan. Par contre, avec la coiffure, le maquillage et la robe, j'y ai cru... J'ai cru que je pourrais mériter un mec comme lui...

— C'est lui qui ne mérite pas une fille comme toi ! ragea Emma.

— De toute façon, il ne nous reste pas beaucoup de route à faire. Après, ce sera de l'histoire ancienne, et je pourrai revenir à ma petite vie normale.

— Il vous reste quoi ? Milan-Bologne, Bologne-Rome et Rome-Naples ?

— Ça, c'était le plan, mais je vais lui demander de sauter Rome. Je veux me rendre au plus vite à Naples pour rentrer le plus vite possible...

— Audrey ? J'ai quelque chose à te dire.

Le ton d'Emma était grave. Audrey n'avait pas envie d'une autre mauvaise nouvelle. Elle ferma donc les yeux en attendant la révélation de sa meilleure amie.

— Dominique et moi, on a décidé de t'offrir deux nuits à l'hôtel, lorsque tu seras arrivée à Naples.

— Voyons, Emma… Ça n'a pas de sens ! C'est bien trop cher !

— Laisse-moi finir. On avait prévu ça, au cas où…

— Vous n'êtes pas obligés, Emma…

— Ça nous fait plaisir. En plus, on a décidé de t'offrir un billet d'avion pour revenir. Comme ça, tu n'auras pas à refaire 2 500 km avec le type qui t'a brisé le cœur…

— Voyons… je ne peux pas accepter ça.

— Arrête. Dominique a plein de points aériens dont il ne se sert pas. Accepte.

Audrey hocha la tête. Emma avait raison, c'était la meilleure décision. Il restait maintenant à annoncer ces nouvelles dispositions à Milan.

Le dîner se déroulait dans le silence le plus complet. Matteo tenta de faire la conversation, mais ni Audrey ni Milan ne semblait avoir envie de parler.

— Vous repartez demain ? Il vous reste quoi ? Bologne et Rome à visiter ?

— Oui, répondit Milan.

— En fait, Milan, j'aimerais mieux qu'on parte demain pour Bologne et qu'après on se rende directement à Naples.

— Voyons, Audrey ! C'est six heures de route !

— Je vais conduire la moitié du chemin. J'ai juste envie d'être arrivée à Naples, lui répliqua-t-elle le plus laconiquement possible.

Milan déposa sa fourchette et fixa Audrey.

— T'es sérieuse, là ?

— Très sérieuse, lui répondit-elle sur le même ton.

Matteo n'osa pas intervenir, la tension étant à couper au couteau.

— Puis Emma et Dominique me payent un billet d'avion pour le retour. Pas besoin de voiture pour rentrer à Paris.

Cette fois, c'en était trop. Il prit son assiette et la lança dans le lavabo.

— Demain, 8 h, sois prête. On part pour Bologne.

Et il disparut dans sa chambre en claquant la porte et en laissant Audrey et Matteo, médusés, devant leur poulet parmigiana.

22 juillet, Chicago

Megan était arrivée à Chicago. Dans l'hôtel luxueux que lui avait réservé la production, elle pouvait enfin se détendre. Elle se fit couler un bain et, profitant du réseau, elle consulta ses messages. Son agente lui avait envoyé son texte pour le tournage de la publicité à Barcelone. Trois lignes à apprendre pour vanter les mérites d'un parfum hors de prix, ça ne lui prendrait qu'un moment.

Le second message, celui de Jordan Bishop, la troubla davantage. Matteo avait pourtant été clair avec elle : elle pouvait venir à la fête, mais en aucun cas elle ne devait se retrouver au lit avec un de ses coéquipiers. Malheureusement, l'alcool et la beauté du jeune attaquant avaient eu raison des belles promesses qu'elle avait faites à Matteo : elle avait couché avec lui, et sous son toit, de surcroît !

Jordan

Hé, beauté ! On remettra ça ? C'était magique. *Love*, Jordan.

Comment allait-elle pouvoir se sortir de ce merdier? Elle savait que Matteo ne lui pardonnerait jamais son incartade. Elle allait donc devoir convaincre Jordan de garder ça pour eux.

Megan

Salut, Jordan! Je suis très occupée cette semaine. Beaucoup de *shootings* et de tournages. Je te redonne des nouvelles quand je peux. Oh, et au fait, pas un mot à Matt, OK?

Elle n'avait aucune intention de le revoir, mais elle lui laissait entendre le contraire afin qu'il acquiesce à sa demande de garder leur petite aventure secrète. Si elle voulait rester dans les bonnes grâces de Matteo Capello, elle savait ce qu'elle avait à faire.

Le bain était maintenant rempli. Avant de s'y glisser, elle ouvrit son troisième et dernier message. Il provenait d'Audrey.

Audrey

Salut, Megan ! J'espère que tes vols se sont bien déroulés. Ici, pas de développement. Je n'ai pas réussi à parler à Milan, mais ça viendra. Je te tiens au courant. En tout cas, bien franchement, il n'a pas l'air dans son assiette.

Megan fit un geste pour commencer un message à l'intention de Milan. Elle allait lui dire sa façon de penser. Comment avait-il pu ramener une fille dans sa chambre ? Elle croyait sincèrement qu'il avait changé, et à voir comment il regardait Audrey, elle aurait pu parier son prochain salaire qu'il lui aurait déclaré son amour le soir de la fête.

Voyant qu'Audrey était en ligne, elle remit son projet d'envoyer des bêtises à Milan à plus tard, optant plutôt pour une discussion instantanée avec sa nouvelle copine.

Megan

Ça va, Audrey ? Tu t'es levée de bonne heure ! Il est quoi… 7 h à Milan ? Moi, j'ai voyagé de nuit, alors je suis un peu décalée !

Audrey

Salut, Megan. Disons qu'il y a eu quelques développements depuis mon dernier message…

Megan

Bon ! Enfin ! C'était un malentendu, n'est-ce pas ?

Audrey

Euh… je n'ai toujours pas abordé la question avec lui ! Non, en fait, j'ai décidé d'écourter notre voyage pour qu'on arrive plus vite à Naples. Je… je ne peux pas supporter de le regarder. Je vois son visage à elle…

Megan

Oh… c'est dommage, mais je te comprends. Il va tellement entendre parler de moi, lui ! Il le sait, et c'est pour ça qu'il ne me réécrit pas, le salaud.

Audrey

Laisse tomber, Megan. Ça ne vaut pas la peine. Dans trois jours, on va se quitter pour ne plus se revoir, lui et moi.

Megan

Mais il y a le retour, Audrey… ne l'oublie pas.

Audrey

Mon amie Emma et son conjoint m'ont offert un billet d'avion pour que je revienne de Naples plus rapidement. Donc, bientôt, tout ça ne sera qu'un mauvais souvenir.

Megan ne sut pas quoi répondre. Audrey abandonnait trop facilement. Mais comment lui en vouloir, elle qui avait été si malmenée par l'amour ?

Megan

Audrey, écoute, repenses-y, OK ? Je suis certaine que Milan n'a rien fait… N'abandonne pas ! Je sais que tu me remercieras plus tard.

Audrey

J'aimerais tellement que tu aies raison…

Megan

Tu vas voir, je serai demoiselle d'honneur à votre mariage !

Audrey

Euh… impossible !

Audrey dut interrompre la conversation à regret. Il lui fallait se préparer puisque Milan avait été très clair : elle devait être prête à 8 h tapantes.

À Chicago, Megan ferma son portable. Elle pouvait maintenant tenter de se reposer et surtout, d'oublier cette fête qui, finalement, n'avait eu pour résultat que de rendre des gens malheureux.

22 juillet Milan - Bologne

Milan rageait contre les bagages qui refusaient de s'emboîter dans le coffre de sa petite voiture. Il était 7 h 45, et il était prêt à prendre la route. Bologne n'était qu'à trois heures de Milan, mais il avait hâte de partir afin de changer d'air. Dans la cuisine, il pouvait observer Audrey qui discutait avec son frère. Dans le brouhaha des dernières heures, il n'avait même pas pensé à mettre Matteo au courant de l'offre de son directeur général. Après la nuit qu'il avait passée à tergiverser et l'accueil froid que lui avait réservé Audrey au matin, il avait pris la décision d'appeler Mario Maroni et d'accepter l'offre de l'AC Milan. Dès le mois d'août, il se joindrait à l'équipe milanaise comme entraîneur des gardiens de but. Il attendrait d'être à Bologne et de jouir de la tranquillité de la chambre d'hôtel pour effectuer l'appel qui allait changer sa vie. Après, il aviserait Matteo de sa décision, en espérant que son jeune frère soit plus enthousiaste qu'il ne l'était lui-même.

— *Let's go*, Audrey. Je veux partir à 8 h...

— J'arrive, attends une minute.

Milan s'appuya contre la voiture. Il lui semblait ne faire que ça durant ce voyage: attendre après Audrey Mercier.

— Matteo, je te remercie vraiment pour ton accueil! Tu me donneras des nouvelles quand tu viendras à Paris, promis?
— Certainement, Audrey. Je t'enverrai des billets quand on viendra jouer en France, comme ça, tu pourras emmener tes enfants!
— Et si tu pouvais passer par chez nous, je te jure que tu ferais la journée de ma fille!

Matteo rigola. Appuyé contre le cadre de la porte d'entrée, il tenait nonchalamment son café à la main. Même vêtu d'un sweatshirt, d'une chemise et d'une casquette avec la visière vers l'arrière, il avait fière allure, considérant qu'il n'était même pas encore 8h du matin. Audrey lui sourit. Félicia avait raison de le trouver mignon! S'avançant vers le jeune homme, elle lui déposa un baiser sur la joue.

— Sincèrement, merci pour tout, Matt.

Elle fit quelques pas pour rejoindre la voiture, quand il la retint par le bras.

— Audrey?
— Oui?
— Je… j'aurais aimé que ça se termine mieux que ça. Je veux dire, avec mon frère…

Attendrie, Audrey lui prit la main de façon maternelle.
— J'aurais aimé ça, moi aussi, Matt.
— Qu'est-ce qui s'est passé ? Je veux dire, tout semblait bien aller jusqu'à la fête. C'est à cause d'Hayden ?
Audrey haussa les épaules.
— Aucun rapport avec Hayden. Il s'est passé que Milan a couché avec une des filles que tu avais invitées pour mettre de l'ambiance. Dans sa chambre. Le soir de cette fameuse fête…
Matteo se redressa.
— Impossible, Audrey. Je veux dire, je n'avais jamais vu mon frère agir avec une fille comme il l'a fait avec toi. Ce n'est pas logique qu'il ait couché avec une autre…
— Vous êtes adorables… Megan me dit la même chose, sauf que j'ai vu de mes propres yeux la fille dans sa chambre, alors…
— Attends, tu dis que tu as vu la fille dans sa chambre ?
— Malheureusement oui…
— Ben, Milan n'a pas dormi dans sa chambre ce soir-là, justement…
Audrey recula les épaules, intéressée par les précisions de Matteo.
— Le soir de la fête, j'ai voulu emmener Mandy près du lac, dans mon endroit secret…
— Ça, c'est la fille qui était ici hier matin ?
— Non, ça, c'est Victoria, admit-il en se passant la main sous la casquette pour dissiper son embarras. Bref, je voulais

emmener Mandy près du lac, mais j'ai dû faire demi-tour parce que Milan était déjà là, tout seul, étendu sur une couverture.

— Ça ne prouve rien, il a bien pu y aller après avoir… ben, tu sais, après…

— Non… Quand Milan va au lac, c'est qu'il a besoin d'être seul et de réfléchir.

Audrey haussa les épaules de nouveau. Elle avait vu la fille dans sa chambre, c'était la seule certitude qu'elle avait.

— Lui en as-tu parlé directement ? Je veux dire, Audrey, tu lui as demandé, à Milan, s'il avait couché ou non avec la fille ?

— Ben… euh, non ! Je veux dire, il ne me doit rien, je n'ai pas à lui demander s'il a couché avec une fille ou pas…

— Tu devrais. Moi, je suis convaincu qu'il ne s'est rien passé entre eux. Sérieux, Audrey, demande-lui. Milan a bien des défauts, mais il n'est pas menteur. S'il l'a fait, il te le dira sans détour.

Audrey observa Matteo, qui semblait bien sûr de lui. Au loin, ils entendirent Milan, d'une humeur massacrante, hurler à Audrey qu'il était 8 h et qu'il partait, avec ou sans elle. Quittant Matteo à regret, elle se dirigea vers la voiture : trois heures d'enfer l'y attendaient.

Le trajet se déroula dans un silence absolu. Milan était concentré sur la route, et Audrey, qui avait rapidement mis ses écouteurs, regardait la pluie tomber par la fenêtre du côté.

— Bon sang, il y en a qui ne savent vraiment pas conduire…

Ce fut la seule phrase prononcée durant tout le trajet.

Audrey passait le temps en suivant les sillons des gouttelettes de pluie sur la fenêtre. La révélation de Matteo tournait en boucle dans sa tête : Milan avait passé la nuit près du lac. Si elle prenait son courage à deux mains, elle lui poserait la question et elle pourrait enfin savoir ce qu'il en était vraiment. Sauf que Milan était d'humeur si noire qu'elle n'osa pas ouvrir la bouche.

Arrivés à Bologne, le spectacle qui s'offrit à eux laissa Audrey sans mot. En d'autres circonstances, elle aurait partagé son enthousiasme avec Milan, mais le visage fermé qu'il lui offrait n'était guère invitant.

L'hôtel que Milan avait réservé était un bel établissement. La publicité qui trônait à l'entrée affirmait que toutes les chambres avaient une vue sur le centre historique de la ville. À défaut de faire du tourisme, Audrey se dit qu'elle pourrait au moins broyer du noir devant un paysage sublime. Au comptoir de la réception, elle entendit Milan demander deux chambres à l'employé qui les avait accueillis quelques minutes plus tôt.

— Qu'est-ce que tu fais, Milan? Tu sais que je n'ai pas les moyens de me payer une chambre d'hôtel de ce prix...

— T'as besoin de ton espace, Audrey. On aura chacun notre chambre, c'est mieux comme ça. Puis ne stresse pas avec l'argent, Matteo m'a texté, et c'est lui qui les a réservées. C'est déjà payé.

Lui mettant la carte qui faisait office de clé dans la main, il la planta au milieu du hall et tourna rapidement les talons pour regagner sa chambre.

Audrey avait les yeux qui piquaient. Pourquoi Milan agissait-il ainsi avec elle? C'est pourtant lui qui avait brisé sa confiance en faisant des galipettes avec la jolie brunette! Puis, elle se souvint de la manière cavalière dont elle lui avait annoncé que leur route se séparerait à Naples et qu'elle rentrerait par avion. Elle aurait dû être plus délicate. Elle aurait dû lui expliquer qu'elle n'en pouvait plus de regarder ses grands yeux verts en sachant très bien que jamais il ne serait son amoureux. Toutefois, il ne lui en avait pas donné l'occasion. Se dirigeant vers la fenêtre, elle baissa les stores. Au diable la vue sur le centre historique, elle n'avait qu'une seule envie: se rouler en petite boule dans le grand lit de la chambre de luxe que lui avait réservée Matteo.

22 juillet Milan – Bologne

Milan venait de terminer sa conversation téléphonique avec Mario Maroni, le directeur général de l'AC Milan. Voilà, c'était fait. Dès le mois prochain, il serait membre à part entière de l'équipe. L'avantage, c'est que Matteo accepterait certainement de l'héberger, il n'avait donc pas à se mettre à la recherche d'un appartement. Le désavantage, c'est qu'il devrait communiquer avec Maude, de Passion sportive, ainsi qu'avec l'entraîneur de l'UAC Paris pour leur annoncer sa démission. Pour l'heure, l'important, c'était d'informer son jeune frère de sa décision.

— Matt ?

— Milan ? Il y a un problème avec les chambres ?

— Non ! Au contraire, tout est parfait. C'était vraiment une bonne idée que tu as eue de réserver deux chambres. Je te rembourserai.

— Laisse tomber ! J'ai juste pensé que c'était mieux ainsi, vous aviez l'air de vouloir vous entretuer avant de partir, alors…

— En tout cas, là, j'ai une grande nouvelle à t'annoncer !

— Bon, t'as réglé ton truc avec Audrey ! Sérieux, c'était un sacré malentendu, votre histoire…

— De quoi tu parles ? Audrey et moi, on ne s'est pas adressé la parole tout le long du voyage…

— Sérieux ?

— Sérieux. Mais là, je n'ai plus envie de parler d'elle. Tu sais, quand ton directeur général a voulu me parler, le soir de la fête ?

— Quand j'ai fait foirer ton histoire avec Audrey ?

— Arrête avec elle ! Elle n'a plus sa place dans ma vie, on ne reparle plus jamais d'elle, OK ?

Le ton était rude. Matteo avait remarqué l'agacement dans la voix de son frère. Il le laissa continuer.

— Il se fait que ton directeur m'a offert le poste d'entraîneur des gardiens et de troisième gardien de but. On va être coéquipiers !

Matteo mit sa main sur sa bouche. Depuis qu'ils étaient petits, ils rêvaient du jour où ils pourraient jouer ensemble dans un stade, ou l'un contre l'autre. Les 10 ans qui les séparaient avaient rendu la chose impossible, et voilà que le destin les réunissait enfin !

— Milan, tu ne plaisantes pas ? On va être dans la même équipe ? Bon sang que je suis content !

Comme un gamin, Matteo sautait partout dans sa maison.

— Tu ne te cherches pas un appart, frérot, tu viens vivre chez moi... Waouh ! Faire partie de la même équipe que mon grand frère ! J'hallucine !

— J'ai hésité, mais je pense que j'ai pris la bonne décision.

— Attends, comment, t'as hésité ? C'est ton rêve, gros...

— À cause de Patterson, et puis d'Audrey aussi...

— Ouais, c'est vrai que toi et le capitaine, vous ne vous entendez pas trop. Surtout avec ce qui s'est passé il y a deux ans...
— Et surtout depuis qu'il a décidé de devenir l'ami d'Audrey. Disons que ça n'a pas arrangé les choses, reprit tristement Milan.
— C'est sûr que si tu n'avais pas fait le con avec elle, on n'en serait pas là...

Milan fut surpris. Que voulait dire son frère ?
— Je n'ai pas fait le con, qu'est-ce que tu dis là ?
— Milan, t'as couché avec une autre fille devant elle...
— Je n'ai couché avec personne, c'est quoi ces conneries ?
— Ben, Audrey t'a vu flirter avec une fille, puis quand elle est allée te voir dans ta chambre, c'est ta conquête qui lui a répondu...

Milan ferma les yeux. La fille, Maya. La chambre. Sa demande d'y passer la nuit sans lui. Mais pourquoi Audrey avait-elle frappé à sa porte au petit matin ?
— Je n'ai jamais couché avec la fille, je suis allé au lac, reprit-il en se défendant.
— Je sais, j'ai voulu y emmener Mandy, mais quand je t'ai vu, j'ai fait demi-tour !
— Tu m'as vu ? M'as-tu aussi entendu ? demanda Milan nerveusement.
— Entendu ? T'étais pas tout seul ?
— Ouais, mais je parlais à papa. Ne me juge pas, j'étais complètement saoul, se justifia-t-il en riant.

Matteo rigola à son tour.

— Soit, Audrey a vu la fille et elle est certaine que tu as couché avec elle.

— Punaise, elle fait toujours des drames pour un rien, cette fille-là... Pourquoi elle ne m'en a pas juste parlé au lieu de bouder comme elle le fait ?

— Peut-être parce qu'elle t'aime, elle, Milan...

Milan mit fin à sa conversation avec son frère en promettant de le rappeler pour organiser son déménagement au mois d'août. Puis, il consulta ses messages et aperçut un vieux texto de Megan. Dans le tumulte, il avait oublié de lui répondre.

Megan

Milan Capello, ramène ton cul dans la cuisine dans max 30 minutes. J'ai un avion à prendre, et il faut que je te parle.

À lire le message, il en déduisit que Megan pensait, elle aussi, qu'il avait couché avec Maya. Un second message suivait le premier. Du grand Megan, assurément.

Megan

Milan Capello, tu vas me répondre. T'avais quoi dans la tête pour te faire une petite pute de rien du tout quand tu pouvais avoir une femme comme Audrey dans ta vie. T'es con.

Connaissant Megan, elle devait fulminer en attendant qu'il lui réponde. Il pianota calmement sur son téléphone.

Milan

Je n'ai pas couché avec la fille. C'est un malentendu, Megan. Je ne ferais jamais quelque chose qui puisse faire de la peine à Audrey. Jamais.

Ça devrait suffire à calmer les ardeurs de son amie, beaucoup trop intense.

Puis, il texta Audrey.

Milan

Je pense qu'il faut qu'on se parle. Rendez-vous au petit resto de l'hôtel. J'y serai dans 30 minutes.

Il avait bien l'intention d'éclaircir tous ces quiproquos et de repartir, pour une énième fois, sur des bases solides avec Audrey. Cependant, ce qu'il ignorait, c'est qu'Audrey, épuisée par toutes les larmes qu'elle avait versées, s'était endormie en mettant la sonnerie de son téléphone en sourdine.

La bouche pâteuse, Audrey se réveilla, un peu malade. Il était très rare qu'elle arrive à faire des siestes l'après-midi. Désorientée, elle mit quelques instants avant de réaliser qu'elle se trouvait dans une chambre d'hôtel à Bologne. Comme par réflexe, elle consulta son téléphone. Félicia lui avait écrit.

Félicia

Salut, maman ! J'espère que tu vas bien ! Ici, ça va, mais j'avoue que tu me manques. Ta photo de profil est sublime ! As-tu lu tous les commentaires ? En tout cas, moi je la montre sans cesse à mes amies ! Pénélope dit que tu as l'air d'être ma sœur, Ève dit que t'es trop belle pour être une mère et Éléonore veut que tu lui présentes Megan ! Dommage que mon bal soit passé, elle aurait pu faire des miracles avec nous aussi, et Sam Rodriguez en baverait ! Donne-moi des nouvelles quand tu peux, bisous, xx.

Félicia avait réussi à lui décrocher un sourire. Comment lui dire qu'elle n'avait même pas eu le réflexe de lire ses nombreuses notifications à la suite de son changement de photo de profil ? Elle n'allait tout de même pas discuter de ses problèmes de cœur avec sa fille de 18 ans !

Audrey

Tout va bien, ma puce. Je suis à Bologne. Je rentre bientôt, Emma (en fait, c'est plutôt Dominique, son petit ami) me paye le billet d'avion de Naples vers Paris ! C'est cool, non ? J'ai pas eu le temps de lire les commentaires sous la photo, je le fais de ce pas ! J'ai hâte de te voir moi aussi.
Bisous. xx

Intriguée, elle consulta les commentaires sous sa nouvelle photo de profil, celle qu'avait prise Megan alors qu'elles venaient de se faire coiffer et maquiller.

– T'es belle, Audrey !

– Waouh ! On dirait un mannequin !

– Juste waouh…

Les commentaires de ce genre s'accumulaient sous la photo. Des cousins, des collègues, des gens dont elle ne se souvenait même plus d'avoir accepté la demande d'amitié, tous y allaient de leurs compliments. Ça l'aida à regonfler un peu son estime de soi, qui était au plus bas. Puis, elle aperçut le commentaire de Milan. Elle sentit une sorte de serrement dans son bas-ventre.

– Tu es magnifique, Audrey… Autant en dedans qu'en dehors. Je suis chanceux de partager chaque jour de ma vie avec toi depuis deux semaines.

Elle eut envie d'effacer le commentaire et même de bloquer son compte. S'il était si heureux, pourquoi avait-il décidé de trouver refuge dans les bras d'une autre? Elle ferma son application mobile, mais avant de déposer son téléphone, s'aperçut qu'elle avait trois appels manqués et deux messages non lus.

Milan

Je pense qu'il faut qu'on se parle.
Rendez-vous au petit resto de l'hôtel.
J'y serai dans 30 minutes.

Milan lui avait écrit ce message il y avait près de deux heures.

Milan

Audrey, viens me rejoindre, s'il te plaît. Il faut qu'on se parle…

Le dernier message datait d'une heure. Milan avait sûrement quitté le resto depuis. Assise dans son lit, elle tergiversait. Se rendre au resto ou continuer d'ignorer le beau brun ? Après quelques secondes de réflexion, elle opta pour la première option.

Allons voir ce que tu as de si important à me dire, Milan Capello…

Milan en était maintenant à sa troisième bière. Depuis deux heures, il surveillait son téléphone comme si le président des États-Unis était censé communiquer avec lui. Chaque fois qu'une nouvelle personne pénétrait dans le restaurant, il espérait voir les cheveux bouclés d'Audrey, mais ce n'était jamais le cas. La serveuse lui demanda s'il désirait une quatrième bière en attendant l'arrivée de la personne qu'il voulait voir.

— Non, merci, je finis celle-là et je vais y aller…

— Elle ne viendra pas? s'informa la serveuse avec un regard complice.

— C'est peu probable, non…

Griffonnant quelque chose sur la facture, la serveuse déposa le papier sur la table et repartit en direction du bar. Curieux, Milan jeta un coup d'œil sur la feuille. Lorsqu'il constata que la serveuse y avait inscrit son numéro de

téléphone, il soupira d'agacement. Ne pouvait-il pas avoir la paix une minute ? Parfois, le fardeau d'être très beau était lourd à porter. Il n'y avait qu'avec Megan qu'il pouvait discuter de ce phénomène sans paraître prétentieux ou imbu de lui-même.
— Sérieux, c'est vraiment épuisant de toujours sentir le regard des hommes sur moi… lui avait-elle dit un jour.
— Je te comprends, j'ai toujours l'impression que les femmes veulent tromper leur mec avec moi, comme si je sortais tout droit d'une comédie romantique…
— Parfois, j'aimerais bien me taper un type « ordinaire », mais quand j'en trouve un à mon goût, il pense que je me moque de lui, alors ça ne marche jamais !
— Ha, ha ! Megan, t'es incroyable !

Au souvenir de cette conversation avec son amie, il sourit. Il se promit d'ajouter l'anecdote du numéro de téléphone au dos de la facture à la longue liste d'événements du même type qu'il avait notée quelque part. Il devrait aussi y inscrire l'histoire de la femme qui les avait hébergés, Audrey et lui, et qui avait fait irruption dans leur chambre en déshabillé de dentelle, pendant que ses jeunes enfants et son mari ivre mort dormaient à l'étage. Ce qu'ils en avaient vécu, des aventures, tout au long de leur périple ! *Dommage que ça se termine comme ça,* pensa-t-il tristement.

Au moment où il allait ramasser son portefeuille et se lever pour payer la facture, il la vit. D'un coup d'œil, il l'avait repérée dans l'entrée du restaurant, balayant la foule du regard. Audrey était venue. Avec deux heures et demie de retard, mais elle était là, voilà ce qui importait.

— Merci d'être venue…
— Je me suis endormie, je n'ai pas entendu mon téléphone, lui expliqua-t-elle.
— T'es là, c'est tout ce qui compte. Tu veux quelque chose à boire ? Une bière ? Un verre de vin ?
— Je vais prendre une limonade. J'ai bu assez d'alcool durant les derniers jours, et… je ne me sens pas très bien.

Milan fit signe à la serveuse. Celle-ci, en apercevant Audrey, afficha une mine déçue. Il commanda un verre de limonade et se prit un thé glacé. L'effet de ses trois bières commençait à se faire sentir, et il désirait garder la tête froide pour la suite.
— Audrey, j'ai… Je n'ai pas couché avec la fille que tu as vue à la soirée. Je ne l'ai même pas embrassée.

Sans avertissement, il avait plongé dans le vif du sujet.
— Milan, je l'ai vue dans ta chambre…
— Je sais que les apparences jouent contre moi, mais je te jure que je n'ai pas couché avec Maya.
— Elle s'appelle Maya ?…
— Écoute, Audrey, je… je suis désolé. Personne n'était censé se rendre compte qu'elle dormait dans ma chambre.

Il prit une grande respiration avant de lui poser la question qui lui brûlait les lèvres depuis son arrivée.

— Pourquoi tu es venue frapper à ma porte en plein milieu de la nuit ? lui demanda-t-il.

— J'avais besoin d'un renseignement, mentit-elle en détournant le regard.

Elle n'allait certainement pas lui avouer qu'elle y était allée dans le but de lui déclarer son amour, en espérant qu'il la choisisse, elle, la petite prof des écoles, à la place de la plantureuse brunette !

— Hayden Patterson…

Audrey roula les yeux.

— Hayden est un chic type qui m'a fait passer une soirée magnifique pendant que Megan flirtait avec Jordan chose et que tu étais introuvable. Il a été un parfait gentleman, et il ne s'est absolument rien passé entre nous, je te le répète.

— Je te crois. Je sais qu'il est comme ça, Hayden. C'est pour ça que quand j'ai vu qu'il avait glissé sa main au bas de ton dos et que j'ai entendu ton rire, j'ai été jaloux de ton bonheur. Tu pourrais… tu pourrais être tellement heureuse avec lui…

Audrey le toisa. Son regard rempli d'interrogations força Milan à préciser sa pensée.

— Hayden et moi, on ne s'aime pas du tout. On a, disons, une longue histoire derrière nous. Je vais te passer les détails aujourd'hui, mais je te raconterai un jour, promis.

— J'avais senti que le courant ne passait pas très bien entre vous deux…

— C'est peu dire…

La serveuse déposa les boissons fraîches devant Milan et Audrey, puis détourna le regard rapidement.

— En tout cas, quand je t'ai vue avec Hayden, vous aviez l'air de tellement bien vous entendre que je n'ai pas voulu vous interrompre.

— T'aurais dû.

— J'aurais peut-être dû, mais même si je déteste Hayden Patterson à mort, je peux reconnaître que c'est un sacré brave gars, et je n'avais pas le droit de te voler des moments de bonheur. Tu le mérites beaucoup trop, Audrey.

Sa voix avait baissé d'un ton, comme s'il venait d'affirmer cette dernière phrase sous le sceau de la confidence.

— Il n'y a pas qu'Hayden qui pourrait me donner des moments de bonheur, tu sais, Milan…

Il releva ses yeux verts pour la regarder. À cet instant, il aurait voulu se trouver à mille lieues de là, loin de ce restaurant perdu. Il aurait voulu lui dire tant de choses, mais les mots, comme toujours, restaient bloqués dans sa gorge.

— C'est pour ça que… se risqua-t-elle, ben, que tu es parti avec elle ?

Il soupira. Elle pouvait lire en lui comme dans un livre ouvert.

— Par réflexe. J'ai voulu m'enivrer et je me suis jeté sur la première fille que j'ai vue. C'était Maya. Je sais, je sais, affirma-t-il devant le soupir rempli de jugement que lui offrait Audrey, je n'aurais pas dû... Après, j'ai dansé avec elle, puis d'une chose à l'autre, on s'est retrouvés dans ma chambre. J'avais pas mal bu, Audrey...

Cette fois, elle avala distraitement une gorgée de limonade. Avait-elle réellement envie d'entendre la suite de son récit?

— Une fois dans ma chambre, soupira-t-il, elle a voulu m'embrasser, et je me suis figé. Je n'ai pas été capable d'aller plus loin. Ça ne m'était jamais arrivé. Je lui ai demandé de s'en aller, et elle m'a supplié de la laisser dormir dans ma chambre parce que ses amies étaient toutes reparties et qu'elle ne voulait pas rentrer seule. J'ai accepté. Elle avait vraiment l'air d'y tenir. Moi, pendant ce temps-là, je suis allé dormir au bord du lac. Voilà, tu sais tout maintenant.

Milan regardait partout, sauf en direction d'Audrey, incertain de la réaction qu'elle aurait face à cet aveu. Lorsqu'il sentit les doigts de sa compagne se déposer sur sa main, il cessa de respirer. Elle avait une dernière question pour lui. Le fixant droit dans les yeux, elle lui demanda:

— Pourquoi? Pourquoi tu t'es figé? Je veux dire, tu m'as raconté avoir fait bien pire ces deux dernières années. Pourquoi, là, t'as pas profité de l'occasion qui se présentait?

Milan se doutait de la réponse qu'Audrey souhaitait entendre. Elle attendait patiemment qu'il lui ouvre son cœur, qu'il lui dise la vérité, qu'il avoue que c'était son fantôme à elle qui l'avait fait reculer dans la nuit. Que c'était à cause de son amour pour elle qu'il s'était refusé à la jeune fille de 25 ans qui s'offrait à lui.

Il avala une gorgée de thé glacé. Ce qu'il aurait aimé que ce soit de la tequila ! Son cœur battait anormalement vite. Il avait chaud et il sentait la sueur perler sur son front, même si la température était idéale dans le restaurant. Milan Capello ne faisait pas les premiers pas, il ne se rendait pas vulnérable devant une fille… Il ne disait jamais « je t'aime ».

Il ferma les yeux. Et puis, il y avait sa nouvelle vie… celle qui s'ouvrait devant lui à Milan, et dont Audrey ignorait encore tout. Avait-il le droit de se lancer dans le vide et de déclarer son amour à cette femme qui en avait bavé avec les hommes ? Avait-il le droit de lui faire espérer un bonheur tranquille alors que dans un mois il la quitterait pour s'installer dans un autre pays ?

— Je ne sais pas pourquoi je me suis figé… Je… J'avais mal au cœur à cause de l'alcool et j'avais besoin de me retrouver seul.

Elle hocha la tête, semblant trouver l'explication plausible, pendant qu'il se mordait l'intérieur des joues, après avoir proféré le plus gros mensonge de sa vie.

— C'est notre dernière journée ensemble, Milan. Que dirais-tu qu'on aille faire une promenade dans le beau parc de Bologne ? Il me semble qu'un peu de nature nous ferait du bien…

Elle lui avait demandé ça candidement, comme lorsqu'on demande à son enfant ce qu'il veut manger pour son petit déjeuner. N'avait-elle pas remarqué son trouble, son hésitation à répondre ?

— Tu veux aller te promener ?

— Bah, la pluie a cessé, il fait beau, et j'ai envie que notre périple se termine sur une note agréable. Tu n'as pas envie de m'accompagner ?

N'avait-elle pas encore compris qu'il irait au bout du monde simplement pour passer quelques minutes avec elle ?

— Je vais chercher mes affaires. On se rejoint à l'entrée principale dans 10 minutes ?

Respirer le grand air avait eu un effet magique sur le moral de Milan aussi bien que sur celui d'Audrey. Comme des enfants, ils avaient admiré le paysage en prenant mille et une photos de toutes les splendeurs qui s'offraient à eux. L'eau turquoise d'un lac dont Audrey avait oublié le nom était incontestablement une des plus belles créations de la nature qu'il lui avait été donné de voir.

— T'as vu l'eau, Milan ? Elle est de la même couleur que tes yeux !

— Ah oui ? Ils doivent être brillants aujourd'hui parce que d'habitude, ils sont plus verts que bleus.

De fait, ses yeux étaient brillants, et il savait pourquoi. Il goûtait le bonheur à pleine bouche. Avec Audrey à ses côtés, en plus du soleil qui s'était mis de la partie, il n'avait besoin de rien de plus pour être heureux.

— On prend une dernière photo pour ton faux compte Facebook ?

Milan lui sourit. Devant le lac de la même couleur que ses yeux, il étira son long bras et prit quelques clichés de lui et d'Audrey. Il savait qu'elle voudrait avoir le choix, afin de pouvoir sélectionner celle où elle serait le mieux. Insatisfaite des clichés, elle courut chercher une pierre qu'elle transporta avec difficulté.

— Je vais monter là-dessus, comme ça, j'aurai moins l'air d'une naine à côté de toi !

— Est-ce que je t'ai déjà dit à quel point j'aimais ton sens de l'exagération ?

Elle lui tira la langue et grimpa sur son rocher. Lorsque les photos furent complétées, elle voulut redescendre, mais un faux pas la fit s'étaler de tout son long par terre. Quand elle se releva, son genou saignait et elle se mit à se lamenter de douleur.

— Audrey, comment t'as fait ton compte ?

— Je ne sais pas… j'ai glissé. La pierre était mouillée à cause de la pluie. Aïe, ça brûle !

— Viens, on va s'asseoir…

Il la souleva de terre aussi facilement qu'il aurait soulevé un enfant de deux ans. Dans ses bras, Audrey put sentir son odeur. Pour la première fois, elle réalisa à quel point il sentait bon. Fermant les yeux pour mieux savourer le moment, elle fit paniquer Milan qui la crut évanouie.

— Audrey ?

— Quoi ?

Il réalisa tout à coup à quel point ses craintes étaient absurdes : on ne tombait pas dans les pommes pour un genou éraflé ! Il était beaucoup trop inquiet quand il s'agissait d'elle, ça n'avait aucun sens ! Trouvant un banc qui avait été installé pour permettre aux randonneurs d'observer la nature, il y déposa Audrey, qui le gratifia d'un large sourire. Des gens qui passaient par là et qui étaient beaucoup mieux équipés qu'eux offrirent de désinfecter la plaie d'Audrey et d'y poser un pansement.

— Tu vois, Milan, même si on ne veut pas d'aventure, ça nous pourchasse en pleine nature !

Ils se mirent tous les deux à rire à gorge déployée. Audrey avait raison, jamais leur vie ne pourrait être un long fleuve tranquille !

— Tu me montres les photos ? Celles pour lesquelles j'ai failli m'estropier ?

Il lui sourit en comprenant qu'elle faisait exprès d'exagérer la situation. Leurs photos étaient toutes réussies, particulièrement celle où Audrey avait réussi à passer son bras autour des épaules de Milan grâce au rocher maléfique.

— On publie celle-là !

Milan empoigna son téléphone et inscrivit la légende sous la photo.

Dernière journée avec elle ! Quel improbable voyage !

– Avec Audrey Mercier

Audrey sourit à Milan. Toujours sur le banc, elle aurait voulu que ce moment s'éternise. Après quelques minutes, elle se risqua à lui poser une question qui lui brûlait les lèvres.
— Pourquoi Antoine Capellini comme pseudo ?
— J'ai choisi un nom au hasard…
— Tu n'as pas envie de publier sous ton vrai nom ?
— Ça ne changerait rien… Tous mes amis me suivent sous le pseudo d'Antoine.
— Je ne sais pas… Question d'authenticité ?
— Quand j'aurai quelque chose de crucial à dire à la planète, je changerai mon nom, t'inquiète, lui répondit-il en se moquant manifestement d'elle.

Ils continuaient d'observer les randonneurs qui défilaient devant eux. Certains étaient équipés comme s'ils allaient affronter le mont Everest, alors que d'autres, comme eux, plus insouciants, n'avaient apporté ni victuailles ni bouteilles d'eau. De vrais citadins !
— Audrey, pourquoi est-ce que tu as raccourci notre voyage ? On aurait pu filer doucement vers Rome au lieu de faire le trajet de six heures qu'on s'apprête à effectuer demain.

— J'ai… J'ai pris cette décision sur un coup de tête. Je pense que j'ai juste besoin de calme et de tranquillité. Je veux retrouver ma petite vie monotone, comme avant.

Le silence s'installa entre eux.

— Il faut que je t'avoue quelque chose, Audrey.

Le décor était parfait. Le lac vert turquoise en arrière-plan, les branches des arbres qui bougeaient dans le vent autour d'eux, le chant des oiseaux plus originaux les uns que les autres… Audrey retint son souffle. Allait-il vraiment plonger et lui avouer que lui aussi, il sentait cette chimie entre eux?

— Audrey, tu sais, quand tu étais avec Hayden, eh ben j'ai parlé avec le directeur général de l'AC Milan. Puis, ben… il m'a offert un poste!

Le cœur d'Audrey cessa de battre. Alors qu'elle croyait qu'il allait enfin lui démontrer de l'intérêt, il lui annonçait qu'il s'apprêtait à déménager à Milan!

— Waouh! C'est si… si soudain, s'entendit-elle souffler.

— Je sais. Il m'offre le poste d'entraîneur des gardiens de but. Et il m'a aussi demandé d'être le troisième gardien de but, pour dépanner. Tu t'en rends compte, Audrey? Je vais entraîner deux jeunes gardiens de Division 1, je vais peut-être jouer moi-même des matchs… je vais être dans la même équipe que Matteo. C'était son rêve quand il était petit!

— À… Milan, se risqua-t-elle.

— À Milan, lui répondit-il sur le même ton las qu'elle avait employé.

Audrey entreprit de se lever, mais la douleur au genou lui fit reconsidérer cette idée. Ne pas fuir et tenter de trouver une solution. Voilà l'attitude mature qu'elle devait avoir.

— J'imagine que je serai invitée officiellement à tous les matchs de l'AC Milan lorsque vous jouerez près de Paris ? dit-elle d'une voix faussement enjouée.

— Et à d'autres matchs si tu veux. J'ai droit à quelques pass et à des billets d'avion pour faire venir ma famille.

Il se garda bien de lui dire que le directeur lui avait mentionné qu'il mettrait des billets d'avion à la disposition de sa conjointe et de ses enfants quelques fois par année s'ils souhaitaient lui rendre visite. Milan n'avait pas cru bon de l'informer qu'il était célibataire, se contentant de le remercier pour cette délicate attention.

— Mais je ne fais pas partie de ta famille, Milan, se désola Audrey.

— Ne t'inquiète pas pour ça, se contenta-t-il de lui répondre.

— Tu déménages quand ?

— En août. Quand je serai chez Olivia, je vais communiquer avec Maude et avec l'entraîneur de l'UAC Paris pour mettre fin à mes contrats.

— Ça va vite…

— Oui. Je vais laisser ma voiture chez Matteo et prendre l'avion de Milan à Paris pour régler mes affaires. Par la suite, je déménagerai officiellement à Milan.

— Waouh… Je ne m'attendais pas à ça.

— Une occasion comme ça, ça ne peut pas se refuser, Audrey.

Il sentait que ses yeux picotaient et qu'elle retenait difficilement ses larmes. Nerveusement, sans savoir comment elle réagirait, il prit le risque de l'attirer vers lui et de l'enlacer tendrement.

— Je ne peux pas refuser de vivre mon rêve, Audrey… Je me fais vieux, et s'ils aiment ce que je fais, je pourrais en faire une carrière et monter dans l'organisation. C'est inespéré, à mon âge, de recevoir une offre comme ça.

Il avait chuchoté tendrement cette phrase à son oreille pendant que, lovée contre sa poitrine, elle laissait quelques larmes s'échapper.

Elle était restée longtemps contre lui, tandis qu'il lui caressait les cheveux tendrement. Il aurait tellement aimé lui dire à quel point il souhaitait qu'elle fasse partie de son rêve, de son aventure ! Mais, comme chaque fois, les mots s'étaient bloqués dans sa gorge avant qu'il puisse les exprimer. Par deux fois, il y était presque arrivé, mais il s'était ravisé à la dernière seconde de peur de se ridiculiser devant elle.

— Tu viendras me voir, Audrey ? J'ai besoin que tu me dises que tu viendras me rendre visite au moins une fois.

— Tu vas vite m'oublier, Milan…

— Jamais je ne serai capable de t'oublier…

Et le reste de sa phrase s'était fané comme une fleur qu'on n'aurait pas pris la peine d'entretenir.

Après un long moment, il s'était relevé en lui offrant son plus beau sourire. Le suivant avec peine, elle lui tendit la main afin qu'il l'aide à rentrer à l'hôtel. Prétextant qu'elle avait du mal à marcher à cause de son genou, elle garda sa main dans la sienne. C'est donc main dans la main qu'ils retournèrent à l'hôtel, dans le silence le plus complet. Arrivés près de leurs chambres respectives, Audrey dégagea sa main.

— Bonne nuit, Audrey. Désinfecte bien ta blessure…

Elle acquiesça en ouvrant lentement sa porte et en souhaitant, comme dans les films, que Milan la retienne pour l'embrasser passionnément. Comme il refermait la porte de sa propre chambre, elle lui dit :

— Eh, Milan ?

— Oui ?

— Félicitations pour ton contrat, sincèrement.

Il lui sourit avant de refermer la porte sur ses beaux yeux bruns. Il dut ensuite se faire violence pour ne pas revenir vers elle en courant et l'embrasser jusqu'à ne plus en avoir de souffle. Non, il devait contenir ses ardeurs.

23 juillet, Bologne – Naples

La route entre Bologne et Naples était magnifique. Audrey regrettait d'avoir, sous le coup de la colère, raccourci leur voyage d'une journée. Les six dernières heures de cet improbable périple allaient laisser une trace indélébile dans sa mémoire. Elle avait fait la connaissance de tant de nouvelles personnes, mais par-dessus tout, elle avait appris à mieux se connaître elle-même.

Elle avait appris à se faire confiance et à guérir enfin des méchancetés que Simon lui avait fait subir. Elle avait appris à être plus sûre d'elle et à veiller à son propre bonheur. Elle s'était fait une nouvelle amie aussi généreuse que divertissante. Et surtout, elle était tombée amoureuse, ce qui ne lui était pas arrivé depuis beaucoup trop longtemps. Elle se tourna pour admirer les cheveux bruns de Milan qui virevoltaient dans le vent pendant qu'il conduisait. Qui aurait pu prédire que Milan-je-me-la-pète allait devenir à ses yeux Milan-l'homme-parfait ? Elle réprima un sourire. Même si les circonstances avaient fait en sorte qu'elle ne puisse pas goûter à ses lèvres, elle savourait secrètement les sentiments qu'il éveillait en elle : il y avait si longtemps qu'elle ne s'était pas sentie aussi vivante !

À Paris, elle reprendrait sa routine de maman, comme si ce merveilleux voyage n'avait été qu'un rêve éveillé. Un rêve éveillé durant lequel elle avait joué à la princesse en croyant naïvement qu'elle allait trouver son prince charmant. Un rêve éveillé qui lui avait donné envie de chanter à nouveau, de redevenir une femme et d'aimer. Ses enfants avaient vu juste en la mettant au pied du mur, quand ils lui avaient offert des billets d'entrée pour le musée Capodimonte et l'aquarium de Naples. Ils savaient qu'elle en reviendrait transformée, la tête remplie de rêves.

— Audrey, on s'arrête pour manger ? J'ai vraiment besoin d'un café.

Milan la tira de ses rêveries. Ça ne faisait pourtant que deux heures qu'ils étaient partis. Audrey le soupçonnait de vouloir, lui aussi, étirer leurs derniers moments ensemble.

— Audrey, j'ai un dernier service à te demander…

Milan jouait avec sa serviette de table et paraissait nerveux.

— Tu restes combien de jours à Naples avant de prendre l'avion ?

— Trois, en comptant aujourd'hui. Pourquoi ?

— Ben… comme convenu, je vais te déposer ce soir à l'hôtel qu'Emma t'a réservé, mais demain, accepterais-tu de venir manger chez ma sœur? Je sais que ce n'est pas ce qui était convenu, qu'arrivés à Naples, on continuait chacun de son côté, mais là, elle me harcèle pour t'inviter à dîner. Si tu préfères, je lui invente une excuse, et…

— Bien sûr que je vais y aller, Milan! Ce n'est pas parce que notre voyage se termine qu'on ne peut pas rester amis! Puis en plus, si je veux avoir des billets pour les matchs de l'AC Milan, il faut qu'on reste en bons termes!

Elle lui adressa un clin d'œil avant de prendre son café pour se diriger vers la voiture. Cette fille le surprendrait toujours. Il était convaincu qu'elle allait refuser son invitation à dîner puisque plusieurs fois elle avait mentionné à quel point il était important pour elle de se retrouver toute seule à Naples, sans lui. Il lui avait bien proposé de l'accompagner au musée et à l'aquarium, mais elle s'y était opposée, arguant qu'elle devait faire ces choses toute seule, comme s'il s'agissait d'un rite de passage. Déçu, il s'était rangé à ses arguments sans la relancer. Toutefois, Olivia n'avait cessé de le texter en lui demandant de lui amener cette Audrey Mercier qui avait séduit ses deux frères. Il avait donc pris toutes les précautions possibles pour l'inviter sans lui mettre de pression, dans l'espoir avoué de passer quelques heures de plus en sa compagnie.

— J'arriverai vers 17 h, demain, ça te va? lui demanda-t-elle candidement.

— Parfait. Tu veux que je vienne te chercher à l'hôtel ?

— Non, pas la peine. Texte-moi l'adresse et je m'y rendrai.

Déjà, elle avait repris son indépendance.

Audrey

Salut, Félicia ! Alors, tout va bien ?

Sa fille était en ligne. Comme la route était longue et qu'elle était passagère, Audrey en profita pour entamer une discussion virtuelle avec Félicia.

Félicia

Moi oui, mais toi, maman, ça va ?

Audrey

Pourquoi ça n'irait pas,
ma chouette ?

Félicia

Parce que tu rentres en avion…
Ce n'était pas ça le plan, maman,
t'étais censée revenir avec Milan ! 😖

Audrey

Milan veut passer une semaine chez sa sœur, Félie ! Je n'allais pas attendre une semaine à Naples, sans compter tous les autres jours de route sur le chemin du retour, avant de vous revoir !

Félicia

Ce sont des excuses, ça…

Audrey

Des quoi ?

Félicia

Des excuses. Tu ne me dis pas tout.
Pourquoi tu ne reviens pas avec lui, hein ?

Audrey

Félicia, je rentre en avion, c'est tout.

Voyant que sa mère se fermait, l'adolescente décida de changer de sujet.

Félicia

Jake a appelé…

Audrey

Ton père ? Qu'est-ce qui se passe, il sent sa mort ? Ça doit faire un an qu'on n'a pas eu de ses nouvelles !

Félicia

C'est Tom qui lui a parlé. Il va venir à Paris pour la promotion de son nouveau film, un autre gros film important. Il nous a fait envoyer trois pass pour assister à la première, au Louxor.

Audrey

Évidemment . C'est quoi, le titre du film ?

Félicia

The Revenge of the Bad Guy…

Audrey

Ha, ha! Quel titre éloquent!

Félicia

C'est super connu, maman.

Interrompant sa discussion, elle demanda à Milan s'il avait entendu parler de ce film.

— C'est le gros projet du réalisateur Mike Thunderbird. C'est super attendu comme film. Ça sort dans une semaine, je pense. Pourquoi tu me demandes ça?

— Parce que Jake y joue un rôle et qu'il sera à Paris pour la promotion du film. On va avoir des pass, les enfants et moi, pour assister à la première.

Audrey replongea le nez dans son téléphone pour continuer sa conversation avec sa fille. Elle ne remarqua pas les mains crispées et la mâchoire tendue de Milan, qui ne voyait pas d'un bon œil le retour du grand amour d'Audrey dans sa vie.

La route avait eu raison de Milan qui, n'en pouvant plus, avait demandé à Audrey de conduire un peu. Mettant la musique à tue-tête, elle entreprit de chanter tous les classiques que la radio diffusait. La liste de Félicia était terminée depuis un bon moment, et découvrir la radio italienne avait quelque chose de dépaysant. Elle avait trouvé un poste de musique rock qui dépoussiérait tous les grands classiques anglophones des années 1970, 1980 et 1990. Comme elle avait souvent chanté ces succès du temps où elle était dans un groupe, elle connaissait toutes les paroles par cœur.

Milan regardait par la fenêtre. Dans une heure, ils arriveraient à Naples, destination de cet improbable voyage. Dans une heure, Audrey Mercier sortirait de sa vie. Son cœur se serra. Par chance, il restait le dîner du lendemain. Lorsque la radio cracha la chanson *Always*, du groupe Bon Jovi, il se retourna vivement vers elle.

— Hé ! C'est ma chanson !

— Non, lui répondit-elle, c'est MA chanson !

Audrey rigola.

— Tu ne la chantes pas ? lui demanda-t-elle.

Elle lui fit un autre de ses troublants clins d'œil.

— Devant une foule, avec un pichet de bière et des *shots*, OK, mais dans une voiture, en solo, avec une chanteuse en plus, jamais ! lui répondit-il en riant.

— Juste le refrain… allez, Milan… en souvenir de notre soirée karaoké !

Elle lui faisait les yeux doux tout en continuant de regarder la route. Chanter pour elle ? Non, il ne voulait pas. Il chantait mal et en plus, les paroles de la chanson étaient beaucoup trop compromettantes.

— Je ne chanterai pas, Audrey, arrête de me regarder comme ça !
— Voyons Milan, tu ne chantes pas, tu ne dis pas « je t'aime »... T'en as beaucoup d'autres, des restrictions ?

La réplique était sortie trop rapidement. Audrey savait qu'elle touchait là un point sensible et elle regretta immédiatement d'avoir eu le malheur de lui livrer le fond de sa pensée.
— T'as raison, Audrey. Quand il est question de sentiments, je me braque...
— Tu ne devrais pas.
— Parce que je suis beau et qu'aucune fille ne peut me résister ? Au contraire, Audrey, c'est ça qui est le plus effrayant. Je ne sais jamais si une fille veut être avec moi pour se faire remarquer ou pour ce que je suis vraiment...

Audrey baissa le volume de la radio. La réplique de Milan lui avait d'abord semblé prétentieuse, mais elle comprenait maintenant ce qu'il voulait dire. Jamais elle n'avait pensé à regarder ce côté de la médaille. Quand on est beau à faire pâlir d'envie toutes les filles, qu'est-ce qui nous dit que celles-ci nous fréquentent pour les bonnes raisons ? Et si on ouvre son cœur à une fille qui ne cherche qu'à épater la galerie en s'affichant à notre bras, on reste blessé... longtemps.
— Je comprends, mais tu es tellement plus qu'un beau mec, Milan.

Elle actionna le clignotant pour effectuer un dépassement.

— Pour que la fille m'expose comme un trophée et que moi, fou amoureux d'elle, je passe pour un con quand elle aura fini d'impressionner ses amies ? Non merci !
— Toutes les filles ne sont pas comme ça, Milan, tu devrais le savoir.

Elle avait adouci sa voix et, malgré la fatigue de la route, elle lui souriait tendrement. Il était vrai qu'elle n'aurait pas été du genre à lui faire du mal s'il avait eu le courage de lui avouer ses sentiments. Malheureusement, il était trop tard. Dans 20 minutes, il allait dire adieu à celle qui aurait pu lui apprendre à dire je t'aime.

Audrey gara la voiture près de l'entrée de l'hôtel. Elle quitta Milan pour aller s'enquérir de la disponibilité de sa chambre. Il était tard, et elle ne souhaitait qu'une chose, s'écrouler dans un lit moelleux. Carte en main, elle revint vers la voiture pour récupérer ses bagages. Ainsi, devant cet hôtel du centre-ville de Naples, elle allait devoir dire adieu à Milan Capello. Par chance, elle avait accepté l'invitation d'Olivia et elle le reverrait le lendemain. Depuis que leur périple avait débuté, le 10 juillet dernier, ils n'avaient pas passé un seul jour sans se voir. Le véritable adieu aurait donc lieu le lendemain, lorsque le repas qu'organisait Olivia se terminerait.
— Bon, c'est ici qu'on se sépare, Madame Audrey…

— Ouais, répliqua-t-elle sans grand enthousiasme.

— Tu viens toujours chez Oli demain ?

— Oui, sans faute.

— Je t'ai envoyé l'adresse pendant que tu conduisais.

— Super…

Comme deux adolescents à la fin d'un premier rendez-vous, ils éternisaient le moment inutilement. Qu'espérait-elle ? Qu'il l'embrasse fougueusement ? Qu'il lui propose de rester auprès d'elle cette nuit ? Ce n'était que dans les films que les histoires se terminaient ainsi ! Pas dans la réalité d'Audrey Mercier !

— Bon, fit-elle en jouant avec la lanière de son sac à main, je pense que c'est le moment de se dire au revoir…

La respiration de Milan s'accélérait, elle pouvait le sentir. Il regardait partout, sauf dans sa direction.

— Si tu as besoin de quoi que ce soit, tu me fais signe, OK ? T'as mon numéro de portable, et je t'ai envoyé celui d'Olivia au cas où…

— On se revoit demain soir, Milan… d'ici là, je ne pense pas pouvoir être attaquée par des malfaiteurs ni enlevée par des extraterrestres !

— Avec toutes les aventures qu'on a vécues depuis qu'on est partis de Paris, ça ne me surprendrait même pas ! s'exclama-t-il en riant.

Elle rit de bon cœur avec lui. Puis, sérieusement, elle se mit sur la pointe des pieds et l'embrassa lentement sur la joue.

— Au revoir, Milan Capello. Merci pour tout…

— Au revoir, Audrey Mercier. Merci d'avoir eu confiance en moi…

Se dégageant doucement, Audrey fit quelques pas en direction de la porte de l'hôtel, en portant ses sacs et sa petite valise. Une fois à l'intérieur, comme dans les films, elle se retourna pour constater que le grand Milan était toujours là, à l'extérieur, mains dans les poches. Elle savait qu'il n'avait qu'à dire un mot et qu'elle tomberait dans ses bras, même s'ils appartenaient à deux mondes différents et même s'il devait déménager à Milan en août. Elle valsa avec l'idée de courir le rejoindre, comme elle l'avait fait lorsque, courageusement, elle avait frappé à sa chambre chez Matteo.

Une porte les séparait, Audrey à l'intérieur de l'hôtel et Milan à l'extérieur. Comme si chacun attendait que l'autre fasse les premiers pas, ils restèrent campés à leur place respective. Lorsque le maître d'hôtel s'avança pour prendre les bagages d'Audrey, elle n'eut d'autre choix que de le suivre et de détourner ses yeux de ceux de Milan. Lorsqu'elle se retourna une ultime fois avant d'entrer dans l'ascenseur, il avait disparu dans la nuit de Naples.

24 juillet, Naples

Millie et Zack étaient trop heureux de pouvoir réveiller leur oncle Milan. Depuis leur déménagement en Italie, les deux enfants de sept et cinq ans s'ennuyaient des visites de celui qui avait eu l'habitude de les garder aussi souvent que sa sœur et son beau-frère en avaient besoin.

— Viens dans la piscine avec nous, oncle Milan...

— Oui, viens jouer, avait ajouté Zack de sa petite voix enfantine.

— OK, OK... mais laissez-moi prendre un café avant! Vous savez que j'ai fait un long voyage pour venir vous voir et que je suis arrivé tard hier...

Les enfants lui firent signe qu'ils comprenaient et ils quittèrent la chambre sous le regard amusé d'Olivia, qui tendit une tasse de café fumant à son grand frère.

— Tu me sauves la vie, Oli...

— Je n'ai pas pu les retenir... ils sont restés debout tard hier, en t'attendant, mais leurs paupières se fermaient toutes seules!

— La route a été longue...

Olivia était aussi belle que ses frères. Plus petite qu'eux, elle mesurait tout de même près de 1,70 mètre. Ses cheveux bruns, longs jusqu'aux épaules, mais trop souvent remontés en queue de cheval, lui donnaient un air juvénile, elle qui venait pourtant de célébrer son 32e anniversaire.

— T'as fait un beau voyage ? Je veux dire, j'ai vu les photos, et tu avais l'air d'être en bonne compagnie !

— Tu vas adorer Audrey, Olivia. Elle est simple, amusante, attentionnée...

— Euh... Milan Capello, si je ne te connaissais pas autant, je penserais que tu as un gros béguin pour cette Audrey !

Milan ne répondit pas, se contentant de glisser ses lèvres dans la tasse de café.

— C'est... c'est compliqué. Matteo t'a dit que l'AC Milan m'a engagé ?

— Oui, il m'a écrit hier ! C'est génial, c'est une super nouvelle ! Mes deux frères qui vont travailler pour la même équipe de foot !

— À Milan...

— Quoi, à Milan ?

— Ben, c'est loin de Paris, c'est tout.

Olivia dévisagea son frère. Jamais elle ne l'avait vu dans cet état.

— Bon, relâche-toi un peu et viens t'occuper de ton neveu et de ta nièce. Ils veulent te montrer qu'ils savent nager !

24 juillet, Naples

Instinctivement, Audrey avait cherché la présence de Milan à son réveil. Lorsqu'elle réalisa qu'elle allait passer la journée toute seule, elle se surprit à avoir le vague à l'âme. Machinalement, comme elle le faisait chaque matin, elle consulta son téléphone. Plusieurs commentaires étaient inscrits sous la belle photo qu'ils avaient prise à Bologne, juste avant qu'elle s'étale de tout son long. Le commentaire de Megan la fit sourire.

– Contente de voir que tout est revenu au beau fixe !

Pauvre Megan ! Il faudrait qu'elle lui envoie un message pour lui confier qu'au contraire, les choses étaient au point mort avec Milan. Son déménagement à Milan doublé de sa peur d'affronter ses sentiments ne laissaient aucune chance à leur histoire d'amour. Audrey allait devoir apprendre à faire taire son cœur si elle voulait continuer à profiter de leur solide amitié.

Sa messagerie lui indiqua deux messages non lus. Le premier venait encore de cette mystérieuse Bianka Valdrôme.

Milan n'est pas un gars pour toi. Reste loin de lui.

Assez ! Elle appuya furieusement sur le bouton « bloquer ». Elle n'avait pas besoin de recevoir des messages haineux d'une ex malheureuse et frustrée.

Sentant la satisfaction l'envahir, elle entreprit de lire le second message. Il venait de Jake. Elle en eut le souffle coupé.

> Salut, Audrey ! J'ai envoyé des pass pour toi et les enfants pour la première de mon film dans deux semaines, à Paris. Vous viendrez ? Quand Tom m'a dit que tu roulais jusqu'à Naples, j'étais certain qu'il blaguait ! Dans mon souvenir, tu avais déjà du mal d'aller à Lille en laissant les enfants seuls une journée ! Bref, j'ai hâte de te revoir, ça fait trop longtemps. xx

Il avait hâte de la revoir ? Ah, si elle avait pu fréquenter Milan pour lui mettre en pleine figure sa carrure de mannequin, Jake aurait ravalé ses paroles, elle en était certaine ! Immédiatement, elle mit la main sur sa bouche en constatant qu'elle venait de faire en pensée exactement ce que Milan reprochait aux femmes qui s'intéressaient à lui : l'utiliser pour faire l'envie de son entourage. Elle se jeta à la renverse sur son lit, honteuse d'avoir eu envie de se comporter comme toutes ces filles qu'il fuyait comme la peste.

> Audrey Mercier est à Museo Capodimonte de Naples
> Une étape de faite, les enfants ! Merci pour le cadeau qui est bien au-delà de ce simple billet d'entrée. xx

Milan consultait son téléphone. Facebook lui montra la photo et le commentaire d'Audrey. Il avait programmé son téléphone pour voir toutes les publications d'Audrey en premier. Il ne voulait rien manquer. Elle semblait tellement heureuse devant le musée, billet d'entrée en main, qu'il sourit. Ce qu'il aurait donné pour partager ce moment avec elle…

— Tu souris à quoi, Milan ?

— À rien…

— Tiens.

Olivia lui déposa une bière entre les mains.

— Tu as tué les enfants dans la piscine ! Ils sont tellement K.-O. que même Millie fait une sieste, ce n'est pas peu dire !

Milan éclata de son rire grave. C'est vrai qu'il s'était donné à fond dans la piscine en lançant Millie et Zack dans les airs à tour de rôle.

— Tu feras un bon papa, Milan.

— Je n'aurai pas d'enfant, Oli…

— Ne dis pas ça ! le disputa-t-elle en lui lançant gentiment un coussin. C'est juste que tu n'as pas encore rencontré la bonne fille, c'est tout…

— Même si j'avais rencontré la bonne, je ne pourrais pas avoir d'enfant…

— Ah oui ! C'est vrai, t'es infertile.

Il s'étouffa avec sa gorgée de bière. Olivia était d'une gentillesse infinie, mais elle n'avait aucun filtre, et ne faisait preuve d'aucune discrétion !

— Je ne suis pas infertile, qu'est-ce que tu dis là?

— C'est Megan qui m'a dit ça l'autre fois! Elle pensait que tu étais infertile.

— Megan? Voyons, qu'est-ce qu'elle raconte?

— Ben si tu n'es pas infertile, pourquoi tu dis que tu n'auras pas d'enfants?

— Je ne sais pas... j'ai dit ça comme ça. Tu sais, il se peut que je rencontre une fille qui a déjà des enfants... J'ai 37 ans, Olivia, ne l'oublie pas! C'est pas toutes les filles qui voudraient avoir un enfant en arrivant à 40 ans...

— Elle a combien d'enfants, Audrey?

— Quoi? C'est quoi le rapport avec Audrey?

— Elle a combien d'enfants, Audrey? répéta-t-elle aussitôt avec insistance.

— Deux... pourquoi?

— Pour rien. J'ai ma réponse.

La visite du musée n'avait pas été aussi excitante qu'espéré. En fait, Audrey se sentait affreusement seule et elle n'avait qu'une seule envie: que l'horloge lui indique 17 h afin de pouvoir rejoindre Milan chez sa sœur. En attendant, elle s'installa dans un petit café et entreprit de faire un *selfie*, mais sans succès, ses bras étaient trop courts pour que le résultat soit intéressant. Elle effaça donc toutes les photos, puis tomba sur les dernières qu'elle avait prises avec Milan. Son cœur s'emballa de nouveau. Elle allait devoir tenter quelque chose, sa santé mentale en dépendait.

Milan ne cessait d'ouvrir et de fermer les rideaux de la salle de séjour.

— Oncle Milan, qu'est-ce que tu regardes dehors ?

— J'attends mon amie, Millie. Tu sais, Audrey, avec qui j'ai voyagé ? Elle va venir vous rencontrer, et j'ai très hâte qu'elle arrive.

— Est-ce que c'est ton amoureuse ?

Cette petite était aussi directe que sa mère !

— Non, Millie. Audrey n'est pas mon amoureuse.

— Elle n'est pas assez jolie ?

— Voyons, Millie ! intervint Olivia avec véhémence.

— Laisse-la faire, Oli ! Audrey est très jolie, si tu veux savoir.

— Donc, elle n'est pas gentille ? continua la fillette.

— C'est la plus gentille de toutes, répondit patiemment Milan.

— Mais pourquoi, alors, ce n'est pas ton amoureuse ?

— Parce qu'oncle Milan a peur de l'amour, Millie ! le taquina gentiment Olivia.

— T'as peur de l'amour ? reprit la petite, incrédule.

— N'écoute pas ta mère, Millie, elle dit juste un paquet de sottises...

Olivia lui tira la langue, et Milan répliqua par une grimace, exactement comme lorsqu'ils étaient plus jeunes! Combien de fois Milan avait-il agacé sa jeune sœur en nommant ses soupirants durant un repas de famille? La revanche était douce au cœur d'Olivia!

La sonnerie de la porte se fit entendre. Milan, qui aidait Jason à régler un problème avec le barbecue, n'entendit pas le carillon. Zack, qui se tenait prêt, bouscula Millie pour arriver le premier. Lorsque le petit bout d'homme ouvrit la porte à Audrey dans sa jolie robe rose pâle, Olivia comprit instantanément pourquoi Milan était si troublé depuis son arrivée.

— Tu dois être Zack, je suppose, et toi, tu es Millie, c'est bien ça?

Les enfants scrutèrent la visiteuse avec attention. Zack, intimidé, se faufila derrière Millie.

— Oncle Milan... ton amie qui n'est pas ton amoureuse est arrivée! cria la fillette à pleins poumons.

Olivia, qui se tenait un peu plus loin, réprimanda Millie en lui lançant un regard noir. Devant le rire amusé d'Audrey, elle se détendit.

— Je suis désolée... Audrey, c'est ça? lui demanda-t-elle en lui serrant la main.

— Exact, et tu dois être Olivia? compléta Audrey.

Les deux femmes s'observèrent dans l'entrée de la maison. Olivia était émue de rencontrer, pour une rare fois, une fille qui touchait autant le cœur de son frère aîné. Audrey, quant à elle, observa le visage de la jeune femme, très semblable aux nombreuses photos d'elle que Milan lui avait montrées.

— Tenez, je vous ai apporté chacun un livre, dit-elle aux enfants. Ça n'a pas été facile d'en dénicher en français, mais j'ai réussi à trouver une petite librairie où il y en avait une section. J'espère que vous les aimerez!

— On ne peut pas chasser la prof de l'école, hein?

Milan venait de faire son apparition. Les mains dans les poches, il affichait son éternel sourire mi-séducteur, mi-enjoué. Ses yeux verts étaient encore plus brillants que dans les souvenirs d'Audrey. Son cœur battait à tout rompre, et elle n'avait qu'une seule envie: se jeter dans ses bras. Pourtant, elle resta figée sur place, comme si ses pieds étaient pris dans un immense bloc de béton. C'est Millie qui brisa la magie du moment.

— Viens que je te montre ma chambre.

Elle avait pris la main d'Audrey pour l'entraîner au second étage. Impuissante, cette dernière leva les épaules en direction de Milan et d'Olivia pour signifier qu'elle n'avait d'autre choix que de suivre la petite, si déterminée à lui montrer son petit coin de paradis.

— Ne la laisse pas partir, celle-là, glissa Olivia à son frère en sortant rejoindre son mari à l'extérieur.

— Tu sais pourquoi je m'appelle Millie, Audrey?

— Oh non, Millie, je suis certain qu'Audrey n'a pas envie d'entendre cette histoire-là, répliqua rapidement Milan.

— Au contraire, s'amusa l'invitée, je suis impatiente de la connaître!

Sur la terrasse extérieure, le repas allait bon train. Jason avait préparé des brochettes de poulet, et Olivia avait servi une salade verte et du riz. Si un passant avait fait irruption parmi eux, il aurait pu jurer qu'il s'agissait d'une réunion de famille tant Audrey s'intégrait bien parmi ses hôtes. Discutant d'éducation avec Olivia, d'émissions jeunesse avec les enfants et de football avec Milan et Jason, Audrey se sentait parfaitement à son aise dans cette belle et grande famille.

— Je m'appelle Millie en l'honneur d'oncle Milan, avait fièrement claironné la petite fille.

— Ah oui? s'étonna Audrey. Et qu'est-ce qui lui a valu cet honneur?

Reprenant son air sérieux, la fillette déposa sa fourchette. Maintenant qu'elle avait capté l'attention d'Audrey, elle voulait livrer l'anecdote aussi bien que possible.

— Quand je suis née, mon père n'était pas là, débuta la jeune fille.

— J'étais en réunion, précisa-t-il. Olivia devait accoucher, quoi, un mois plus tard?

— Cinq semaines, précisa la femme.

— J'avais fermé mon portable, expliqua-t-il. Je ne pouvais pas me douter que le bébé viendrait au monde si rapidement, c'était notre premier…

— Hé ! C'est moi qui raconte mon histoire, le gronda Millie.

— On t'écoute, ma puce, lui dit doucement Olivia.

— Donc, mon père ne répondait pas au téléphone et ma mère avait des constructions.

— Des contractions, chérie, reprit affectueusement Olivia.

— C'est ça, des constractions. Et là, elle ne se sentait pas bien. Alors, elle a appelé oncle Milan.

— On ne restait pas loin l'un de l'autre à cette époque, précisa Milan.

— Oncle Milan est arrivé et il m'a aidée à naître… dans les toilettes !

Audrey porta la main à sa bouche.

— Dans les toilettes ? reprit-elle, incrédule.

— Dans la salle de bain, précisa Milan.

— C'est oncle Milan qui m'a mise au monde. Alors, ma mère m'a appelée Millie, parce que tu sais, MilanE, avec un *e*, ce n'était pas très beau…

Audrey retint un fou rire. Consultant du regard les adultes autour de la table, elle constata que l'histoire, bien que rocambolesque, était véridique.

— Attends, Milan, tu as vraiment aidé ta sœur à accoucher dans la salle de bain ?

— Il m'a sauvé la vie, Audrey. Quand il est arrivé, j'étais en ligne avec le 112 et j'étais à deux doigts de perdre connaissance. J'avais perdu beaucoup de sang…

— Je n'ai fait que ce que le type me disait de faire au bout du fil, précisa Milan, mal à l'aise d'être l'objet de toute cette attention.

— Il est trop modeste. Il a littéralement sorti Millie de mon ventre, ajouta Olivia.

— J'étais bleue, ajouta la petite, contente de constater que l'histoire de sa naissance faisait toujours le même effet aux visiteurs.

Audrey, admirative, scruta Milan qui ébouriffait les cheveux de Millie.

— C'est mon parrain aussi…

— Moi, c'est Matteo, mon parrain, mais il ne m'a pas accouché, compléta Zack la bouche pleine de riz.

La tablée d'adultes se mit à rire de la remarque du petit dernier. Audrey, pour sa part, était en admiration devant Milan qui masquait mal sa gêne.

— Audrey, tu vas revenir nous voir ?

Quand Olivia leur avait signifié qu'il était l'heure d'aller au lit, Millie et Zack avaient protesté de toutes leurs forces. Ils recevaient une invitée spéciale et ils voulaient veiller tard.

Olivia leur avait accordé une demi-heure supplémentaire, ce qui avait fait la joie des petits. Audrey s'était pliée à leurs quatre volontés, jouant tantôt aux petites voitures, tantôt à la corde à sauter. Malgré sa superbe robe rose pâle hors de prix, elle ne s'était pas fait prier pour mettre les genoux par terre et se placer à la hauteur des petits.

— Ça se voit que tu as des enfants. Les miens t'adorent ! Millie, Zack, allez vous brosser les dents, on va au dodo dans cinq minutes !

— Mais maman… protestèrent-ils en chœur.

— Pas de « mais maman ». Il est beaucoup plus tard que votre heure habituelle !

— Est-ce qu'Audrey peut venir nous border avec toi ? demanda Zack gentiment, avec ses grands yeux verts qui rappelaient ceux de Milan.

— Vous m'appellerez quand vous serez prêts, d'accord ? proposa Audrey.

Olivia était apparue dans le salon tandis que Milan et Jason s'occupaient de ramasser les plats.

— Ils ont quel âge, tes enfants ?

— Félicia a 18 ans, presque 19, et Thomas a eu 20 ans cette année… Profites-en, Olivia, ça passe beaucoup trop vite !

— Attends… tu as des enfants si vieux que ça ? Tu as quel âge ?

— Ha, ha ! Tu as la même réaction que Matteo ! Ça se voit que vous êtes de la même famille ! Je viens d'avoir 40 ans, d'où le voyage à Naples, cadeau de mes enfants.

Olivia recula, son torchon toujours dans les mains.

— Waouh, tu ne fais pas ton âge! Mon frère, il... il le sait que tu as 40 ans?

— Euh... oui, pourquoi je lui cacherais ça?

— Pour rien. En fait, c'est parce que je ne l'ai jamais vu avec une fille de plus de 28 ans, alors...

— On n'est pas ensemble non plus, Olivia! lui répondit Audrey en lui décochant un clin d'œil.

— Mais toi, Audrey? Tu aimerais bien être avec lui, est-ce que je me trompe?

Olivia était directe. Son visage appelait à la confidence, et comme Audrey devait rentrer à Paris sous peu, elle n'avait plus rien à perdre.

— C'est... compliqué, Olivia. Milan est tellement... Trop!

— Trop?

— Trop beau, trop gentil, trop parfait. Je ne suis pas son genre de fille, comme tu l'as remarqué!

— Mon frère a changé, Audrey. Je le vois à la façon dont il te regarde. Il n'a jamais regardé une fille comme ça.

— Tu me fais rire! Megan m'a dit la même chose, sauf que moi, je ne vois rien de tout ça.

— Attends, tu connais Megan? Megan Wilson?

— Eh oui! C'est une longue histoire. On l'a rencontrée à Nice. La robe, c'est d'ailleurs un cadeau qu'elle m'a fait.

— Audrey, tu dis que Megan Wilson t'a fait un cadeau?

Olivia la regardait, la bouche entrouverte, comme si elle avait du mal à croire ce qu'Audrey venait de lui révéler

— Oui, qu'est-ce qu'il y a ?

— OK. Tu dois être une sorcière, parce que Megan est toujours une garce absolue avec les conquêtes ou les petites amies potentielles de Matteo et de Milan… c'est comme notre sœur, mais un peu trop protectrice !

Audrey éclata de rire. Une sorcière ! Elle aurait beaucoup mieux aimé être comparée à une fée ou à un elfe !

— Elle l'a été au début, je te jure ! s'exclama Audrey.

— Le contraire m'aurait surprise ! Mais que tu aies réussi à l'amadouer, alors là, chapeau, Audrey, tu as accompli un sacré exploit !

Audrey et Olivia éclatèrent de rire. La sœur de Milan s'approcha d'Audrey de façon à s'assurer que les hommes, qui étaient pourtant à l'extérieur, ne puissent pas les entendre.

— Tu lui as dit, à mon frère, qu'il t'attirait ?

— La seule fois où j'avais trouvé le courage de le faire, après avoir presque vidé le bar, je me suis retrouvée nez à nez à une splendide brunette qui portait son t-shirt, dans sa chambre, déclara Audrey sous le sceau de la confidence.

— Putain qu'il est con !

Le juron était parti tout seul. Olivia ne disait jamais de gros mots, contrairement à Matteo et à Milan, mais cette fois, ce fut plus fort qu'elle.

— Attends, Olivia, c'était un malentendu. Mais ça m'a enlevé l'envie de recommencer. Je le vois bien que je ne suis pas de son calibre !

— Audrey…

— En tout cas, ça ne donnera rien. Milan n'a jamais dit aux filles qu'il a fréquentées qu'il les aimait. Moi, je ne pourrais jamais vivre comme ça…

— Milan paraît froid, mais c'est tout le contraire. Laisse-lui sa chance, tu ne le regretteras pas.

— Ce qui est sûr, c'est que je suis heureuse d'avoir appris à le connaître. Une chance que tu avais oublié des affaires à Paris! S'il n'avait pas eu à te les apporter, on ne se serait jamais connus aussi bien.

— De quoi tu parles, Audrey? lui demanda Olivia, songeuse.

— Ben, des affaires que tu voulais que Milan te rapporte. C'est pour ça qu'il est ici, non?

— Je n'ai jamais demandé à Milan de me rapporter quoi que ce soit de Paris…

— Maaammaaann! Auudddrrreeyyy! On est prêts!

Audrey était sans mot. Devant le sourire amusé d'Olivia, elle se figea en pensant à toutes les entourloupettes que Milan avait inventées pour pouvoir voyager avec elle. Puis, en entendant les enfants hurler une seconde fois, elle suivit Olivia docilement jusqu'à leur chambre.

Lorsque les filles redescendirent, Jason avait sorti le digestif. Il servit un verre à Audrey, qui y trempa les lèvres.

— Tu repars quand à Paris? s'informa Jason.

— Dans deux jours. Je dois aller à l'aquarium demain, puis, le jour suivant, je prends l'avion pour Paris.

— À l'aquarium ? Il me semble qu'il y a des choses plus intéressantes à faire à Naples, hein, mon amour ?

— Jason, reprit Olivia, si elle veut voir des poissons, laisse-la faire !

— En fait, c'est symbolique, reprit Audrey. Mes enfants m'ont donné un billet d'entrée pour l'aquarium de Naples pour mon quarantième anniversaire. C'était en quelque sorte pour m'obliger à aller à Naples, moi qui en avais toujours rêvé et qui n'avais jamais osé partir.

— Ils sont brillants, tes enfants ! Ils ont quel âge ? Leur père n'est pas venu avec toi ? questionna Jason.

Milan se racla la gorge. Il aimait bien son beau-frère, mais force était d'admettre que parfois, il n'était vraiment pas une lumière !

— Le père de mes enfants est américain. C'est un acteur, donc il n'est pas très présent dans nos vies depuis plusieurs années…

— Il joue dans quoi ? voulut savoir Jason.

— Il sera la vedette du film *The Revenge of the Bad Guy*…

— Sérieux ? Le père de tes enfants, c'est Jake Vanderwall ? s'étouffa Olivia.

Timidement, Audrey répondit par l'affirmative. Milan se recula sur sa chaise. Jamais il n'avait pensé à demander à Audrey le nom de famille du père de ses enfants. Il était demeuré convaincu que son Jake était un acteur paumé, pas

LE Jake Vanderwall célèbre pour ses cascades dans des films à gros budget.

— Et tu t'es séparée de Jake Vanderwall? reprit Jason, incrédule.

— Jason, il les a abandonnés, précisa Milan, ce qui changea le ton de la discussion.

— Ça va, Milan. Beaucoup d'eau a coulé sous les ponts depuis. Ça ne fait que quelques années que Jake est, disons... plus célèbre. Avant, il enchaînait les rôles de figurant et il avait du mal à joindre les deux bouts.

— En tout cas, plus maintenant! reprit Jason. Il doit être millionnaire!

— Millionnaire ou pas, il n'aide ni Audrey ni ses enfants financièrement, alors selon moi, il ne vaut pas grand-chose, se fâcha Milan.

— Milan, les arrangements entre Jake, moi et les enfants, ça ne regarde que nous, déclara Audrey un peu plus sèchement qu'elle ne l'aurait voulu.

La dernière réplique avait jeté un froid entre les adultes.

— N'empêche, continua Olivia qui voulait venir à la rescousse de son frère, Jake Vanderwall ne mentionne jamais qu'il a des enfants, du moins, pas dans la presse people...

— Pour sa carrière, reprit Audrey, il était plus logique que Jake affirme à la presse qu'il était célibataire et sans enfant. Au début, j'avoue que ça ne me faisait pas plaisir, mais je suis passée à autre chose depuis longtemps! Les enfants ont trouvé ça plus difficile, surtout Félicia. On a tous fini par s'en remettre. Je suis capable de me réjouir de son succès maintenant. Je l'ai même félicité lors de son mariage…

— … avec Maggie Thomson ! la coupa Olivia, avide de potins.

— En effet ! Mais ils ne sont plus ensemble, Olivia, chut ! lui confia Audrey.

— Alors, il va venir essayer de te reconquérir ? blagua Jason, toujours inconscient de l'attirance de son beau-frère pour la belle Audrey.

— Je ne pense pas, non, se contenta de protester Audrey. Jake et moi, on est en bons termes, mais sans plus.

— Non, mais sérieux, Audrey… t'es une belle fille, et lui, c'est une star de cinéma ! Vous avez quoi, un, deux jeunes enfants ? se risqua-t-il.

— Deux enfants déjà adultes, Jason. Où veux-tu en venir ? s'impatienta Milan devant l'insistance de son beau-frère.

Jason avait bu beaucoup plus qu'à l'habitude. D'ordinaire réservé, il ne voyait pas que la discussion mettait tout le monde mal à l'aise.

— Peu importe l'âge de tes enfants, tu les as quand même eus avec lui. Avec Jake Vanderwall !

— Si tu savais, Jason, à quel point je me fous de Jake !

— Eh ben…

Il vida son verre et s'apprêta à s'en servir un autre. Olivia s'interposa.

— Quoi ? protesta-t-il en reprenant la bouteille.

— T'as assez bu, chéri…

Docilement, il remit la bouteille à sa place et se versa un verre d'eau. Pendant ce temps, Milan fixait Audrey. Elle avait été claire, elle se foutait de Jake.

Il se faisait tard, et Audrey entreprit de ramasser ses affaires. Elle avait appelé un taxi qui ne tarderait pas à arriver.

— T'es certaine que tu ne veux pas que je te reconduise, Audrey? demanda Milan dans un ultime effort pour la convaincre.

— Tu as pas mal bu, Milan. Ce serait bête de conduire…

— Je suis *clean*, je te jure…

— Je ne veux pas courir de risque. Le taxi est appelé de toute façon.

Audrey embrassa Jason en lui promettant de lui faire parvenir un autographe de Jake. Olivia et Audrey se firent une longue accolade et se promirent de s'écrire afin de rester en contact. Quant à Milan, il se tenait à l'écart, à l'arrière-plan. Comprenant que le moment était important pour lui, Olivia entraîna Jason vers leur chambre. Celui-ci protesta un peu, inquiet de s'assurer que le taxi d'Audrey la prenne sans encombre, mais il finit par se laisser guider par sa femme.

— Bon. Ça y est. C'est… c'est vraiment la fin, commença Audrey.

Milan s'avança vers elle. Ses yeux, dans la pénombre, ressemblaient à ceux d'un chat.

— Tu me promets de me donner des nouvelles quand tu seras à Paris ? lui demanda-t-il doucement.

— Promis. Tu viendras me voir avant de déménager à Milan ?

— Promis.

— Milan ?

— Oui ?

— Olivia m'a dit que… que tu n'avais rien à lui rapporter de Paris.

Milan baissa les yeux, comme un enfant pris en faute.

— J'avais prévu de venir les voir en avion, elle, Jason et les enfants, se défendit-il. Mais l'occasion de partager la route avec toi était trop belle pour que je la laisse passer…

La bouche d'Audrey était sèche. Paradoxalement, ses mains étaient moites. L'eau ne se distribuait pas également dans le corps lorsqu'on devenait nerveux ? Les deux adultes étaient debout, l'un devant l'autre, sans bouger, exactement comme la veille à l'hôtel. Milan rompit le silence. Il prit la main délicate d'Audrey dans la sienne.

— Audrey… je…

Le bruit du klaxon du taxi l'interrompit.

— Le taxi attendra, Milan. Dis ce que tu as à dire…

Audrey ne détachait pas ses yeux des siens.

— Reste. Reste avec moi, Audrey… s'il te plaît. Ne pars pas.

Sa demande était toute simple, mais il l'avait prononcée comme si elle avait une importance capitale à ses yeux.

— Donne-moi une bonne raison de rester, Milan, et je vais le faire…

Elle avait soufflé ces mots comme si sa vie en dépendait.

— Audrey…

Les mots se bloquèrent encore une fois dans sa gorge. Il savait que c'était sa dernière chance. Après, elle disparaîtrait, et il ne la reverrait que dans de rares occasions.

— Audrey… tu le sais bien…

Il ferma les yeux, incapable de poursuivre. Il peinait à rassembler ses idées, à construire une phrase à la hauteur des sentiments qu'elle lui inspirait.

— Non, justement, je ne le sais pas, Milan.

Il inspira profondément. Le coup de klaxon beaucoup trop fort et trop long indiqua que le taxi en avait assez d'attendre. Milan ferma les yeux. Il embrassa Audrey doucement sur le front, à la naissance de ses cheveux.

— Prends soin de toi, Audrey.

Il lui lâcha la main et se retourna pour regagner sa chambre, la laissant sur le pas de la porte, en train d'essuyer une autre larme qu'avait provoquée le beau Milan Capello.

25 juillet, Naples

L'humidité du matelas avait réveillé Milan. N'ouvrant qu'un œil, il se rendit compte que le sac de glace qu'il avait apposé sur sa main avait fondu durant la nuit. Mal à l'aise, il se leva en poussant les draps mouillés vers la droite. Au loin, le babillage des enfants lui fit prendre conscience qu'il était probablement l'heure de se lever. Attrapant son téléphone, il sursauta en lisant l'heure inscrite en gros chiffres : il était déjà midi.

La veille, après ses adieux à Audrey, il s'était retourné comme un lâche, laissant la femme sans mot sur le seuil. Lorsqu'il fut certain qu'elle était montée dans le taxi, il s'était accordé le droit d'exprimer toute sa rage et sa colère. Quel pauvre type il faisait ! Incapable de faire face à ses sentiments, incapable de faire confiance à la vie ! Ce n'était pourtant pas si difficile !

Frappant sans retenue dans le mur du couloir, il avait fini par alerter Jason et Olivia. Devant l'étendue des dégâts, tant dans le mur que sur les jointures ensanglantées de son frère, Olivia avait convaincu Jason de retourner au lit en lui disant qu'elle s'occupait de la situation et que Milan réparerait le mur le lendemain.

— Milan, arrête, tu vas te blesser… Tu ne régleras rien en frappant le mur comme ça !

Comme le faisait Zack lorsqu'il se réveillait terrifié après avoir fait un cauchemar, Milan se laissa glisser le long du mur pour s'écraser dans les bras réconfortants de sa sœur.

— Je suis con…

— Tu n'es pas con, Milan, tu as peur, ce n'est pas la même chose.

— J'ai peur du bonheur, ça, c'est con, poursuivit-il, toujours lové dans les bras rassurants d'Olivia.

Après avoir réussi à le calmer, elle lui avait préparé une serviette remplie de glace pour apaiser ses jointures enflées, de même qu'un verre d'eau et un somnifère.

— Prends ça et va te coucher, Milan. Tu ne régleras rien dans cet état, lui avait-elle répété.

Obéissant, il avait pris le cachet et s'était allongé en pensant à ce qu'aurait pu être sa vie s'il avait eu le courage de retenir Audrey.

Milan sortit de la chambre comme s'il avait passé la nuit sans fermer l'œil. Le somnifère d'Olivia l'avait assommé et, malgré sa peine et sa douleur, il avait dormi longtemps d'un sommeil profond, ce qui était inhabituel dans son cas. Passant devant le mur enfoncé, il se promit de réparer les dégâts dès qu'il aurait terminé son premier café.

— Tu veux qu'on en parle ? lui avait demandé Olivia qui s'affairait à préparer le déjeuner pour les enfants.

— Il n'y a rien à dire. Je réparerai ton mur tout à l'heure.

— Laisse tomber le mur. Au contraire, moi, je pense qu'il y a plein de choses à dire…

Olivia était une vraie mère dans l'âme. Quand son père était décédé et que sa mère s'était enfuie en Martinique, elle était restée droite et présente pour ses deux frères. Milan et Matteo avaient bénéficié quelques fois de ses conseils avisés, même si, en fin de compte, ils finissaient toujours par en faire à leur tête.

Lui préparant une tasse de café, elle l'invita à s'asseoir au comptoir. Le repas était presque prêt et, dans quelques instants, deux petites bêtes affamées allaient déranger leur quiétude. Milan fixait le vide de ses beaux yeux verts. Aujourd'hui, ils étaient vert foncé, comme s'ils étaient remplis du désarroi qu'il ressentait à l'intérieur de lui.

— Habituellement, je les regarde, je leur souris, et c'est terminé. Je n'ai rien d'autre à faire, avait débuté calmement Milan.

Olivia n'osa pas commenter. Depuis le temps qu'elle servait de confidente à son frère, elle avait appris à ne pas le juger et à le laisser parler de la façon qu'il souhaitait.

— Je n'ai besoin de rien dire, de rien faire. Quand je veux une fille, je l'ai. Mais avec elle, ce n'est pas comme ça…

Olivia l'écoutait attentivement.

— Elle n'est pas tombée dans tes bras comme les autres ?

— Je n'ai même pas essayé, Oli ! C'est comme si... comme si elle était trop précieuse et que j'avais peur de manquer mon coup.

Toujours aussi las, il prit une gorgée du liquide ambré.

— Je n'y arrive pas. Je ne peux pas être à la hauteur de ce qu'elle souhaite...

— Milan, l'amour, ça comporte une part de risque. Parfois on perd, parfois on gagne. Tu préfères la perdre que de risquer d'être heureux avec elle ?

— Je sais qu'elle mérite mieux que moi...

— ... et moi, je sais qu'il n'y a pas mieux que toi.

Olivia caressa la main de Milan. Lorsqu'ils entendirent entrer les enfants en trombe dans la cuisine, Olivia se dégagea pour servir ses petits amours.

— Qu'est-ce que tu as, oncle Milan ? Tu as l'air triste !

— Je suis juste un peu fatigué, Millie, répondit-il d'une voix faussement enjouée. Je vais prendre l'air dehors. Finissez de manger, et après, je vais me baigner avec vous.

— Youpi ! cria Zack en s'empressant de commencer son plat de macaronis.

Olivia chuchota qu'il n'était pas obligé.

— Il faut que je me change les idées, Oli, sinon, je vais devenir fou.

25 juillet, Naples

Assis sur la terrasse, Milan contemplait la nature. Dans quelques jours, il repartirait, seul, pour Milan, puis pour Paris afin de faire ses cartons. Il devrait aussi aviser Maude et l'entraîneur de l'UAC Paris qu'il ne reviendrait pas parmi eux en septembre. Préparer son déménagement pour Milan allait sûrement occuper complètement son esprit, laissant peu de place au souvenir d'Audrey.

À Milan, il se promit de refaire les 400 coups. Avec Matteo, ils allaient pouvoir séduire toutes les jeunes groupies, et ce, sans conséquence. Aimer sans véritablement aimer. Ça faisait beaucoup moins mal que de tenter d'ouvrir son cœur et de se trouver une compagne stable. Il se dit qu'il n'était peut-être pas fait pour cette vie, celle d'un homme rangé, avec femme et enfants. Sa vie serait ponctuée d'aventures, de fêtes et de filles plus jolies les unes que les autres. À ces pensées, il soupira. Pourquoi ce nouveau plan ne l'enchantait-il pas ? Il se maudissait d'avoir accepté de voyager avec Audrey Mercier et d'avoir cru qu'un type comme lui pouvait changer au contact d'une femme aussi exceptionnelle qu'elle.

La vibration de son téléphone le tira de ses pensées. Il avait oublié qu'il avait programmé l'appareil pour être averti de toutes les nouvelles publications d'Audrey. Il allait devoir désactiver ce filtre, et peut-être même la supprimer de sa liste d'amis.

Curieux, il se risqua à consulter sa publication. La photo montrait un gros plan du billet d'admission, de même qu'un long message écrit par Audrey.

> Audrey Mercier est à Aquarium de Naples
>
> Voilà ! C'est fait ! Merci @FeliciaMercier et @ ThomasMercier de m'avoir offert ce merveilleux cadeau. Plus qu'un simple billet, vous m'avez offert, sans le savoir, le voyage d'une vie ! J'y ai rencontré des gens merveilleux, j'ai vécu des péripéties inavouables et j'ai passé des moments qui resteront pour toujours gravés dans mon cœur. @MeganWilson, merci pour ton amitié sincère dans des moments pas toujours faciles ! @MatteoCapello et @OliviaCapello, merci pour votre accueil chaleureux, mon appart vous sera toujours ouvert si vous passez par Paris. Et à toi, @AntoineCapellini, mon partenaire de voyage parfait, mon âme sœur secrète, je te souhaite le bonheur que tu mérites, là où la vie te mènera.

Milan repoussa le téléphone sur la table de la terrasse. Les mains dans le visage, il se repassait le message laissé par Audrey. *Son âme sœur secrète.* Ça définissait bien leur relation.

— Oncle Milan ? Elle est où, Audrey ?

Millie avait échappé à la vigilance d'Olivia qui leur avait pourtant fait promettre de ne pas déranger Milan, prétextant qu'il ne se sentait pas bien.

— Elle est partie, Millie.

— Pourquoi oncle Matteo et toi, vous ne voulez jamais qu'on appelle *tante* les madames que vous amenez aux repas de famille ?

Milan se raidit. Ainsi, la petite Millie, du haut de ses sept ans, avait entrepris de le psychanalyser !

— Parce que pour qu'une fille devienne ta tante, elle doit être notre amoureuse…

— Mais vous avez toujours des amoureuses différentes ! C'est perturbant…

— C'est pour ça qu'on ne veut pas que vous les appeliez *tante*.

— Mais Audrey, moi, j'aurais bien aimé ça, l'appeler tante Audrey…

— Je sais… moi aussi, j'aurais bien aimé, souffla-t-il pour lui-même.

Au même moment, Olivia fit irruption auprès d'eux.

— Millie ! Je t'ai déjà dit de laisser Milan tranquille !

— Laisse, Oli, elle ne fait rien de mal.

— Je t'aime, oncle Milan.

La petite lui posa un baiser sur la joue, puis obéit à sa mère en entrant dans la maison. Ironique tout de même comme situation ! Une petite fille de 7 ans était capable de lui dire qu'elle l'aimait, alors que lui, à 37 ans, n'arrivait pas à aligner ces trois mots !

— Milan, tu as lu le message d'Audrey?

— Ouais…

— Et les commentaires?

Intrigué, il reprit son téléphone tandis que sa sœur regagnait la maison, espérant empêcher ses petites tornades d'assaillir Milan encore une fois.

Emma avait été la première à commenter la publication d'Audrey.

— Tu le mérites, ma belle! Hâte d'en savoir plus sur toutes ces «péripéties»!

Puis, Félicia, Thomas, Megan et d'autres amis avaient complété les commentaires.

— Je suis tellement contente maman!

— Tant mieux si notre cadeau t'a plu. ☺

— T'as intérêt à ramener une belle prise de l'aquarium, si tu vois ce que je veux dire ☺, avait inscrit Megan.

— Les voyages forment la jeunesse, qu'ils disent! Tu rajeunis à vue d'œil!

— Quelle belle façon de voyager!

Jusqu'ici, il ne comprenait pas pourquoi Olivia lui avait demandé de lire les commentaires sous la photo. Lorsqu'il déroula le fil de messages, il sourcilla en lisant celui de la fameuse star et ex-compagnon d'Audrey, Jake Vanderwall.

— Waouh, j'ai hâte de voir la nouvelle Audrey. Je serai à Paris bientôt, on se fait une bouffe et tu me racontes ?

Audrey avait apposé un cœur à côté de ce commentaire, indiquant ainsi qu'elle était d'accord avec la proposition de Jake. Un ex-copain dans le décor, ce n'était jamais agréable, mais considérant qu'ils avaient eu deux enfants ensemble, Milan comprenait parfaitement le lien qui les unissait. Toutefois, lorsque ses yeux se posèrent sur le commentaire d'Hayden Patterson, son cœur stoppa net. Ainsi, même si elle jurait qu'il ne s'était rien passé entre eux, elle l'avait accepté comme ami Facebook, et en plus, il se permettait de commenter sa publication de manière… très personnelle !

— Heureux pour toi, Audrey ! Habitue-toi aux voyages, car je vais t'inviter souvent à Milan ! J'ai vraiment envie de passer plus de temps avec toi et de te connaître davantage 🖤 ✈️.

La mention disait que le message avait été traduit. Disait-il la même chose en anglais ? Après une rapide consultation du message original, il constata qu'Hayden lui avait écrit la même chose dans les deux langues. Hayden Patterson voulait Audrey dans sa vie et, contrairement à lui, il n'avait pas peur de l'exprimer haut et fort sur les réseaux sociaux.

Brusquement, il se leva, monta dans sa chambre et prit les clés de sa voiture. Avant de passer la porte, devant le regard d'incompréhension d'Olivia et des enfants, il s'adressa à eux.

— J'ai quelque chose d'important à faire. Je reviendrai m'amuser dans l'eau avec vous ce soir, et on fera même du camping dans le jardin, promis.

Et il claqua la porte, laissant Olivia, Millie et Zack interdits.

Audrey amorça la dernière étape de sa visite. Les poissons, plus colorés les uns que les autres, lui offrirent un spectacle ahurissant. Son téléphone ne cessait de vibrer, probablement les nombreuses réactions à son texte émouvant, pensa-t-elle. Elle avait pesé chacun des mots qu'elle avait écrits, afin que ses amis virtuels comprennent à quel point ce voyage avait changé sa vie. Demain, elle reprendrait l'avion vers Paris, le cœur encore lourd d'avoir perdu Milan, mais la tête remplie de projets et d'une confiance nouvelle. Elle recommencerait à chanter, prendrait du temps pour elle et qui sait, peut-être répondrait-elle à l'invitation d'Hayden, ce brave gars que tout le monde vantait. Sortir avec le capitaine de l'AC Milan, après avoir porté les deux enfants de la star hollywoodienne de l'heure, ça sonnait bien sur un CV, non? Elle rit pour elle-même. Depuis quand se préoccupait-elle de son *standing* social ? Ah oui, depuis qu'elle avait fait la rencontre de Megan Wilson !

Et que dire de Milan qui l'avait laissée en plan hier soir... Elle avait été stupide de penser qu'il serait prêt à lui ouvrir son cœur. Certes, elle y avait cru quand il avait articulé qu'il souhaiterait qu'elle reste à ses côtés. Mais quand elle lui avait demandé de lui donner une bonne raison, il s'était figé et n'avait pu en trouver aucune.

Son portable, déposé dans sa poche arrière, émettait maintenant des vibrations toutes les deux secondes.

Impossible qu'autant de gens commentent ma photo,
j'ai quand même pas mille followers comme Félicia !

Elle s'apprêtait à le mettre en sourdine quand elle aperçut une notification qui attira son regard.

Milan Capello a mentionné votre nom en commentaire.

Impossible. Milan Capello n'a pas de compte, il se fait appeler Antoine Capellini sur les réseaux sociaux. Confuse, elle appuya sur la notification. Ce qu'elle découvrit lui coupa complètement le souffle. Par chance, un banc avait été installé là pour permettre aux visiteurs d'admirer l'aquarium des poissons tropicaux. Elle s'y laissa choir, la bouche ouverte et le cœur battant comme une armée de tambours.

Milan avait garé sa voiture devant l'aquarium de Naples. Sur un coup de tête, mû par une impulsion soudaine à la suite de la lecture du commentaire d'Hayden Patterson, il avait conduit jusque-là sans avoir de plan. Dans la voiture, il inspira profondément. Il était trop tôt pour voir des étoiles dans le ciel, mais pourtant, il avait grand besoin de parler à son père.

— Papa, dis-moi que je prends la bonne décision…

En une manipulation, il changea le nom d'utilisateur de son compte Facebook. Antoine Capellini disparut pour laisser place à Milan Capello. La première étape était accomplie: rétablir sa véritable identité.

Il déposa sa tête sur le volant. Pourquoi était-ce si difficile? Il savait que ce qu'il s'apprêtait à faire allait changer sa vie. Sa réputation aussi allait changer. Si son plan ne fonctionnait pas, aucune fille ne le regarderait plus jamais de la même façon. C'était un risque à prendre, comme le disait Olivia. Parfois on gagne, parfois on perd.

Il souffla fortement, comme lorsqu'il s'apprêtait à affronter un joueur durant un match de foot, «la meilleure façon d'évacuer le stress», lui avait un jour confié un entraîneur. Il prit son téléphone. Ses mains tremblaient. Ses doigts aussi, d'ailleurs. Il entreprit de publier son message en souhaitant qu'Audrey n'ait pas déjà quitté l'établissement. Lorsqu'il referma son téléphone, il attendit quelques secondes, puis alla s'acheter un billet d'entrée. Les jeux étaient faits, la balle n'était plus dans son camp.

25 juillet, Naples

Audrey avait relu plusieurs fois la publication inscrite sous le nom de Milan Capello, autrefois Antoine Capellini.

> Milan Capello est à Aquarium de Naples
> Parti conquérir la femme de ma vie
> – Avec Audrey Mercier.

Toujours figée sur place, elle était incapable de bouger, incapable d'émettre un seul son. Milan était ici. Sous la publication, les commentaires affluaient plus rapidement qu'elle n'était capable de les lire. Pourquoi avait-il décidé d'inscrire cette affirmation sur les réseaux sociaux, lui qui jalousait son intimité et qui ne voulait en aucun cas se faire reconnaître ? Était-ce une blague de mauvais goût ou une réelle envie de crier au monde entier qu'il était amoureux d'elle ? Sa petite voix intérieure lui souffla qu'il s'agissait sûrement d'une mauvaise plaisanterie. Puis, les battements de son cœur répliquèrent que Milan ne ferait jamais une chose pareille. Et si on avait piraté son compte ? reprit la petite voix. Possible. Et si c'était Megan, Olivia ou même Félicia qui avait créé un faux profil au nom de Milan pour la faire réagir ? Possible, encore une fois. Ne sachant que faire, elle resta de longues minutes à tergiverser.

Qu'avait-elle à perdre à parcourir l'aquarium de Naples à la recherche de Milan ? S'il était bien l'auteur de la note, il serait là, et si c'était un coup monté ou l'œuvre d'un pirate informatique, elle ne trouverait personne et continuerait son chemin comme prévu. Elle inspira profondément, puis elle entreprit de revenir sur ses pas, scrutant toutes les pièces et tous les couloirs, en manquant un peu plus d'air à chaque pas qu'elle faisait.

Plusieurs minutes s'étaient écoulées, et Milan n'avait reçu aucune nouvelle d'Audrey. Peut-être avait-elle déjà quitté l'établissement ? Peut-être aurait-il dû préciser l'endroit exact où il se trouvait ? Peut-être ne souhaitait-elle pas entendre ce qu'il avait à lui dire ? Tristement, il fixait son portable sans qu'aucun message important ne lui parvienne. Que des commentaires d'amis l'encourageant dans sa démarche ou le taquinant. Appuyé contre le mur, une main dans les poches et l'autre tenant son téléphone, il commençait à regretter toute cette mascarade quand il l'aperçut. Enfin, elle était là.

Elle avait stoppé net en le voyant et restait immobile au milieu de la foule. Un groupe d'enfants d'âge préscolaire passa entre eux, à la file indienne. Milan ne détachait pas ses yeux d'Audrey, malgré le chaos qui régnait autour d'eux. Elle aussi le fixait, d'ailleurs. Puis, il fit un lent mouvement pour la rejoindre. Comme un animal effrayé, elle eut le réflexe de reculer. La foule était bruyante, et les petits s'extasiaient devant les gros poissons qui s'offraient à leurs regards. L'un d'eux eut tellement peur qu'il éclata en sanglots, ce qui fit sortir Audrey de son état second. Par chance, l'éducatrice se précipita pour le réconforter. Pendant cette diversion, Milan s'était rapproché d'elle.

— Viens, allons dans un endroit plus calme, déclara-t-il avec tendresse.

Docilement, elle le suivit. Sans un mot, sans lui demander ce que signifiait cette publication surprenante, sans se poser mille et une questions. Pour une fois, elle n'avait qu'une seule envie, l'écouter.

Lorsqu'ils atteignirent une pièce normalement réservée aux employés, le calme était revenu. Il l'avait entraînée dans cet espace interdit, espérant y être à l'abri des regards pour discuter. Plein d'aquariums où nageaient de très jeunes poissons les entouraient. C'était probablement la pouponnière, pensa Audrey. En d'autres circonstances, elle aurait empêché Milan d'y entrer ou, à tout le moins, elle se serait mise à observer attentivement les espèces, plus rares les unes que les autres. Mais pour le moment, elle ne désirait qu'une chose : comprendre à quoi rimait tout ce cinéma.

Milan cachait très bien sa nervosité, projetant une confiance absolue, comme si tout avait été planifié: la publication sur les réseaux sociaux, la pièce secrète qu'il venait de trouver, tout avait l'air de s'imbriquer parfaitement dans un plan habilement conçu. Sauf qu'il n'en était rien. Depuis qu'il avait quitté la terrasse d'Olivia, toutes ses actions avaient été improvisées. Maintenant, il fallait imaginer la suite. Il était trop tard pour reculer.

— Merci de… de me permettre de te parler, dit-il tout d'abord.

— Je n'ai pas vraiment eu le choix, après ce que tu as mis sur les réseaux sociaux, lui dit-elle en lui souriant doucement.

— Comme ça, j'étais certain de ne pas « bugger » comme hier, répliqua-t-il en regardant le sol jonché de nombreuses flaques d'eau.

Le silence s'installa. Audrey, qui attendait toujours que Milan ouvre la bouche, pouvait constater à quel point il luttait contre ses démons. La veine de son cou était plus proéminente qu'à l'habitude, et jamais elle ne l'avait vu passer sa main sur sa nuque, puis dans ses cheveux, autant de fois en quelques minutes.

— La première fois que je t'ai vue, en avril, j'ai su que j'allais être dans la merde…

Audrey sourcilla, mais le laissa tout de même continuer. Les mains sur les hanches, elle attendait les explications de Milan, qui, lui, peinait à rassembler ses idées.

— Ton rire… ton énergie, ta façon de parler, de bouger, finit-il par articuler. J'avais juste envie de me rapprocher de toi, mais j'avais signé la fameuse clause de Maude…

— … celle qui t'empêchait de coucher avec les profs de l'école, le coupa Audrey avec beaucoup plus d'amertume dans la voix qu'elle ne l'aurait voulu.

— Exact, compléta-t-il calmement. Puis, quand l'histoire du voyage est arrivée, j'ai pensé que ce serait une bonne occasion pour, ben, pour…

— … pour coucher avec moi, reprit lucidement Audrey.

— Peut-être, oui, je ne sais pas…

Audrey avait maintenant enlevé les mains de ses hanches et jouait nerveusement avec les petites cuticules qui entouraient ses ongles. Matteo avait raison quand il lui avait affirmé que Milan avait bien des défauts, mais qu'il n'était pas menteur. Elle baissa les yeux en attendant la suite qui tardait à venir. Milan gonflait ses joues en expirant le plus d'air possible. Il avait l'air troublé par cette conversation. Glissant sa main droite sur sa nuque, il plissa le nez et ferma les yeux à demi, comme s'il avait peur de sa réaction à la suite de ce qu'il allait lui révéler.

— En fait… le problème, c'est que dès que tu as ouvert la porte, le 10 juillet, quand je suis allé te chercher chez toi, j'ai eu la confirmation que… que t'étais celle que j'attendais. J'avais juste envie d'être avec toi…

Il cessa de parler et se craqua le cou. Ce qu'il avait à lui dire ensuite lui demanderait tout son courage. La pièce était mal éclairée, ce qui lui donna l'élan nécessaire pour continuer. Ne pas voir les réactions d'Audrey lui permettait de se confier en toute liberté.

— Je... j'ai appris à te connaître, Audrey, et je veux que tu fasses partie de ma vie. C'est tellement clair pour moi que c'en est effrayant. Et moi... eh bien, je veux faire partie de la tienne... de celle de tes enfants, aussi.

Audrey retint son souffle. Il voulait faire partie de sa vie, mais aussi de celle de ses enfants...

— Tu feras toujours partie de ma vie, Milan, reprit-elle comme s'il s'agissait d'une fatalité. Avec ce qu'on a vécu, on aura toujours ce lien qui nous unit...

— Oui, mais je veux plus... je veux plus, Audrey. Je sais que je déménage à Milan, que le *timing* n'est pas idéal, mais on s'arrangera. Laisse-moi une chance de te montrer à quel point tu comptes pour moi...

Il tournait autour du pot et elle le savait. Il se rapprocha doucement d'elle. Elle pouvait maintenant sentir sa respiration, plus forte et plus irrégulière qu'à l'habitude. Ses yeux verts continuaient de la fixer quand il entreprit de dégager doucement une mèche de ses cheveux qui, rebelle, avait glissé en travers de son œil droit.

— Audrey, je n'ai jamais fait ça, moi, m'ouvrir comme ça à une fille... alors dis quelque chose, n'importe quoi, je t'en prie...

Audrey ne parlait pas, hypnotisée par le regard de Milan et complètement chamboulée par la proximité de ce dernier. Il était maintenant si près d'elle qu'elle pouvait sentir son odeur et admirer, en levant lentement les yeux, la splendeur de son visage. Après avoir dégluti, elle se décida à lui livrer timidement le fond de ses pensées.

— Je ne sais pas quoi te dire, Milan… tu t'en vas à Milan, j'ai des enfants… je ne veux pas que tu entres dans nos vies pour en ressortir aussitôt parce que tu te fatigueras de moi ou parce qu'une fille de 25 ans te fera de l'œil. Milan, tu es presque irréel pour une fille comme moi, tu comprends ? La vie, ce n'est pas un conte de fées, tu sais…

Elle avait maintenant les yeux vitreux. Du revers de la main, il essuya la larme qui s'était frayé un chemin sur sa joue gauche. De son autre main, il lui saisit doucement la taille et l'approcha de son torse. Audrey frissonna au contact de sa peau contre la sienne. Milan la tenait contre lui et ne cessait de la fixer, comme si ses yeux pouvaient exprimer tout ce qu'il aurait voulu lui dire.

La bouche d'Audrey criait son envie de se poser sur les lèvres de Milan pour répondre à ses demandes tacites, mais son cerveau lui dictait que ça allait causer sa perte. À regret et à contrecœur, elle fit un pas vers l'arrière et se dégagea de son étreinte, mais sans détacher son regard des yeux verts de son beau compagnon de voyage.

Milan resta debout, droit, la tête relevée, en regardant Audrey s'éloigner à pas lents vers l'arrière. Il la voyait lui échapper, une fois de trop. Il inspira fortement, expulsa bruyamment l'air de ses poumons et ferma les yeux.

— Audrey... je... Je t'aime, Audrey. Voilà. Je te l'ai dit. Je t'aime.

Audrey stoppa son mouvement. Il lui avait dit les mots qu'elle attendait. Les mots que Milan Capello ne prononçait jamais, il venait de les lui dire, à elle, au beau milieu d'une pièce remplie d'aquariums. Il fit quelques pas pour la rejoindre. Elle le fixait toujours, mais d'une nouvelle façon. Avait-elle bien entendu ce qu'il venait de lui révéler ? Elle le laissa s'approcher une seconde fois. Elle put à nouveau humer son parfum, tellement il était près d'elle.

— Fais ce que tu veux avec ça, Audrey, mais c'est ce que je ressens pour toi. Je t'aime. Depuis le premier jour où je t'ai vue à l'école, j'ai su que tu serais la femme de ma vie. Tu portais ton jean ajusté et ton t-shirt noir. J'ai remarqué ton sourire et j'ai entendu ton rire. Je me suis surpris moi-même, puis j'ai su. J'ai su que c'était toi que j'attendais. Ça m'a fait peur. Puis, au fur et à mesure que je te côtoyais, je me suis aperçu que je ne pouvais pas imaginer ma vie sans toi. Il fallait que je trouve un moyen de te voir en dehors de l'école, et là, t'as parlé du voyage dont tu rêvais.

La lèvre inférieure d'Audrey sautillait. Les mots de Milan se bousculaient dans sa tête, sans qu'elle puisse assimiler complètement tout ce qu'il lui balançait. Il lui caressa les cheveux, puis lui sourit. Le sourire était doux, moins séducteur, mais plus sérieux qu'à l'habitude devant la gravité de ce qu'il venait de lui révéler.

— Audrey, reprit-il en constatant qu'elle n'émettait aucun son, j'ai passé les trois plus belles semaines de ma vie avec toi, malgré toutes les péripéties et les embûches. Je te veux dans ma vie. Tous les jours. Pour toujours. Je t'aime. Voilà, c'est tout.

Il saisit son visage délicatement entre ses deux mains. La peau d'Audrey était douce. Elle était nerveuse, sa lèvre qui tremblait en témoignait, mais Milan ne la sentit nullement réticente à ses avances. Lentement, il déposa un doux baiser sur sa lèvre inférieure, comme pour apprivoiser la petite bête blessée qu'elle était. Elle ne se braqua pas. Au contraire, elle ferma même les yeux pour savourer le moment. Comme une poupée de chiffon, elle se laissa faire. Lorsqu'il entreprit d'entrouvrir la bouche pour déposer un autre baiser, sur sa lèvre supérieure cette fois, elle lui rendit son baiser avec une douceur que Milan n'avait jamais connue, malgré ses nombreuses conquêtes.

Il se recula un peu pour l'admirer. Ce qu'elle était belle lorsqu'elle s'abandonnait au bonheur !

Lorsqu'elle ouvrit les yeux, les mains de Milan encadraient toujours son visage, et il lui souriait tendrement. Elle lui rendit son sourire. N'en pouvant plus, il reposa délicatement ses lèvres sur les siennes. Cette fois, elle lui rendit goulûment son baiser. Ses bras, qui étaient restés pendants au départ, remontèrent le long du dos musclé de Milan. Dans une étreinte passionnée, il l'enlaça, sans détacher sa bouche de la sienne. Audrey avait le goût de miel. C'était donc ça, le goût du bonheur ?

Dans la pouponnière de poissons, au milieu d'un endroit interdit, à 2500 km de chez elle, Audrey sourit à travers les baisers de Milan. Il appuya amoureusement son front contre le sien en remontant ses mains dans ses cheveux. Il se dégagea de son étreinte, recula d'un pas et cria à pleins poumons dans la pièce, comme s'il avait voulu que tout l'aquarium de Naples l'entende :

— Je t'aime, Audrey Mercier !

Elle émit un rire nerveux devant l'extravagance de Milan, habituellement beaucoup plus réservé. Tout sourire, il se rapprocha à nouveau d'elle en l'enlaçant, excité comme un enfant qui vient de découvrir son plus beau cadeau le jour de Noël.

— Tu rentres avec moi, hein, ma belle Audrey ? Tu ne pars pas en avion demain, d'accord ?

Elle lui renvoya son sourire.

— Il est hors de question que je prenne l'avion sans toi…

Il parut soulagé et doublement heureux lorsque, cette fois, ce fut elle qui fit les premiers pas pour déposer ses lèvres contre les siennes.

— On va chercher tes valises à l'hôtel. Je te ramène chez Olivia. Il y a juste un truc qu'il faut que je te dise...

Le sourire d'Audrey se fana instantanément. Sa petite voix intérieure entreprit un monologue rapide.

Tout ça, c'était beaucoup trop beau, n'est-ce pas ?

— J'ai promis de jouer avec les enfants dans la piscine et de faire du camping dans le jardin avec eux. Mais après, je serai tout à toi... reprit nerveusement Milan.

— Ce n'est que ça ?

— Euh... ouais, tu t'attendais à quoi ?

— Laisse tomber !

À partir de ce moment, elle se jura de ne plus jamais donner de pouvoir à cette stupide voix intérieure qui régissait sa vie depuis trop longtemps. La prenant par la taille, Milan l'attira contre lui. Il lui déposa un baiser sur le front avant de lui prendre la main pour l'entraîner vers la sortie.

— Hé, tu sais quoi ? Je t'aime aussi, Milan Capello !

REMERCIEMENTS

Merci à Oli, à Ju et à RV. Votre patience et vos encouragements me permettent de m'accomplir et de me dépasser.

Ma famille, Cricri, Paco, Nico, Steph, Flo, merci de croire en moi !

Mes amies, Nath, Ju et Ju, mes précieuses ! Une chance que vous êtes là pour faire taire ma petite voix…

Cri, merci de m'accompagner dans mes hauts et mes bas ! Les journées passent plus vite avec toi.

Manon, Danielle et Françoise de chez Andara, merci pour votre confiance et votre rigueur.

À toutes les Audrey, foncez ! La vie n'est pas toujours facile, mais elle arrive toujours à nous surprendre. Et lorsqu'on ose, on ne sait jamais ce qui peut nous arriver 😜.

Facebook : Sandra Verilli – auteure

Instagram : sandra.v_auteure

Tu as aimé ce livre?
Tu aimeras aussi :

Patricia est directrice de communication pour une entreprise en plein essor et maman célibataire d'une (presque toujours) adorable fillette. Dévouée et perfectionniste, elle maîtrise tous les aspects de sa vie, sauf peut-être ses amours... Lorsque son collègue, le séduisant Gabriel, lui confie avoir rompu avec sa copine, les hormones de la jeune femme s'emballent et, lors d'un voyage d'affaires à New York, les deux collègues plongent dans l'aventure sans hésiter. Tourmentée par ses principes et la crainte pour sa réputation, Patricia exigera de son nouvel amoureux une discrétion totale. Combien de temps pourront-ils jouer à cache-cache sans que les rumeurs courent dans toute l'entreprise?

Chapitre 1

— Coralie, mets ta veste, on part bientôt !

Dans la salle de bain, le ronronnement du ventilateur couvre tous les autres bruits de l'appartement. Je devine une réponse de ma fille au loin, mais j'applique une ligne de crayon noir sous mon œil droit avant de mettre un pied dans le couloir :

— Qu'est-ce que tu dis, ma chérie ? As-tu mis ta veste et tes sandales ?

— Attends, maman, je veux mettre le tutu mauve à mon lapin pour que ce soit une Madame Lapin.

— Ah, ouais... mais dépêche-toi, on part dans une minute !

Retour devant le miroir. Je finis de me maquiller en vitesse. Je fais quatre enjambées et je peux lire l'heure sur la cuisinière : 7 h 48.

— Vite, ma chérie, on va être en retard ! Allez, finis de te préparer, maintenant. Tu habilleras ton lapin ce soir.

— Mais maman, je veux qu'il aille au bal avec les autres amis !

— Coralie, je mets mon déjeuner dans mon sac et je te rejoins dans ta chambre. Je veux que tu sois prête quand j'arrive. On se comprend bien, mademoiselle ?

Pas de réponse. J'ouvre le réfrigérateur. Qu'est-ce que j'ai préparé pour déjeuner, déjà ? Ah oui, une salade de poulet. Je fourre le plat avec le couvercle rouge dans mon sac et me dirige vers la chambre de ma fille.

— Coralie, s'il te plaît, je ne veux pas être en retard au travail, dis-je avant même d'avoir franchi le seuil de la porte.

Ma fille est assise sur le sol, le contenu de sa boîte de déguisements éparpillé autour d'elle. Quel bordel !

Un problème à la fois…

Elle lève vers moi un regard triomphant :

— J'ai réussi, maman !

Avec sa petite jupette, Madame Lapin ressemble maintenant à une vraie danseuse de ballet. Un sourire se dessine sur mon visage.

— OK ! Bravo, c'est vraiment génial ! Est-ce que tu mets ta veste, maintenant ?

J'empoigne le vêtement qui est accroché à la poignée de la porte et le présente à Coralie.

— Oh ! On a oublié de peigner tes cheveux !

Course vers la salle de bain, puis je reviens dans la chambre munie d'une brosse et d'un élastique.

— Je veux une barrette, aussi ! s'exclame ma fille.

— Oui, oui. Bouge pas…

J'achève de la coiffer et pendant qu'elle court à la salle de bain choisir la breloque qu'elle va porter aujourd'hui, j'enfile mes chaussures en même temps que ma veste. Trois minutes plus tard, nous sommes enfin sur le trottoir, marchant en direction de la garderie.

Mission accomplie!

***

Je salue le conducteur de bus, puis me choisis une place à l'arrière du véhicule avant de consulter mon agenda. Une réunion en matinée, puis un rendez-vous téléphonique à 14 h. Il y a aussi ce nouveau collaborateur avec qui je souhaite m'entretenir, histoire de m'assurer que nos attentes sont les mêmes.

L'éducatrice de ma fille m'a informée d'une sortie à la ferme le mois prochain. Je note l'événement, puis range mon téléphone que je remplace par un roman. Le marque-page est inséré entre les premières pages du livre. Vingt-cinq minutes de plaisir...

***

À mon arrivée au bureau, mon assistante est déjà à son poste et épluche les potins sur le Web.

— Ed Sheeran s'est marié! me lance-t-elle en guise d'entrée en matière.

— Il faudra envoyer des fleurs à ma sœur pour la consoler. Bonjour, Tania.

— Bonjour, Patricia, répond-elle à travers un éclat de rire.

Mon bureau est couvert de documents. J'ai beau les ranger en partant en fin de journée, ils semblent se multiplier durant la nuit. En fait, je soupçonne Bruno d'y être pour quelque chose. Je pense que mon patron teste une théorie concernant ma tolérance personnelle au désordre et à l'accumulation de paperasse… Peut-être qu'il engage secrètement quelqu'un pour noter combien de soupirs je pousse quand je pénètre dans mon bureau le matin, le tout analysé en fonction de la quantité de documents étalés devant moi et reporté sur de beaux graphiques à entrées multiples. Ça doit être ça !

Le coupable entre justement dans la pièce alors que j'allume mon ordinateur.

— Réunion à 10 h dans la salle de conférence.

— Oui, boss !

Il ne sourcille même pas. Après un demi-sourire flatté, il enchaîne :

— Je veux voir les ventes de la collection Blablabla depuis le début de la mise en marché, mais juste pour les supermarchés. Je viens de parler à notre distributeur, les taux de placement ne sont pas à mon goût, mais je veux voir les chiffres avant de l'engueuler…

— Tania pourra nous faire ça.

— Parfait. À tout à l'heure.

CHAPITRE I

Bruno tourne les talons illico. Il n'est pas du genre à faire dans la dentelle. J'attrape le téléphone et fais ma demande à Tania. La connaissant, le rapport sera sur mon bureau dans moins d'une demi-heure.

À peine ai-je déposé le combiné que l'appareil sonne. Sur l'écran, je lis : Gabriel.

— Département des plaintes, bonjour !

— Bonjour, Patricia, dit notre directeur logistique avec un sourire dans la voix. Je voulais t'avertir qu'on a une cargaison qui est bloquée à l'aéroport. Je t'ai envoyé par mail la liste des produits que ça concerne. Ça va retarder la livraison chez le distributeur d'au moins deux semaines.

— Est-ce que le dernier Machin-Truc est dedans ? J'ai prévu une pub dans le catalogue de MégaMagasin début septembre.

— Hum… Laisse-moi vérifier, je te reviens.

Dans mes mails, je repère l'ordre du jour de la réunion à venir. J'en suis au point trois quand le téléphone sonne de nouveau.

— Ouais, c'est moi, Machin-Truc est bien dans la cargaison.

— OK, merci, Gabriel, dis-je en soupirant.

— Mais j'ai une bonne nouvelle : on a reçu les prototypes des Beau-Machin, je vais vous les montrer à la réunion, ils sont vraiment beaux !

Gabriel est toujours excité par les nouveaux projets, on croirait entendre un enfant qui a vu le père Noël. Immanquablement, je souris moi aussi.

Les choses sérieuses, maintenant : il faut que je règle ce problème de publicité. Nous ne payerons pas une fortune pour annoncer un produit qui ne sera en magasin qu'un mois plus tard. Première étape : un bon café.

***

Quand j'entre dans la salle de conférence, Jacques, le comptable de la compagnie, est déjà assis devant son bloc-notes, un stylo à la main. Jacques, c'est l'homme-caméléon : il ne dit jamais un mot plus haut que l'autre, il est toujours d'accord avec Bruno, il porte des vestons bruns qui s'harmonisent parfaitement avec la couleur des meubles, il ne fait aucune blague, il mange seul dans son bureau tous les midis... Bref, il passe inaperçu. Je lui adresse quand même un beau sourire, quoique forcé, et j'obtiens en retour un léger signe de tête.

Je m'assieds à l'autre bout de la table. Jacques ne fera aucun effort pour briser le silence qui s'étire, et je ne trouve absolument rien d'inspirant à lui dire. Tant pis. Je commence à étaler les documents que j'ai apportés sur la table.

— Salut ! lâche Gabriel en faisant son entrée.

Ah ! mon sauveur !

— As-tu réglé ton problème de publicité pour Machin-Truc ? enchaîne mon collègue en s'asseyant à mes côtés.

CHAPITRE I

— Oui, oui, et ça les arrangeait finalement bien, chez MégaMagasin. Il faut encore que je règle un détail avec le distributeur, mais ça devrait aller.

Gabriel sourit en plissant ses yeux bleus, ce qui signifie qu'il est vraiment content, puis se contorsionne pour enlever sa veste. Avec sa carrure digne d'un joueur de football, il se plaint constamment de la chaleur qui règne dans nos locaux, alors que le reste de l'équipe claque des dents à l'unisson.

Bruno entre à ce moment, une pile de documents sous le bras. Il s'immobilise à deux pas de la porte. Son regard glisse sur nous, et un pli apparaît sur son front. Il regarde sa montre.

— David est encore en retard? grogne-t-il en reculant vers le couloir pour guetter son arrivée.

Sa question ne requiert pas de réponse. David, le directeur de création, est non seulement le pire des retardataires, mais il est aussi le type le moins ordonné que la Terre ait connu. Je suis entrée dans son bureau une fois et j'ai failli faire une syncope.

Dans le couloir, des pas de course résonnent.

— J'étais au téléphone avec… commence David, tout essoufflé.

— Ouais, ouais, va t'asseoir.

David n'insiste pas. L'air bourru de Bruno ne l'impressionne plus depuis longtemps. Il prend place en face de nous. Je lui glisse un stylo et des feuilles de notes.

— Ah! Qu'est-ce qu'on ferait sans maman Patricia?

Sa remarque me laisse froide, mais j'ai soudainement envie d'éclaircir une chose ou deux avec ce collègue un brin sexiste. Le grand patron ne m'en laisse toutefois pas le temps.

— Bon, allons-y! Point numéro un à l'ordre du jour…

***

Le réveil affiche 21 h 12. Je plie le dernier vêtement de mon panier à linge et le range dans ma commode, puis me dirige vers la chambre de Coralie. La pièce baigne dans une douce lumière rose diffusée par la veilleuse. Je me penche au-dessus de son lit et dépose un baiser sur son front. On dirait un ange endormi.

Ma princesse…

Dans la cuisine, je note qu'il reste un peu de vaisselle à laver, mais la fatigue m'assiège tout à coup. C'est assez pour aujourd'hui.

***

— Tadam!

CHAPITRE I

Ma fille vient d'apparaître dans le cadre de la porte de la salle de bain, où je suis en train de démêler mes longs cheveux auburn. Elle s'est habillée seule et me montre le résultat de ses efforts : des chaussettes rayées jaune et rose, des collants roses avec des pois verts, une jupe à froufrou bleue et un t-shirt trop court avec des motifs fleuris orangés. Pendant un quart de seconde, j'hésite sérieusement entre la consternation et le fou rire.

— Tu dis rien, maman ?

Je suis sans voix. Elle fait un tour sur elle-même pour mieux me montrer ce désastre stylistique.

— Eh bien, c'est... euh... original.

À partir de quel âge est-ce que ce n'est plus mignon d'être habillée n'importe comment ? Est-ce que je risque de complexer ma fille si je lui parle du regard des autres ? Comment va-t-on me juger, moi, la mère, si on voit ma fille ainsi vêtue ? Quelles sont mes chances de réussir à lui faire accepter un ou deux petits changements sans me taper la crise du siècle ?

Un peu de diplomatie, Pat.

— J'ai l'impression que ce t-shirt est trop petit, non ? Regarde, tu es toute coincée au niveau des épaules...

Coralie fronce les sourcils, puis lève les bras pour vérifier si ce que je dis est vrai, dévoilant du coup son nombril. Mon index s'enfonce dans le trou, mes doigts caressent la peau douce, et ma fille se transforme en poisson frétillant qui pousse des cris amusés.

— On va trouver un t-shirt un peu plus grand, qu'est-ce que tu en dis ? Viens avec moi, j'ai une idée.

Après quelques arguments, ma fille opte pour un t-shirt uni de couleur rose et abandonne les chaussettes au profit de ses sandales. Ma réputation est sauve, pour aujourd'hui…

Chapitre 2

J'écris trois mots, les efface aussitôt. Je soupire. Je tape la moitié d'une phrase, hésite sur les bons termes à utiliser, soupire encore, efface tout. Hier, à la réunion, Bruno m'a mandatée pour rédiger un mail de plainte qui doit être acheminé à notre plus gros collaborateur.

— Tu as du tact, Patricia, tu trouves toujours les bons mots. Moi, si je le fais, je vais tout démolir. Après douze ans de collaboration, ce ne serait pas très intelligent. Mets-moi en copie.

J'aurais dû lui demander une augmentation de salaire. Je soupire à nouveau et cherche l'inspiration à travers la fenêtre de mon bureau. Celle-ci m'offre une vue imprenable sur un endroit stratégique : le parking. Une voiture y pénètre justement, et s'immobilise près de la porte principale. Un homme en descend. Je reconnais Gabriel. Il examine longuement son reflet dans la fenêtre de la portière de son véhicule avant de se diriger d'un pas lourd vers l'entrée de l'immeuble.

Gabriel est en retard ? Ce serait une première en trois ans. Il a de la chance : Bruno est à l'extérieur aujourd'hui.

Je reporte mon attention sur mon écran d'ordinateur. Je croise les bras et le toise.
— Voyons voir qui va gagner cette partie…

***

Ça doit faire plus d'une heure que je me casse la tête. Mes phrases sont trop incisives, trop accusatrices, mais dès que j'adoucis mon vocabulaire, elles me semblent vides de sens. Je soupire une fois de plus. Je commence à avoir mal à la tête.
— OK, t'as gagné ! dis-je à mon écran en repoussant mon clavier d'un geste brusque.

Je m'enfonce dans mon fauteuil, penche ma tête vers l'arrière et ferme les yeux. Après quelques minutes dans cette position, je décide que je terminerai ce mail plus tard. Je me redresse et enregistre l'ébauche de mon message avant d'ouvrir le deuxième tiroir de mon bureau. J'espère y trouver de quoi combler le petit creux qui me tenaille, mais je n'aperçois qu'un billet de cinq euros.

J'entre en faisant claquer mes talons dans la salle voisine où sont installées les assistantes. Tania me regarde d'un air surpris, sourire en coin. Je toussote pour avoir l'attention de toutes et brandis mon billet au-dessus de ma tête.
— Ohé, ohé ! J'offre ce beau billet en échange de la collation la plus sucrée, la plus archi-pas-bonne-pour-la-santé, la plus cochonne qui soit ! Qui tente sa chance ?

CHAPITRE 2

Les tiroirs s'ouvrent, les sacs à main se font fouiller.

— J'ai des chips aux oignons. Ce n'est pas sucré, mais c'est cochon !

— J'ai juste une barre de céréales…

— Des bonbons !

— J'ai un brownie !

Tania tient le gâteau par un des coins de son emballage, le faisant balancer devant moi. Mes yeux s'élargissent, mon doigt l'accuse.

— Vendu !

***

J'ai chaud. Trop chaud. Mes mouvements commencent à manquer de ressort. Je me concentre sur ma démarche, sur le contact entre le tapis et mes pieds, sur ma respiration, aussi. J'essaie d'oublier que mon corps tout entier me crie d'arrêter.

Je soulève un coin de la serviette étalée sur le compteur du tapis roulant. 22 minutes 38 secondes. Encore 7 minutes.

Je vais mourir !

Je lève les yeux vers les téléviseurs. Sans mes lunettes, c'est un peu flou. De toute façon, j'ai le choix entre un vieux clip de Shakira qui se déhanche sans vergogne, le journal du soir (qui me déprime systématiquement) et une émission de téléréalité américaine avec sous-titrage. Finalement, je décide de fixer un point devant moi, une petite cavité à peine perceptible dans la peinture du mur. Je visualise le sable blanc, le ciel magnifique, à la fois rose, jaune, orangé, vert et bleu, et je me rappelle le bruit des vagues et la sensation du sable entre mes orteils quand je courais, aux aurores, sur la plage de Guayabitos, au Mexique. Je respire un peu mieux.

Lâche pas, c'est presque fini.

Sans cesser de courir, j'agrippe la serviette pour m'éponger. 28 minutes 12 secondes. Un sourire satisfait se dessine sur mon visage. Je jette un coup d'œil vers le coin des enfants ; Coralie est penchée sur son dessin, l'air concentré.

Ne pas oublier la barre de chocolat que je lui ai promise !

Pour la dernière minute, j'augmente la cadence, puis la ralentis graduellement pour atteindre un rythme de marche. Une fois mes battements cardiaques revenus à la normale, je descends du tapis roulant et me dirige vers l'aire réservée aux enfants. J'embrasse ma fille.

— Beuuurk ! T'es toute mouillée, maman !

Je ris, puis je lui dis que je vais faire mes étirements et qu'ensuite nous pourrons partir.

— OK, fait-elle dans un gros soupir, comme si je lui demandais la lune.

Je fais la file pour remplir ma gourde d'eau, en observant subtilement l'homme qui boit à la fontaine devant moi. Pas trop vieux, pas trop jeune non plus. Il doit avoir plus ou moins le même âge que moi. Il a l'air assez en forme. En tous cas, il ne s'entraîne pas depuis hier… Pas de ventre à bière, pas de calvitie précoce, des vêtements ni tape-à-l'œil ni démodés.

Potable…

Il se redresse, se retourne, et nos regards se croisent. Il me sourit amicalement, et je sens mes jambes ramollir.

En plus, il a un sourire super sexy…

Oh, oh ! hurle mon système d'alarme interne. Je rends son sourire à ce bel inconnu et concentre ensuite mon attention sur l'eau qui coule dans ma bouteille. Dans ma cage thoracique, mon cœur s'affole. Du coin de l'œil, je vois que le charmant jeune homme transfère son poids d'un pied sur l'autre, semblant hésiter à tourner les talons. Une fois le bouchon de ma gourde vissé, je m'éloigne vers les tapis d'étirement. Je sens son regard dans mon dos.

Assise face au miroir, je suis obligée d'affronter mon reflet. Les deux femmes en moi se chamaillent dans ma tête :

— C'est comme ça que tu penses attirer un homme dans ta vie ?

— Tu veux dire, dans mon lit !

— Avoue qu'il te plaît !

— Bien sûr que oui ! Il est *fait* pour plaire. Jeune, belle gueule, charmeur. Il est parfait, quoi !

— C'est quoi le problème, alors ? Pourquoi tu agis comme une dinde ?

— Ce n'est pas d'un coup d'un soir que j'ai envie, tu le sais bien.

— Et si ce n'était pas ce qu'il cherche, lui non plus ? Si c'était un type intelligent et sérieux, avec la tête sur les épaules, que tu viens de laisser partir ?

— Tu rêves tout éveillée, oui !

— Tu ne le sauras jamais parce que tu ne lui laisses pas sa chance.

— Tu crois vraiment que ce genre d'homme a envie de jouer les papas avec Coralie ?

— Il n'y a pas que Coralie qui compte, tu mérites d'être heureuse toi aussi !

Je serre les dents, puis je pousse un soupir.

***

Bruno m'a convoquée dans son bureau. Sa voix était maussade au téléphone. J'anticipe le pire, me remémorant mot pour mot le fameux mail de plainte envoyé la veille. Ai-je fait une bévue ? Peut-être ai-je mal choisi mes mots ? Peut-être trouve-t-il que ce n'était pas assez mordant ? Il est au téléphone lorsque j'arrive devant lui. Il me fait signe de m'asseoir. J'hésite une demi-seconde à fermer la porte derrière moi, mais comme je n'ai pas envie que tout le monde entende ses mauvais commentaires à l'égard de mon travail, je décide de le faire. Il raccroche au moment même où mes fesses touchent le siège.

— On va à New York le mois prochain.

Ses yeux me fixent intensément, ses sourcils forment un accent circonflexe. Je ne comprends pas qu'il accorde tant d'importance à cette déclaration ; nous allons à New York minimum trois fois par année.

— On va présenter la collection Blablabla à Big & Fast Distribution, explique-t-il enfin. Tu sais à quel point ils sont puissants là-bas, n'est-ce pas ?

J'acquiesce d'un signe de la tête. L'attitude de Bruno transpire la nervosité : un mélange saugrenu d'excitation et d'appréhension. Je ne l'ai jamais vu comme ça, et ça me rend nerveuse. Il appuie ses coudes sur le bureau et se penche vers moi.

— Ils ont plus de 80 % du marché aux États-Unis, continue-t-il, et ça fait deux ans que j'essaie d'attirer leur attention. Là, on a notre chance, et je ne veux pas la rater !

Un nouveau silence plane. Il me regarde encore droit dans les yeux. Après quelques secondes, il attrape un dossier placé près de son clavier et me le tend.

— Patricia, fait-il sur le ton de la confidence, cette fois, c'est très important pour moi, et je crois que c'est une occasion comme on n'en a pas souvent. Tu vas nous préparer une présentation du tonnerre, je veux qu'ils tombent en bas de leur chaise, tu me comprends ?

On échange un sourire complice.

— Gabriel et David vont t'aider. C'est ta priorité à partir de maintenant.

Son index tapote le bureau pour appuyer ses propos. Je marmonne une réponse pour lui assurer que je donnerai le meilleur de moi-même, puis je me lève pour quitter le bureau, sachant que Bruno ne s'étendra pas sur les détails du voyage. Tout est dans le dossier qu'il m'a donné. Je suis donc surprise lorsque, alors que j'ai la main sur la poignée de porte, il m'interpelle encore :

— Patricia, ton mail…

Je me retourne, une boule de feu dans l'estomac.

— C'était parfait, lâche-t-il enfin, un sourire taquin sur le visage.

Je retourne à mon bureau, à la fois soulagée et anxieuse. J'ouvre le dossier et trouve les dates du voyage. Quatre jours, trois nuits. Ma priorité : trouver une baby-sitter pour Coralie.

***

— Je crois qu'on est en rupture de stock pour le modèle numéro trois, m'informe Gabriel, mais la livraison est prévue pour le cinq du mois, donc on devrait être bons pour le voyage. Sinon, je suis censé recevoir les prototypes du modèle qui est prévu pour Noël la semaine prochaine. Je t'en laisserai trois ou quatre dans ton bureau.

Son ton est monocorde, je ne reconnais pas mon collègue au téléphone.

— Sais-tu devant combien de personnes on présentera les produits ? continue-t-il.

— Euh… non, je n'ai pas encore fini de faire le tour du dossier. Je te reviens là-dessus.

Je suis déstabilisée par son manque d'entrain. Normalement, Gabriel est enthousiaste devant les défis, et ce voyage devrait l'exciter.

— Est-ce que ça va, toi ?

Il se racle la gorge.

— Oui, oui.

Il est mauvais menteur, mais comme il s'agit d'un collègue de travail et non d'un ami, je n'insiste pas et raccroche. Devant moi, Tania a des points d'interrogation dans les yeux. Je hausse les épaules et lève ma tasse de café jusqu'à mes lèvres.

— Beurk ! C'est froid !

Je grimace en redéposant ma tasse sur mon bureau. Tania tend la main vers moi.

— Je t'en prépare un autre, donne.

— T'es gentille, merci.

Le téléphone retentit de nouveau.

— Salut, Patricia ! fait la voix de David dans le combiné. Je voulais juste te dire que j'ai libéré Geneviève pour toi, c'est ma meilleure graphiste. Si tu as besoin de quoi que ce soit pour préparer ta présentation, elle est à toi.

— Ah, super! Je fais le point avec Tania, puis je fais approuver mon plan par Bruno et je te reviens. On fera sûrement un ou deux dépliants, et j'apprécierais si tu pouvais mettre la main sur nos derniers communiqués.

— OK, c'est noté!

Tania dépose devant moi une tasse d'où s'échappe un léger nuage de fumée. Elle survole les pages de son calepin, noircies de notes pour la préparation de notre présentation à New York. Je lis dans son regard un brin de découragement.

— On va faire ça étape par étape, lui dis-je avec un sourire rassurant. Commence par me sortir les chiffres de vente et les arguments commerciaux.

Elle acquiesce, mais je sens que je ne l'ai pas convaincue.

— Tu veux que je demande à Gabriel si son assistante peut te donner un coup de main?

Le soulagement se lit instantanément sur son visage. Je lui fais un clin d'œil complice, et elle quitte mon bureau avec un sourire.

Je commence par faire une recherche au sujet de Big & Fast Distribution. Les journaux du milieu des affaires ne tarissent pas d'éloges à leur propos, leur site est une mine d'informations, la liste de leurs collaborateurs est sans fin, et le nombre de reconnaissances et de prix qu'ils ont gagnés est impressionnant. Au bout de presque une heure de recherche et de prise de notes, j'ai le tournis et l'estomac noué.

CHAPITRE 2

Est-ce que je suis à la hauteur pour ÇA ?

Je prends une grande respiration et décide de me pencher sur le dossier que m'a transmis Bruno. Gabriel avait une bonne question : à qui et à combien de personnes vais-je m'adresser ? Je survole plusieurs pages avant de trouver l'organigramme de l'entreprise. Un nom attire mon attention : Christina Doff, directrice générale des comptes clients. Je lève les yeux et fixe l'asphalte du parking à travers la fenêtre. Où ai-je déjà entendu ce nom ? Je me tourne vers mon ordinateur. Le moteur de recherche m'offre aussitôt une panoplie d'images de la dame en question.

— Oh ! ne puis-je m'empêcher de souffler quand je reconnais l'ex-femme de mon patron.